Laurent Gounelle

Der Tag, an dem ich lernte zu leben

GOLDMANN
Lesen erleben

Laurent Gounelle

Der Tag, an dem ich lernte zu leben

Roman

Aus dem Französischen übertragen
von Jochen Winter

GOLDMANN

Die Originalausgabe erschien 2014 unter dem Titel
»Le jour où j'ai appris à vivre« bei Kero, Paris.

Dieses Buch ist auch als E-Book erhältlich.

FSC
www.fsc.org
MIX
Papier aus verantwortungsvollen Quellen
FSC® C014496

Verlagsgruppe Random House FSC® N001967

3. Auflage

Umschlaggestaltung: Uno Werbeagentur, München
Umschlagmotiv: FinePic
Satz: Buch-Werkstatt GmbH, Bad Aibling
Druck und Bindung: GGP Media GmbH, Pößneck
Printed in Germany
ISBN 978-3-442-31419-5
www.goldmann-verlag.de

Besuchen Sie den Goldmann Verlag im Netz

Für Charlotte und Léonie

Wer Herr ist seiner selbst,
ist mächtiger als der Herr der Welt.

Buddha

Nur in Grenzsituationen wird sich
der Mensch seines Seins bewusst.

Karl Jaspers

1

Das Übel an der Wurzel packen.

Vom Fenster des Badezimmers, oben in dem rosafarbenen Häuschen, das er vor fast drei Monaten in einer hübschen kleinen Straße von San Francisco gemietet hatte, sah Jonathan, mechanisch mit seiner Rasur beschäftigt, wie der Klee sich unerbittlich über den Rasen ausbreitete. Die arme Wiese, unter der sengenden Julisonne gelb geworden, schien bereit zu kapitulieren. Selbst Clopyralid war machtlos dagegen: Ein ganzer Kanister voll Herbizid, zu Beginn des Monats versprüht, hatte nichts genutzt. Man müsste ihn eigenhändig ausreißen, einen Halm nach dem andern, dachte Jonathan, während der Rasierapparat unter monotonem Summen sein Kinn massierte. Der Garten lag ihm am Herzen. Hinter dem Haus nach Süden ausgerichtet war dies der Ort, wo seine Tochter Chloé spielte, wenn sie ihn an jedem zweiten Wochenende besuchte.

Nach beendeter Rasur schaute Jonathan auf seinem Smartphone die eingegangenen E-Mails durch: Anfragen von Kunden, eine Reklamation, ein verschobenes Mittagessen, der Monatsbericht der Buchhaltung, ein Angebot des Telefonanbieters und einige Newsletters.

Wieder vor dem Spiegel griff er nach Pinsel und Flakon mit braunem Haarfärbemittel und strich die Lotion behutsam über die ersten weißen Haare. Mit sechsunddreißig Jahren war er zu jung, um den Abdruck der Zeit einfach hinzunehmen.

Eilends machte er sich fertig, um rechtzeitig im Café am Platz zu sein. Seit der Gründung ihrer kleinen Versicherungsgesellschaft fünf Jahre zuvor trafen sie, die drei Teilhaber, sich dort jeden Morgen zu einem schnellen Kaffee auf der Terrasse. Eine von ihnen war keine andere als seine Exlebensgefährtin Angela, und selbst ihre kürzlich vollzogene Trennung hatte an diesem offensichtlich unwandelbaren Ritual nichts geändert.

Ihre Firma war die einzige in der Stadt, die sich auf kleinere Unternehmer aus der Umgebung spezialisiert hatte. Nach anfänglichen Schwierigkeiten hatten die Geschäfte nun so weit angezogen, dass die Teilhaber sich und ihrer Assistentin ein, wenn auch eher geringes, monatliches Gehalt überweisen konnten. Immerhin war es ihnen gelungen, sich zu etablieren, und die Wachstumsaussichten schienen durchaus vielversprechend. Sie mussten zwar alle Kraft zusammennehmen, und zeitweilig wurde Jonathan von einer bedrückenden Mutlosigkeit ergriffen, aber er glaubte daran, dass alles möglich sei, dass es keine anderen Grenzen gebe als die, die man sich selbst setzt.

Er trat hinaus, stieg die Außentreppe hinunter und ging zum Tor. Ein angenehmer sommerlicher Dunst lag in der Luft. Der kleine vordere Garten, der das Haus von der Straße trennte, befand sich nicht in besserem Zustand als der hintere. Nach Norden gelegen war er weithin mit Moos überzogen.

Im Briefkasten wartete Post. Jonathan öffnete ein Schreiben der Bank. Durch die Autoreparatur war sein Konto in die roten Zahlen gerutscht. Es musste schnellstens ausgeglichen werden. Das zweite Schreiben stammte von seinem Telefonanbieter. Sicherlich eine weitere Rechnung …

»Guten Tag!«

Der Nachbar, der ebenfalls gerade die Post holte, grüßte mit dem entspannten Ausdruck dessen, dem das Glück gewogen ist. Jonathan erwiderte den Gruß.

Eine Katze rieb sich miauend an seinen Beinen. Er bückte sich, um sie zu streicheln. Sie gehörte der alten Dame, die in dem kleinen Mietshaus nebenan wohnte. Zu Chloés größter Freude kam sie oft in seinen Garten.

Die Katze ging Jonathan voraus den Fußweg entlang bis zur Tür des Hauses, vor der sie stehen blieb und, zu ihm aufblickend, miaute. Er stieß die Tür auf, und die Katze schlich hinein, ohne den Blick von ihm zu wenden.

»Du willst, dass ich dich zurückbringe, stimmt's? Ich hab's eilig, weißt du«, sagte Jonathan, während er die Tür zum Aufzug öffnete und hinzufügte: »Los, mach schnell!«

Die Katze jedoch verharrte mit einem leisen *Miau* am Fuß der Treppe.

»Du magst die Treppe lieber, ich weiß … aber ich hab keine Zeit. Los, komm schon …«

Sie blieb hartnäckig und blinzelte. Jonathan seufzte.

»Du übertreibst …«

Er nahm die Katze hoch und stieg mit ihr Stufe um Stufe hinauf in den dritten Stock. Dort läutete er an der Wohnungstür und stieg sogleich wieder hinunter, ohne zu warten.

»Ah, da bist du endlich, du Ausreißer!«, rief die alte Frau.

Jonathan eilte die Gasse entlang, vorbei an verschlafenen

Häusern, und bog schließlich nach rechts in die Geschäftsstraße ein, um den kleinen Platz zu erreichen, wo sie verabredet waren.

Er dachte an die Demonstration gegen die Rodung des Amazonas-Regenwaldes, an der er tags zuvor teilgenommen hatte. Einige hundert Menschen waren zusammengekommen und hatten die Aufmerksamkeit der lokalen Presse erregen können. Immerhin.

Als er am Schaufenster des Sportgeschäfts vorbeikam, fiel sein Blick auf das Paar Turnschuhe, das ihn seit einiger Zeit zu verhöhnen schien. Prächtige Treter, aber unerschwinglich. Kurz darauf lockte ihn der köstliche Duft ofenfrischer Kuchen, den eine österreichische Konditorei durch ihre geschickt an der Fassade angebrachten Lüftungsöffnungen verbreitete. Fast wäre er schwach geworden, doch dann beschleunigte er seinen Schritt. Zu viel Cholesterin. War unter allen Kämpfen nicht der gegen die vielfachen Wünsche, die den lieben langen Tag in uns geweckt werden, der schlimmste?

Hier und da lag ein Obdachloser unter einem Vordach und schlief. Der mexikanische Lebensmittelhändler hatte bereits geöffnet, ebenso der Zeitschriftenhändler und, ein paar Türen weiter, der puerto-ricanische Friseur. Jonathan sah einige vertraute Gesichter; Leute, die mit abwesender Miene zur Arbeit aufbrachen. In einer Stunde würde sich die Gegend mit lärmendem Leben füllen.

Der Mission District ist das älteste Viertel San Franciscos. Alles dort ist bunt gemischt: Viktorianische Villen, schon ein wenig verblasst, reihen sich an seelenlose Hochhäuser, die wiederum an halb baufällige Baracken grenzen. Alte Gebäude in Pastelltönen flirten mit solchen, deren Mauern von Graffiti in schreienden Farben übersät sind. Bevölkert ist das Viertel von den unterschiedlichsten Gemeinschaften, die sich zwar ständig begegnen, aber keinen echten Umgang miteinander pflegen. Man hört zahlreiche Sprachen, Chinesisch etwa, Spanisch, Griechisch, Arabisch oder Russisch. Jeder lebt in seiner Welt, ohne sich um die anderen zu kümmern.

Ein Bettler näherte sich mit ausgestreckter Hand. Jonathan zögerte einen Moment, wich jedoch dem Blick aus und setzte seinen Weg fort. Man kann nicht allen etwas geben.

Michael, sein Mitgesellschafter, hatte bereits auf der Caféterrasse Platz genommen, ein eleganter Vierziger mit charmantem Lächeln, der so schnell redete und derart sprühte vor Energie, dass man sich fragen mochte, ob er an eine Hochspannungsbatterie angeschlossen oder einfach mit Amphetaminen vollgepumpt war. In sandfarbenem Anzug und weißem Hemd mit geflochtener orangefarbener Seidenkrawatte saß er vor einem großen Kaffeebecher und einem *carrot cake,* offenbar passend zum Ton der Krawatte gewählt. Die Terrasse nahm einen großen Teil des Fußweges ein und erstreckte sich weit genug in die Tiefe, dass man die vorbeifahrenden Autos vergaß, abgeschirmt durch eine Reihe von Büschen in stattlichen Holzkübeln, die auch in der Orangerie eines Schlossparks hätten stehen können. Die Rattantische und -stühle verstärkten noch den Eindruck, dass man irgendwo anders war und nicht in der Stadt.

»Geht's dir gut?«, fragte Michael aufgekratzt.

Seine Stimme erinnerte an die Darbietung von Jim Carrey in *The Mask.*

»Und dir?«, erwiderte Jonathan wie gewohnt.

Er holte einen kleinen Flakon mit antibakterieller Lotion aus der Jackentasche, verteilte ein paar Tropfen auf die Finger und rieb sich energisch die Hände. Michael betrachtete ihn mit amüsiertem Lächeln.

»Einfach Spitze, der Kuchen des Tages. Der haut dich um. Was nimmst du?«

»Isst du jetzt etwa Kuchen zum Frühstück?«

»Meine neue Diät: ein bisschen Zucker am Morgen, um in die Gänge zu kommen, dann den ganzen Tag keinen mehr. Entscheid dich für den Kuchen.«

Michael gab dem Kellner ein Zeichen und bestellte.

Unter den drei Teilhabern war Michael derjenige, der die Finessen ihres Geschäfts am besten beherrschte, und Jonathan empfand oft eine gewisse Bewunderung für ihn. Er beneidete ihn um die Leichtigkeit, mit der es ihm gelang, den Kunden in eine Stimmung zu versetzen, in der er sich überzeugen ließ. Während gemeinsam geführter Verkaufsgespräche hatte er unglaubliche Szenen miterlebt, in denen Michael sogar widerspenstige Kunden für seine Position hatte gewinnen können. Er selbst hingegen, der lange in Verkaufsstrategien ausgebildet und geschult worden war, verhielt sich stets korrekt und musste beträchtliche Anstrengungen unternehmen, wo Michael geschickt alle Register zog und die Kunden dazu brachte, neue Policen zu unterschreiben und ihren Versicherungsschutz immer weiter zu erhöhen, bis sie ein und dasselbe Risiko mehrfach abdeckten, ohne sich dessen bewusst zu sein ... Auf diesem Gebiet, hatte Michael seinen Teilhabern ans Herz gelegt, sei die Angst das maßgebliche Gefühl, die wichtigste Verbündete des Beraters. Sie erwache im Blick des Unternehmers, sobald der sich eine Katastrophe, einen Diebstahl, einen Rechtsstreit ausmale. Zunächst kaum wahrnehmbar schleiche sie sich langsam und heimtückisch in die Windungen seines Gehirns, um schließlich die Entscheidungsfähigkeit in hohem Maße zu beeinflussen. Was bedeute schon der geforderte Jahresbeitrag, verglichen mit den Kosten eines schlimmen Schadens oder der Klage eines wütenden Kunden? Je düsterer die Aussichten, desto günstiger erscheine die Versicherung …

Da Jonathan ein aufrichtiger Mensch war, hatte er deshalb manchmal leise Schuldgefühle. Aber die gesamte Konkurrenz wendete solche Methoden an, und der Verzicht darauf hätte ihn nur benachteiligt. In dieser Welt ohne Herz sind die Regeln nun einmal, wie sie sind, sagte er sich. Besser, man akzeptiert sie und versucht, sich geschickt aus der Affäre zu ziehen, will man nicht zu denen zählen, die von der Gesellschaft zunehmend ausgegrenzt werden.

»Weißt du«, sagte Michael, »ich habe in letzter Zeit viel über deine Situation nachgedacht.«

»Über meine Situation?«

Michael nickte freundlich. Sein Blick war voller Empathie.

»Je öfter ich euch beobachte, desto häufiger sage ich mir, dass es für dich doch die Hölle sein muss, Tag für Tag mit deiner Ex zusammenzuarbeiten.«

Ein wenig überrascht betrachtete Jonathan sein Gegenüber, sagte aber nichts.

»Ihr tut euch gegenseitig weh. Das hat doch keinen Sinn.«

Jonathan blieb schweigsam.

»Und so kann es nicht weitergehen.«

Jonathan schlug die Augen nieder. Der andere sah ihn fast zärtlich an.

»Es wäre besser, vorauszuschauen und die entsprechenden Maßnahmen zu ergreifen …« Er aß einen Bissen *carrot cake.* »Ich hab mir den Kopf zerbrochen, das Problem hin und her gewendet und möchte dir nun einen Vorschlag machen.«

»Einen Vorschlag?«

»Genau.«

Jonathan versank wieder in Schweigen.

»Und bitte antworte nicht sofort. Nimm dir Zeit zum Überlegen.«

Jonathan fixierte ihn aufmerksam.

»Ich bin bereit«, fuhr Michael fort, »dir deine Anteile abzukaufen, falls du dich zurückziehen willst.«

»Meine Anteile … an der Firma?«

»Ja, nicht deine Anteile am Kuchen.«

Jonathan war sprachlos. Nie hatte er in Erwägung gezogen, das Unternehmen, das sie zusammen gegründet hatten, zu verlassen. Wie die anderen auch hatte er sich der Firma mit Leib und Seele verschrieben, so sehr, dass sie gleichsam zu einem Teil seiner selbst geworden war. Ihm schnürte sich die Kehle zu. Aus dem Unternehmen auszuscheiden bedeutete, vom wesentlichen Bestandteil seines Lebens abgeschnitten zu sein, wieder bei null anzufangen, etwas Neues aufzubauen …

Über den Monitor, der im Innern des Cafés an einer Wand befestigt war, flimmerten Bilder von Austin Fisher, dem Tennis-Champion, der von Sieg zu Sieg eilte. Nachdem er einige Wochen zuvor zum wiederholten Male Wimbledon gewonnen hatte, ging er nun als großer Favorit für die US Open ins Turnier von Flushing Meadows.

Gedankenverloren verfolgte Jonathan die Bilder. Der Verkauf seiner Anteile an Michael hieße auch den geheimen Traum aufgeben, den Partner zu übertreffen und seinerseits derjenige mit den besten Geschäftsergebnissen zu werden.

»Ich müsste einen Kredit aufnehmen«, fügte Michael hinzu. »Eine Last, aber vielleicht wäre es für uns alle besser so.«

»Hallo, ihr beiden.«

Angela setzte sich zu ihnen und seufzte laut, um ihrer Verstimmung Ausdruck zu verleihen; nichtsdestotrotz hatte sie ein vages Lächeln auf den Lippen. Jonathan kannte sie in- und auswendig.

»Wie geht's?«, rief Michael.

»Deine Tochter hat sich geweigert, die Zähne zu putzen«, erwiderte sie, das Kinn in Richtung Jonathan reckend. »Natürlich hab ich nicht nachgegeben. Geschlagene zehn Minuten musste ich mich damit herumplagen … Resultat? Als wir zur Schule kamen, war die Tür schon geschlossen. Sie musste beim Pförtner läuten und sich anschnauzen lassen. Selber schuld.«

»Normalen Kaffee, wie üblich?«, fragte Michael, eisern weiter lächelnd.

»Nein, einen doppelten Espresso«, entgegnete Angela und seufzte erneut.

Michael gab die Bestellung weiter. Angela richtete den Blick auf Jonathan. Sie lächelte säuerlich.

»Du bist natürlich total entspannt …«

Er reagierte nicht. Sie fuhr sich mit den Fingern durch das hellbraune Haar, dessen Spitzen die Schultern berührten.

»Du hast mir vorgeworfen, dass ich mich mehr um meine Pflanzen als um meine Tochter kümmere, aber …«

»Das habe ich dir nie vorgeworfen«, protestierte Jonathan in einem Ton, der anzeigte, dass er sich geschlagen gab.

»Aber meine Pflanzen, verstehst du, die wälzen sich nicht schreiend auf dem Boden ...«

Jonathan unterdrückte ein Lächeln und trank wortlos seinen Kaffee. Sie waren seit drei Monaten getrennt, doch Angela machte ihm Vorhaltungen wie eh und je. Seltsamerweise hatte er plötzlich den Eindruck, dass ihm das gefiel. Es gab ihm das Gefühl, dass ihre Beziehung trotz all der Zerwürfnisse andauere. So erkannte er, was er sich bisher nie eingestanden hätte: Tief in seinem Innern schlummerte die Hoffnung auf einen Neuanfang mit ihr.

Ein Verkauf seiner Anteile an Michael würde ihn auch dieser Hoffnung berauben, zerbräche doch dadurch seine letzte tägliche Verbindung zu Angela.

Er ließ seine Partner auf der Terrasse zurück und eilte zum ersten Termin. Die Liste potenzieller Kunden war lang. Ein harter Arbeitstag lag vor ihm, aber zugleich stand das Wochenende bevor. Er würde genügend Zeit haben, sich auszuruhen.

Jonathan konnte nicht ahnen, dass zwei Tage später sein Leben für immer auf den Kopf gestellt werden sollte.

2

Das Gesicht, im Profil, leicht verkrampft. Er steht auf, grüßt kurz, wendet sich ab und geht seines Weges.

Das messerscharfe Zoomobjektiv folgte Jonathans Bewegung bis zu dem Moment, da er die Terrasse verließ und seine Gestalt verschwamm. Ryan schaltete die Kamera aus, richtete sich auf und beobachtete durch die schwarzen Stores im zweiten Stock seines Hauses gegenüber vom Café, wie der junge Mann sich entfernte.

»Keine Spur von Schlagfertigkeit, lässt sich auf die Füße treten und wehrt sich nicht ... Irgendwie komisch, aber da ist kein richtiger Schwung drin. Sagen wir 10 Punkte von 20, wenn überhaupt«, brummelte er in seinen Bart.

Er wischte sich die feuchten Hände an den Jeans ab und zog den unteren Teil seines schwarzen T-Shirts hoch, um den Schweiß auf der Stirn zu trocknen. Schwarz wird nicht schmutzig, das ist der Vorteil.

Als er den Blick über die Caféterrasse schweifen ließ, entdeckte er zwei elegante Frauen. Eine von ihnen kannte er; er hatte sie schon zwei oder drei Mal gefilmt, wenn auch ohne Erfolg. Sofort richtete er die Kamera und das neue, äußerst zielgenaue Hohlspiegelmikrofon auf die beiden und setzte den Kopfhörer wieder auf. Mit verblüffender Klarheit drangen die Stimmen der Frauen an seine Ohren. Ryan bereute die Anschaffung nicht: Noch in einer Entfernung von über achtzig Metern hörte er die beiden genauso deutlich, als säße er an ihrem Tisch.

»Doch, das stimmt«, sagte die eine, »kannst Gift drauf nehmen. Trotzdem habe ich die Sache rückgängig gemacht, mindestens sechs Monate vorher. Und natürlich hatte ich alles reserviert: Flug, Hotel ... das ganze Programm.«

»Ist ja echt unverschämt«, erwiderte die andere und schüttelte den Kopf. »Hast du wenigstens eine Reiserücktrittsversicherung abgeschlossen?«

»Klar! Vor drei Jahren hat er mir schon mal so übel mitgespielt, weißt du. Seither bin ich auf der Hut.«

»An deiner Stelle würde ich mir was anderes suchen. Mit deinem Lebenslauf kriegst du doch, was du willst. Ich dagegen stecke fest ...«

Ryan filmte eine Zeitlang, aber die Mühe war vergebens. Immerhin hatte er eine Woche zuvor herausgefunden, dass das Fenster seines nach hinten gelegenen Zimmers auf den Garten der jungen Frau hinausging. Der war vierundneunzig Meter entfernt, ziemlich weit, doch mit einem Telekonverter sehr wohl erreichbar, falls es tatsächlich etwas zu filmen gab. Diese Wohnung im zweiten Stock bot wirklich einen idealen Standort. Das Haus stand am Platz, genau an der Ecke. Nach vorn hatte er Ausblick auf die Terrasse des Cafés, nach hinten auf die lange Reihe von Häusern und Gärten, in denen sich oft durchaus gelungene Familienszenen abspielten. Mehrere davon hatten auf seiner schicksalhaften Skala den Wert 12 von 20 erreicht – und damit jene von ihm fixierte Marke, die eine Veröffentlichung in seinem Blog erlaubte.

Er trank einen Schluck Cola, ließ den Blick erneut über die Terrasse schweifen, erspähte ein unbekanntes Paar von etwa fünfzig Jahren, das ins Gespräch vertieft war, und richtete die Kamera auf die beiden.

»Wenn ich mit dir rede«, sagte die Frau, »hab ich das Gefühl, eine Wachsfigur anzureden.«

Ryan zoomte auf den Kopf des halb zerknirschten, halb abwesenden Ehemannes.

»Und Wachs«, fuhr die Frau fort, »schmilzt in der Sonne. Dich aber bringt nichts zum Schmelzen, du bleibst gefühllos und kalt. Eher wie eine Marmorstatue. Ja, genau, das ist es, Marmor. Wie ein Grab. Du bist nicht gesprächiger als ein Grab. Unfähig zu kommunizieren …«

Als er das hörte, verspürte Ryan einen Anflug von Hass und schaltete die Kamera ab.

Unfähig zu kommunizieren. Genau der Vorwurf, den man ihm gemacht hatte, kurz nachdem er, das Ingenieurdiplom in der Tasche, ins Berufsleben eingetreten war. Dieser Vorwurf hallte noch sieben Jahre später in seinem Kopf nach.

Er sah den Personalchef mit dem teigigen Gesicht wieder vor sich, der ihm in süßlichem Ton seine ebenso verworrene wie dämliche Theorie erläutert hatte. Es existierten mehrere Formen von Intelligenz, hatte er gesagt; er, der für ein solches Thema denkbar ungeeignet war: *Es gibt nicht nur die rationale Intelligenz. Die emotionale Intelligenz spielt ebenfalls eine wichtige Rolle.*

Emotionale Intelligenz … Was man nicht alles erfand, um die Idioten zu beruhigen … Warum nicht muskuläre Intelligenz, Intelligenz der Verdauung oder gar Intelligenz der Ausscheidung?

In Wahrheit hatte man ihn gefeuert, weil er sich nicht wie die anderen auf das unterste Niveau herabließ, nur um mit irgendwelchen Dummköpfen zu kommunizieren. Ebendas hatten sie von ihm erwartet. Im Reich der Kretins, dachte er, ist König, wer die Sprache seiner Untertanen spricht. An den Universitäten von Berkeley oder Stanford wird die allem Anschein nach eher unterrichtet als die Programmiersprache C oder Visual Basic. Und in der Politik ist es genauso: Gewählt wird, wer Leuten den Quatsch erzählt, den sie hören wollen. Die Faustregel lautet: Je blödsinniger der Inhalt, desto größer der Erfolg.

Ryan atmete tief durch, um die Anspannung zu lösen. Fehlte nur noch, dass er einen Schlaganfall bekam. Damit hätten diese Idioten ihr Ziel erreicht und ihn zur Strecke gebracht.

Jedes Mal, wenn er den inneren Film über den Anfang seiner Laufbahn noch einmal abspulte, geschah das Gleiche. Er sah die Szenen der Einstellungsgespräche, die auf seine Entlassung gefolgt waren. Sie piesackten ihn, um die Gründe seines vorzeitigen Ausscheidens zu erfahren. Demütigende Situationen, in denen ihm persönliche, ja skandalös intime Fragen gestellt wurden: *Was haben meine Hobbys mit der Stelle zu tun?*, hätte er ihnen gern entgegengeschrien. *Was geht es Sie an, ob ich mit jemandem zusammenlebe oder nicht?* Er hätte es ihnen sagen, sie in die Schranken weisen und vor allem diese blöden Rollenspiele ablehnen sollen … Und immer wieder diese voreiligen, lächerlichen, erbärmlichen Schlussfolgerungen: *Seine Sozialkompetenz im Auge behalten … Wird Schwierigkeiten haben, im Team zu arbeiten … Unfähig zu kommunizieren.*

Ryan löschte die letzte Aufzeichnung.

Nun musste er sich mit der Stelle eines einfachen, miserabel bezahlten Programmierers zufriedengeben. Die Telearbeit war das einzig Interessante an diesem Vollzeitjob, den er an einem halben Tag erledigte.

Innerlich gequält trank er drei weitere Schlucke Cola und wandte sich seinem Computer zu. Hundertsechsundsiebzig *Likes* und zwölf Kommentare zu seinem letzten Post – dem Video über den Typ, der sich bei der Bestellung viermal umentscheidet, dann deprimiert einen Hamburger verspeist und schließlich seinem Kumpel anvertraut, dass er doch lieber einen Hotdog genommen hätte. Die feiste Visage eines schmatzenden Dorftrottels. Wirklich zum Totlachen.

Sein Blog, der *Minneapolis Chronicle,* bot solche Szenen in Hülle und Fülle. Werbebanner brachten ihm bisweilen ein paar Dollar ein, besser als nichts. Zunächst hatte er daran gedacht, ihn *Das Leben der Idioten* zu nennen, aber dann war es ihm günstiger erschienen, ausdrücklich auf eine Stadt zu verweisen, die von San Francisco weit entfernt lag. Bei seinen Nahaufnahmen waren die Lokalitäten nicht zu erkennen. Ein Kniff, der ihn vor Scherereien bewahrte, denn das kalifornische Gesetz war streng: Es verlangte die vorherige Zustimmung sämtlicher Personen, die man an öffentlichen Orten filmte. In Minneapolis dagegen, im hintersten Winkel des Mittleren Westens, konnte man aufnehmen, wen und was man wollte.

So teilte er seine Lachanfälle mit einer kleinen Gruppe treuer Anhänger des Blogs. Da die Gesellschaft von Idioten für Idioten organisiert wird, sagte er sich, sollte man sich darüber lustig machen, anstatt herumzujammern und ein Magengeschwür zu entwickeln.

Indem Ryan die Leute aus dem Viertel filmte, erfuhr er nach und nach ihre Vornamen und einige Details ihrer Geschichte. Die meisten waren uninteressant, deprimierend in ihrer Banalität und Mittelmäßigkeit, wobei die Dummheit gerade der Mittelmäßigkeit manchmal eine amüsante Note verlieh.

Nach einem weiteren Schluck Cola richtete er sein Objektiv auf zwei junge Frauen, die vor großen Schalen mit dampfendem Tee saßen. Die eine, die bald heiraten würde, erzählte der anderen von ihrer Lebensplanung. Als Ryan den naiv säuselnden Ton der künftigen Braut hörte, konnte er sich ein Lächeln nicht verkneifen. Diese Geschichte hatte Potenzial.

»Bob und ich, wir teilen alles«, sagte sie.

»Hast du ein Glück«, erwiderte die andere. »Kevin findet immer ’nen Grund, warum er den Tisch nicht abräumen oder die Wäsche nicht aufhängen kann. Das nervt mich total.«

»Jaja, versteh schon. Bei uns ist es so, dass wir die Rollen aufteilen, die Aufgaben, alles. Und was die Moneten betrifft: Sogar die Ausgaben teilen wir genau. Da gibt’s keine Missverständnisse, alles ist sonnenklar.«

»Oh, wie gut. Wir haben keine Regeln, leider …«

»Zum Beispiel die Wohnung, die wir kaufen werden, da hat Bob gesagt: ›Am besten teilen wir uns die Kosten. Der Vertrag läuft auf meinen Namen, ich übernehme die monatlichen Zahlungen und kümmere mich um alles. Du zahlst dafür die Steuern, die Rechnungen, das Essen, die Reisen.‹ Er hat ausgerechnet, dass beides aufs Gleiche rauskommt, es ist also ganz gerecht, und wir kriegen uns nicht in die Haare.«

»Aber … und wenn ihr euch scheiden lasst … dann gehört die Wohnung ihm … und du … du stehst mit leeren Händen da?«

»Ah … Augenblick mal … Er ist der Mann meines Lebens, wir werden heiraten, und du denkst bloß an Scheidung?«

»Aber …«

»Du glaubst nicht an die Liebe …«

Ryan biss sich auf die Lippen. Er ließ die Aufnahme einige weitere Sekunden laufen, falls noch mehr solche Sätze fielen, und brach dann ab. Er platzte fast vor Lachen.

»Na bitte! Damit hast du dein Ticket nach Minneapolis gewonnen, meine Hübsche!«

3

Als der Nebel über der Bucht von San Francisco sich gelichtet hatte, tauchte in der Ferne, von leuchtendem Blau umsäumt, die Insel Alcatraz auf. Der warme Wind roch wohltuend nach Meer, und man hörte die Takelagen der vertäuten Segelschiffe klimpern. Jonathan atmete tief ein. Er liebte diesen Augenblick an Sommertagen, da der morgendliche Dunst wie durch Zauberhand sich auflöste und den Raum einer strahlenden Sonne überließ, die Minuten zuvor noch unvorstellbar gewesen war.

Eher selten ging er sonntags an die Kais, ein bisschen zu touristisch für seinen Geschmack, aber an diesem Tag hatte er sich unwiderstehlich dort hingezogen gefühlt. Gewiss verabscheute er die Wochenenden ohne seine Tochter, wenn die strenge Besuchsregelung ihn dazu verurteilte, allein zu sein, sehr allein. Doch er hatte es sich zur Gewohnheit gemacht, an den wenigen Tagen der *Sunday Streets* auszugehen: Dann wurde ein großer Teil der Stadt zur Fußgängerzone, blieben die Straßen endlich Spaziergängern und Radfahrern vorbehalten.

Der Morgen aber hatte mühselig begonnen: Im Garten hinter dem Haus hatte er mit bloßen Händen Klee ausreißen und vorn, zur Straße hin, Eisensulfat über den Rasen streuen müssen, um das Moos auszurotten.

Auf der Hafenmole tummelten sich Schaulustige in unbekümmerter Stimmung. Kinder hüpften lachend umher, leckten riesige Portionen Eis, das an den Waffeln herabtropfte. Hier und dort wurde der jodhaltige Geruch der Meeresbrise überlagert von den Düften warmer Waffeln oder Krapfen, die von den angrenzenden Ständen aufstiegen. Gesprächsfetzen vermischten sich zu einem fröhlichen, weithin widerhallenden Stimmengewirr.

Der Strom der Passanten lenkte Jonathan ganz selbstverständlich bis zur Ecke der Mole, von wo aus Scharen von Robben auf kleinen schwimmenden Inseln zu sehen waren. Er hatte sie schon hundertmal angeschaut, konnte aber nicht umhin, ihnen auch diesmal einen Blick zuzuwerfen, als sie nah am Ufer vorbeitrieben. Die schimmernden Körper waren eng aneinandergeschmiegt, wie die der verschwitzten Touristen, die sich an der Brüstung zusammendrängten, um sie zu beobachten, wobei die einen dem Voyeurismus der anderen keinerlei Beachtung schenkten.

Zwangsläufig kam ihm die Frage in den Sinn, wer wohl verantwortlich wäre, wenn die Brüstung dem Druck nachgäbe und die Neugierigen allesamt ins kalte Wasser des Pazifiks stürzten. Der Hersteller? Der Installateur? Oder die Pächter des Piers 39, die aus dieser Mole einen kommerziellen Ort gemacht hatten, um die Massen anzulocken? Seit er Unternehmern der Region Versicherungspolicen verkaufte, war sein Denken verschmutzt von solchen Fragen. Ein typischer Fall von geistiger Deformation durch den Beruf.

Er setzte seinen Weg am Kai fort, und bisweilen streifte ihn ein junger Inlineskater. Eine Band mit funkelnden Blechblasinstrumenten spielte einen Evergreen von Sidney Bechet.

Etwas weiter vorn klopfte ein Mann in den Sechzigern nervös seine Taschen ab.

»Er ist nicht mehr da!«, rief er. »Er ist nicht mehr da!«

»Wer?«, fragte die Frau mit großer Brille an seiner Seite. »Wovon redest du?«

»Mein Geldbeutel! Er ist weg!«

»Du hast ihn bestimmt im Hotel gelassen. Im Moment vergisst du alles …«

»Nein … Ich hatte ihn … Bin mir ganz sicher … Ich … Ah! Da ist er! In der Hosentasche«, sagte er, während er den Stoff über der linken Pobacke betastete.

»Du verlierst den Kopf, mein armer Freund …«

Gerührt beobachtete Jonathan das alte Paar. Es war eher unwahrscheinlich, dass er selbst eines Tages diese Art von Beziehung erleben würde.

Angela und er waren sieben Jahre zusammen gewesen. Als sie ihn mit dem zu Unrecht erhobenen Vorwurf verließ, er habe sie betrogen, hatte er unter Schock gestanden. Auf eine Phase der Niedergeschlagenheit waren die Einsamkeit und schließlich die Gewissheit gefolgt, dass sie ihm schrecklich fehlte.

Das Bimmeln einer Fahrradglocke riss ihn aus seinen Gedanken.

Nachdem die Autos aus den Straßen verbannt waren, machten nun Fußgänger und Radfahrer ihre Rechte geltend und bemächtigten sich ausgelassen der Fahrbahn. Die Ampeln hatten kapituliert; sie blinkten verzweifelt, ohne Unterlass. Mit der Zeit wurde die Menge immer dichter, sie schob sich durch die Straßen und trug ihre gute Stimmung bis in die verborgensten Winkel der Stadt.

Ab und zu warf Jonathan einen Blick auf sein Smartphone, um den Eingang von E-Mails oder Kurznachrichten zu überwachen. Nicht wenige Geschäftsleute erledigten ihre Büroarbeiten sonntags und schickten ihm dann eine Mail. Obwohl diese Kontakte bisweilen lästig waren, milderten sie doch das schmerzliche Gefühl des Alleinseins. Gedankliche Beanspruchung durch allerhand Dinge, sagte er sich, ist ein gutes Mittel gegen ausuferndes Grübeln über persönliche Probleme. Statt glücklich zu sein, war er beschäftigt.

Während er ruhig dahinschlenderte, wurde seine Aufmerksamkeit von einem besonders lebhaften Menschenauflauf angezogen. Eine Gruppe von bestimmt hundert Leuten bewegte sich, angeführt von einer Tänzerin, zu äußerst rhythmischer Musik, die aus hohen Lautsprechern dröhnte.

»Sie ist begabt, nicht wahr?«, flüsterte ihm eine bejahrte Dame zu, die einen rosa Hut mit breiter Krempe trug. »Das ist Babeth, eine Französin. Bei jedem *Sunday Streets* kommt sie hierher und bringt immer noch mehr Leute mit. Was für eine Energie …«

Jonathan hatte mütterlicherseits ebenfalls französische Wurzeln. Er war im Burgund geboren, wo er in einem kleinen Dorf des Gemeindeverbands Clunisois einen Teil seiner Kindheit verbracht hatte. Sein Vater, ein waschechter Kalifornier, hatte dort in der Winzerei eines berühmten Schlosses gearbeitet, die Geheimnisse des Weinanbaus erfahren und so auch seine künftige Frau kennengelernt. Einige Jahre später war die Familie ausgewandert und hatte sich im Monterey County südlich von San Francisco niedergelassen, wo sie ein verwahrlostes Weingut übernahm. In zehn Jahren mühsamer Arbeit hatten sie den Hang wieder kultiviert, bis ihr Wein schließlich einen gewissen Ruf genoss. Dann war, an einem Märztag, ein Tornado aufgezogen und hatte den Weinberg vollständig verwüstet. Der schlecht versicherte Grundbesitz war zum Konkurs verurteilt. Von diesem Schlag hatte sich sein Vater nie mehr erholt.

All den fröhlichen Tänzern gelang es, ihre Bewegungen perfekt aufeinander abzustimmen. Man hätte meinen können, sie seien durch eine geheime Kraft unauflöslich miteinander verbunden. Jonathan verspürte zunehmend Lust, sich ihnen anzuschließen, zwischen ihre Körper zu gleiten und mit dem betörenden Rhythmus der Musik zu verschmelzen. Er zögerte, verharrte in einer Art Schüchternheit, die völlig unangebracht war, schloss die Augen und fühlte, wie der Beat in seinem Innern vibrierte. In dem Moment, da er beschloss, den Sprung zu wagen, ergriff jemand seine Hand. Zunächst wich er zurück und öffnete die Augen. Da stand eine junge Frau und drückte ihm mit zarten Fingern behutsam die Hand. Eine Zigeunerin. Von schmächtigem Wuchs verschwand sie fast in den Falten ihrer dunklen Kleidung.

»Ich werde dir deine Zukunft lesen.«

Ihre schönen schwarzen Augen fixierten ihn. Ein durchdringender, tiefer, wohlwollender Blick ohne den Anflug eines Lächelns, während die Menge sich zu beiden Seiten an ihnen vorbeischob.

Der Blick der jungen Frau senkte sich auf Jonathans Hand. Ihre warmen Finger spreizten die seinen, langsam, mit sanftem Druck, der einer Liebkosung ähnelte. Die Sinnlichkeit dieser Berührung verwirrte ihn. Die Frau beugte sich leicht über seine Handfläche. Er ließ es geschehen, rührte sich nicht, genoss diesen unausweichlichen Kontakt beinahe und war natürlich neugierig zu erfahren, was sie ihm prophezeien würde.

Das reglose Gesicht der Zigeunerin wies gleichmäßige Züge auf; sie hatte lange schwarze, kaum gebogene Wimpern, und das schwarze, dichte Haar war hinten hübsch zusammengebunden.

Plötzlich zogen sich ihre Brauen zusammen, und auf der Stirn erschienen Falten. Voller Bestürzung hob sie den Kopf. Jonathan fing ihren völlig veränderten Blick auf; er ließ ihm das Blut in den Adern gefrieren. Sie selbst schien fassungslos, äußerst beunruhigt.

»Was ist denn?«

Sie schüttelte nur den Kopf und ließ seine Hand los.

»Was hast du gesehen?«

Mit verschlossener Miene wich sie zurück und senkte die Lider. Jonathan fühlte sich mit einem Mal sehr schlecht.

»Was? Was ist passiert? Sag es mir!«

Sie stierte vor sich hin, und ihre Lippen zitterten kaum merklich.

»Du … du wirst …«

»Ja?«

»Du wirst …«

Sie machte auf dem Absatz kehrt und lief weg.

»Wart auf mich, Lisa!«, schrie eine Frau aus der Menge.

Eine andere, weitaus fülligere Zigeunerin. Aber die besagte Lisa glitt schon mit der Geschmeidigkeit einer Katze zwischen den Leuten hindurch.

Jonathan bahnte sich seinerseits einen Weg, doch ein Fahrrad, dicht gefolgt von einem zweiten, versperrte ihm den Weg. Eine ganze Familie fuhr vorbei und ließ keinerlei Platz zum Ausweichen. Er tobte, zwang sich jedoch, der jungen Frau nachzuschauen, voller Angst, er könnte sie aus den Augen verlieren. Er war nahe daran, in Panik zu geraten, besessen von der Vorstellung, sie unbedingt erwischen, um jeden Preis herausfinden zu müssen, was sie gesehen hatte.

Sobald die Bahn frei war, setzte er die Verfolgung fort. Schon nahm er die Zigeunerin, die sich bereits weit entfernt hatte, im Gedränge der Körper und Gesichter nur noch flüchtig wahr. Er hielt das Rennen für verloren, wollte aber die Hoffnung nicht aufgeben. Unter allen Umständen musste er sie einfangen, koste es, was es wolle. So beschleunigte er den Schritt, setzte die Ellbogen ein, preschte voran wie ein Verrückter. Hier und da wurden Proteste laut, doch er drehte sich nicht einmal um, den Blick wie besessen auf den flüchtigen Schemen gerichtet, der keinesfalls verschwinden durfte. Für einen Moment hatte er den Eindruck, näher heranzukommen, und erhöhte das Tempo noch ... bis schließlich der kräftige Arm eines Mannes ihn anhielt und gewaltsam zurückdrängte.

»Hey! Sie werden gleich jemanden übern Haufen rennen!«

Er reagierte nicht, duckte sich zwischen zwei japanischen Touristen hindurch und richtete sich erst einige Meter weiter wieder auf. Wo war sie? Wo war sie nur? Aufgeregt suchte er die Menge ab. Schnell! Unversehens erschien zu seiner Rechten ein langer schwarzer Zopf. Die Arme nach vorn gestreckt, um die Leute besser beiseiteschieben zu können, stürzte er sich ins Gewühl und schrie, um die anderen zu warnen. Sollen sie doch Platz machen, verflixt nochmal!

Da erspähte er ihr Profil, ja, das war sie! Er stürmte los,

lief im Zickzack und näherte sich ihr endlich. Nach einem weiten Satz packte er sie am Arm.

Sie fuhr herum, so dass sie ihm direkt gegenüberstand, und warf ihm einen vernichtenden Blick zu. Jonathan war völlig außer Atem; die Zigeunerin schien genauso atemlos wie er. Schweißperlen standen ihr auf dem Gesicht und betonten noch die schwarzen Augen, während die Nasenflügel bebten im Rhythmus der stoßweisen Atmung.

»Sag es mir! Ich habe ein Recht, es zu erfahren!«

Keuchend stand sie da und starrte ihn an, der Mund wie zugenäht.

»Ich will wissen, was du gesehen hast! Sag es mir!«

Er hielt sie fest. Passanten, denen sie im Weg standen, schubsten sie hin und her. Die junge Frau zeigte keinerlei Reaktion. Jonathan war ratlos.

»Sag mir, wie viel du willst, und rede!«

Sie blieb stumm.

Angesichts der hoffnungslosen Lage erhöhte er den Druck auf ihren Arm. Der aufsteigende Schmerz trübte ihren Blick, doch sie verharrte schweigend und musterte ihn. Er drückte fester zu. Ihre Lippen blieben aufeinandergepresst.

Angewidert sah er ein, dass sie niemals reden würde. Beider Blicke blieben ineinander verhakt, es gab keinen Ausweg. Schließlich ließ er ihren Arm los.

Erstaunlicherweise rührte sie sich nicht vom Fleck. Er war verzweifelt.

»Bitte …«

Sie schaute ihn unverwandt an. Die Schar der Fußgänger öffnete sich einen Moment lang vor ihnen und kreiste sie dann wieder ein.

Jonathan betrachtete die Zigeunerin still, ohne etwas zu verlangen. Mittlerweile, musste er sich eingestehen, erwartete er gar nichts mehr von ihr.

Nach einer halben Ewigkeit ergriff sie schließlich das Wort, zögernd, als bedaure sie es.

»Du wirst sterben.«

Rasch wandte sie sich ab und verschwand in der Menge.

4

Es passiert nicht jeden Tag, dass einem der Tod angekündigt wird. Die Vorhersage in Form eines Urteilsspruchs hatte Jonathan erschüttert. Inmitten der wogenden Menschenmenge, deren fröhliche Stimmung ihn rasend machte, stand er allein da, benommen wie ein verwundetes Tier.

Im Laufe des Abends jedoch gewann seine Vernunft wieder die Oberhand. Bis zu diesem Tag hatte er solchen Wahrsagerinnen nie auch nur die geringste Beachtung geschenkt, ebenso wenig wie Hellseherinnen, Kartenlegerinnen oder Astrologinnen. Außerdem warf er sie alle, die auf die Leichtgläubigkeit bedauernswerter Leute setzten, um sich auf deren Kosten zu bereichern, in denselben Topf. Er, Jonathan Cole, hatte studiert und hielt sich für hinreichend intelligent. Muss man nicht wirklich beschränkt sein, fragte er sich, um an derlei albernes Gerede auch nur ansatzweise zu glauben? Vor allem darf man sich durch so etwas nicht aus der Fassung bringen lassen.

Seit zwei Tagen sagte er sich diesen Satz immer wieder vor. Doch in der Argumentation, die er zu seiner Beruhigung aufgebaut hatte, stimmte etwas nicht. Die Aussage der Zigeunerin war offensichtlich nicht von finanziellen Motiven diktiert worden: Sie hatte Reißaus genommen, ohne Geld zu fordern …

Einfach nicht mehr daran denken, verordnete er sich. Wenn ein Gefühl von Angst in ihm aufzusteigen begann, richtete er seine Aufmerksamkeit auf das Smartphone, las die Themen des Tages oder vertiefte sich in die eingegangenen E-Mails. Von künftigen Projekten zu träumen, etwa vom geplanten Umzug, war ebenfalls ein gutes Mittel, um auf andere Gedanken zu kommen. Sobald seine geschäftlichen Erfolge ihm erlaubten, sich ein höheres Gehalt zu überweisen, würde er ein größeres Haus mieten, damit Chloé bei ihren Besuchen ein eigenes Zimmer hatte. Er war es leid, jedes Mal die Schlafcouch im Wohnzimmer aus- und zuklappen zu müssen. Hernach konnte er ins Auge fassen, den Wagen zu wechseln, und sich damit eine kleine Freude bereiten …

Am dritten Morgen stand er mit einem genau lokalisierbaren, ziemlich starken Kopfschmerz auf. Sein empfindliches Gemüt brauchte nur Sekunden, um dessen Ursache auszumachen: Innere Unruhe, ja ein bohrender Zweifel ergriff von ihm Besitz. Eine halbe Stunde später griff er zum Telefon.

»Ich hätte gern einen Termin bei Doktor Stern.«

»Augenblick, ich schaue nach, wann er verfügbar ist«, erwiderte eine ebenso professionelle wie unpersönliche Frauenstimme.

»Es geht … um einen Notfall.«

Kitschige Klaviermusik drang an sein Ohr. Er geduldete sich, während das Gefühl von Beklemmung immer stärker wurde. Allerlei ungeordnete Gedanken schossen ihm durch den Kopf. So sah er sich bereits im Krankenhaus, am Gehirn operiert. Aber waren solche Eingriffe durch seine Versicherung überhaupt abgedeckt?

»Bleiben Sie dran, ich habe hier einen weiteren Anruf.«

Das Klavier triefte geradezu vor Süßlichkeit.

Durch das offene Fenster hörte er Gary schreien, den Muffin-Händler. Der Hof hinter Garys Laden ging in eine quadratische Rasenfläche über, die an Jonathans hinteren Garten grenzte. Dort verbrachten Garys Kinder während der Schulferien fast den ganzen Tag, wurden aber schon beim geringsten Anlass von ihrem Vater angeschnauzt. Wegen nichts und wieder nichts setzte er den armen Gören zu. Zu seiner Verteidigung musste man jedoch vorbringen, dass das Geschäft nicht gut zu gehen schien; trotz der besonderen Qualität seiner Muffins waren die Kunden rar, weshalb sich die Monatsenden bei ihm offenbar schwierig gestalteten.

Die Klaviermusik zog sich in die Länge. Plötzlich fasste Jonathan sich wieder. Er hatte doch früher schon unter Kopfschmerzen gelitten, warum also war er jetzt so beunruhigt? Er spürte Wut in sich hochsteigen und knallte schließlich den Hörer auf. Daran war nur die verdammte Zigeunerin schuld! Hätte sie ihm nicht diese Flausen in den Kopf gesetzt, wäre er jetzt nicht derart durcheinander!

Er war wütend – auf sie, aber auch auf sich selbst, weil er sich wider Willen von ihr beeinflussen ließ. Wie hatte sie es wagen können, eine derartige Aussage zu treffen? Mit welchem Recht? Was wusste sie denn? Was? Und wenn er tatsächlich sterben musste – zu welchem Zeitpunkt? Das war doch das Einzige, was zählte, oder?

Jonathan verließ das Haus, um draußen zu frühstücken. Bevor er auf seine Teilhaber traf, musste er auf andere Gedanken kommen, auch wenn dafür wenig Zeit blieb.

Die Luft war noch kühl, und er atmete tief ein. Eines der letzten kostenlosen Dinge auf dieser Welt. Irgendwann wird man schon ein Mittel finden, uns die Luft in Rechnung zu stellen, dachte er, zum Beispiel, wenn sie völlig verpestet wäre und erst einmal gereinigt werden müsste. Er beglückwünschte sich, online die Petition unterzeichnet zu haben, die für die schadstoffreichsten Autos ein Verbot forderte.

Um keine Zeit zu verlieren, begab er sich zu Garys Laden. Als er eintrat, schlug ihm der betörende Duft frisch gerösteten Kaffees entgegen. Es herrschte eine trübselige Atmosphäre – nur ein weiterer Kunde saß in der Ecke –, aber die Muffins waren köstlich, wenn auch klein gemessen am Preis.

Gary näherte sich leise und brummelte ein kaum hörbares »Guten Tag«. Seine kleinen, leicht zusammengekniffenen Augen lagen im Schatten dichter schwarzer, immer gerunzelter Brauen, während der Mund sich unter einem Bart verbarg, mit dem er einem großen Bären ähnelte.

Genauso wenig gesprächig wie sonst und kaum zu einem Lächeln bereit nahm er die Bestellung entgegen. Bei ihm äußerte sich der Mangel an Großzügigkeit auf allen Ebenen des Lebens.

Oben von der rötlichen Backsteinwand strahlte der Bildschirm das Gesicht einer CNN-Journalistin aus, die Austin Fisher interviewte, den Tennis-Champion. Falls er die US Open gewinne, werde er damit den Rekord brechen, was die Anzahl der Siege bei Grand-Slam-Turnieren betreffe, weshalb ein hoher Druck auf ihm laste, erläuterte die Journalistin in leicht schnippischem Ton. Zumal Austin Fisher in Flushing Meadows, wo der schnelle Belag ihm zu schaffen mache, noch nie als Sieger vom Platz gegangen sei, erinnerte sie die Zuschauer und traf damit genau den wunden Punkt.

Jonathan betrachtete die kämpferische Miene des Champions, dessen Gestalt nun den Bildschirm ausfüllte, die Sportkleidung mit Werbelogos übersät. Sofort erkannte er die eingeblendeten Bilder wieder, die während seines letzten Triumphs aufgenommen worden waren. Fisher lächelte kaum einmal. Sein Spiel war geprägt von einer enormen Schlagkraft, die ihn ziemlich verbissen erscheinen ließ. Vielleicht vermochte er deshalb die Zuschauer nur selten zu begeistern, ungeachtet seiner imponierenden Art, über sich selbst hinauszuwachsen.

Jonathan verspeiste einen Muffin und merkte plötzlich, dass sein Kopfschmerz verschwunden war.

Nach dem Frühstück stand seine Entscheidung fest. Er würde die Zigeunerin wiederfinden und die Erklärungen, die sie ihm schuldete, einfordern. Nichts Schlimmeres als Ungewissheit und Ungenauigkeit, dachte er. Der Geist, der davon durchdrungen ist, sucht verzweifelt nach Antworten. Er hatte nicht die Absicht, sich für den Rest seiner Erdentage wie ein Verrückter den Kopf zu zerbrechen und grundlos in Angst zu leben. Am nächsten Wochenende würde er mehr wissen.

Er beglich die Rechnung und überprüfte das Wechselgeld. Das letzte Mal wäre er fast übers Ohr gehauen worden: Gary hatte ihm auf fünf statt auf zehn Dollar herausgegeben. Jonathan fragte sich, ob er das nicht absichtlich getan hatte.

Der Rest der Woche verging reibungslos. Er widmete sich seiner Arbeit und setzte alle Hebel in Bewegung, um die Ziele, die seine Teilhaber und er sich gesteckt hatten, zu erreichen.

Zu gern hätte er Michael, der irgendwann unter schallendem Gelächter zu ihm gesagt hatte: »Wenn ich Kunde wär, würde mir deine Visage nicht grade Vertrauen einflößen«, den Mund gestopft. Immer wieder tauchte dieser Satz aus der Vergangenheit auf, so auch jetzt, als er die Szene noch einmal vor sich sah; sie ging ihm dauernd durch den Kopf und nährte sein dringendes Bedürfnis nach Rache. Es sollte doch möglich sein, den Konkurrenten zu schlagen, indem er pausenlos arbeitete.

Am Freitag wurde Jonathan blitzartig bewusst, dass die Anwesenheit seiner Tochter ihn daran hindern würde, am Wochenende zur Hafenmole zurückzukehren und nach der Zigeunerin zu suchen. Unvorstellbar, die Kleine mitzunehmen … Zugleich aber fühlte er sich außerstande, länger zu warten. Er *musste* die Wahrsagerin sehen, mit ihr sprechen. Es fehlte ihm der Mut, sich noch weitere acht Tage zu quälen.

Schließlich griff er zum Telefon.

»Angela, ich bin's, Jonathan.«

Schweigen am anderen Ende der Leitung.

»Hallo?«, fragte er.

»Ich höre, Jonathan.«

»Ich, äh … hab da … ein kleines Problem … Ich …«

»Lass mich raten: Du hast am Wochenende keine Zeit, stimmt's?«

»Nein, aber … wenn … na ja …«

»Komm zur Sache, Jonathan. Ich hab zu tun. Die Pflanzen warten auf mich …«

»Es geht bloß darum, dass ich Chloé am Sonntag ein bisschen früher zurückbringen möchte.«

Erneutes Schweigen, gefolgt von genervtem Seufzen.

Jonathan beharrte nicht weiter auf seinem Anliegen.

Kaum hatte das Wochenende begonnen, verbreitete Chloé mit ihren sieben Jahren wie gewohnt gute Stimmung in dem kleinen Haus. Am Samstagmorgen fuhren sie zusammen hinaus zum Stinson Beach. Da in der Nacht zuvor ein kräftiger Wind geweht hatte, waren die Wellen höher als sonst; sie brachen sich tosend am Strand und versprühten ihre salzige Gischt.

Chloé verbrachte den Vormittag mit Spielen, grub ein Schwimmbecken in den Sand, baute Schlösser und lief – das mochte sie am liebsten – im seichten Wasser hin und her, um bei jeder Welle hochzuspringen.

»Papa! Komm spielen!«

»Später, mein Liebling …«

Jonathan beobachtete sie aus dem Augenwinkel, während er E-Mails von Kunden beantwortete. Sammelten sich zu viele an, würde er sie nicht mehr bewältigen können.

»Los, Papa, mach schon …«

Schließlich schaffte sie es, ihn an den Rand des Wassers zu ziehen, hängte sich schreiend an seinen Hals und bespritzte ihn mit dem schrecklich kalten Nass. Ihr ungestümes Lachen überdeckte Jonathans Protest.

Zum Mittagessen setzten sie sich auf die Terrasse des *Parkside Café*, in den Schatten einer großen Pinie, die den Duft ihrer zahllosen von der Sonne erwärmten Nadeln verströmte. Danach zog es Chloé zu dem Spielplatz gegenüber.

»Komm mit!«, flehte sie.

»Geh du allein, ich schau dir zu.«

Jonathan ließ sich auf einer Bank nieder. Er beneidete seine Tochter um ihre Lebensfreude und Unbekümmertheit. Er beobachtete sie beim Spielen und versuchte, den Moment für sich zu nutzen. Aber wie sollte er innerlich loslassen, wenn der Kopf vollgestopft war mit tausend Angelegenheiten, die zu erledigen waren und sich bereits vermehrten, während man noch still und untätig dasaß? Sie tauchten auf wie Stacheln in Gestalt flüchtiger Gedanken, die ihn bedrängten: den Keller aufräumen, eine Unmenge an Fotos kopieren und sichern, bevor sie durch ein Missgeschick zerstört werden, Einkäufe machen – dabei ja nicht die Küchenrolle vergessen –, die warmen Sommermonate nutzen, um die Fensterläden zu streichen, ehe sie verrotten, das Auto waschen, den Garten sprengen und, natürlich, Klee ausreißen, sobald er nachwächst. Ah … verflixt, außerdem musste er Tante Margie antworten, die ihm in einem hübschen handgeschriebenen Brief, wie es sie kaum noch gab, mancherlei Neuigkeit berichtet hatte. All das zusammen würde ungefähr einen Monat dauern … Eine Schande …

Plötzlich kamen ihm die Zigeunerinnen in den Sinn. Er stellte sich vor, wie sie am Hafen, vor dem Pier 39, ihres Amtes walteten. Acht weitere Tage Geduld haben … Schreckliches Warten …

»Komm, Papa!«

Jonathan schüttelte den Kopf und rang sich ein Lächeln ab. Wie hätte er, von solchen Sorgen geplagt, unbeschwert mit seiner Tochter spielen können?

Doch Chloé ließ nicht locker und kam zu ihm.

»Dann erzähl mir eine Geschichte!«

»Gut, okay.«

»Ja! Ja! Super!«

Sie sprang ihm an den Hals.

»Also … die Geschichte geht so …«

In diesem Moment läutete das Telefon. Angezeigt wurde die Nummer eines potenziellen Kunden, den er seit zwei Tagen zu erreichen versuchte.

»Mein Liebling … eine Minute, das ist ein wichtiger Anruf. Vor allem keinen Lärm machen … Pst!«

Am nächsten Tag unternahmen sie eine Radtour am Wasser entlang. Beim Lombard Gate bogen sie nach Westen ab, denn Jonathan war sorgsam darauf bedacht, der fluchbeladenen Hafenmole fernzubleiben. Stattdessen schlug er die Promenade von Presidio ein, die zwischen zauberhaften, zur Küste hin gelegenen Häusern und hohen, sich scharf gegen den Himmel abzeichnenden Nadelbäumen verlief. Die Meeresluft roch herrlich, und der saphirblaue Ozean, kaum gekräuselt durch die sanfte Brise, dehnte sich aus, so weit das Auge reichte. Gelegentlich erschien in der Ferne die schlanke Gestalt der Golden Gate Bridge, als hätte ein schelmischer Maler sich den Spaß gemacht, die Bucht mit ein paar orangefarbenen Pinselstrichen zu verschließen. Chloé trat mit voller Kraft in die Pedale ihres kleinen Rades, begeistert, im Überschwang ansteckenden Glücks, auf den Lippen ein breites Lächeln, das ihren Vater mit Freude erfüllte. Endlich gelang es ihm, jene erschreckende Prophezeiung zu vergessen, die er sich hatte anhören müssen. Doch als an einer der zahlreichen Kurven der National Cemetery auftauchte, verdüsterte der Anblick der abertausend über die Hügel verstreuten weißen Kreuze seine Stimmung schlagartig – so sehr, dass er sich während der restlichen Spazierfahrt niedergeschlagen fühlte.

Zu gewohnter Stunde und äußerst pünktlich brachte er Chloé zu ihrer Mutter zurück. Wie jedes Mal lächelte sie ihm zu, um zu verbergen, wie sehr die Trennung sie schmerzte. Er wartete, bis die Tür des kleinen gelben Hauses sich schloss, eilte dann hastig davon und stieg in seinen Wagen. Es war 19 Uhr 01. Man kann nie wissen, dachte er. Die Touristen hatten die Hafenmole bestimmt längst verlassen und waren in ihre Hotels zurückgekehrt, während die Sonntagsspaziergänger wohl bereits auf dem Nachhauseweg waren. Warum also sollte er nicht wenigstens die Probe aufs Exempel machen? Handeln lindert die Angst.

Er kämpfte gegen die Versuchung an, die erlaubte Höchstgeschwindigkeit zu überschreiten – denn ihm war gewiss nicht danach, einen Strafzettel zu bekommen –, und kreuzte schließlich eine gute Viertelstunde nervös durch die Hafengegend, um einen Parkplatz zu finden. Mit einem flauen Gefühl im Magen stieg er aus und lief Richtung Mole. Eine Art Lampenfieber ergriff ihn, und je näher er dem Platz kam, desto mehr verkrampften sich die Muskeln in seinen Beinen. Wider alle Erwartungen wimmelte es noch von Ausflüglern, die den milden Abend genossen. Er stellte sich auf eine Bank und ließ seinen Blick mehrmals hin und her schweifen. Keine Spur von Zigeunerinnen. Er überquerte den Platz, suchte die Menge ab, hielt Ausschau nach langen schwarzen Haaren, überprüfte die Gesichter. Nichts. Er ging bis ans Ende der Mole und kehrte über den anderen Kai zurück, stets wachsam, wie auf der Lauer. Vergebens. Langsam, aber sicher stieg Frustration in ihm auf. Er schlenderte zu einem Eisstand.

»Was darf's sein?«, fragte der Verkäufer, ein Mann um die fünfzig mit blasser Haut und rabenschwarzem Haar, das ihm glatt und schlecht geschnitten ins Gesicht fiel.

»Nur eine Frage: Haben Sie heute die Zigeunerinnen gesehen? Sie wissen schon, die, die in den Handlinien lesen …«

Der Typ kniff die Augen zusammen.

»Was wollen Sie denn von denen?«, erwiderte er in misstrauischem Ton.

»Eine von ihnen hat mir … die Zukunft vorhergesagt, und ich wollte mehr darüber erfahren … Ich hätte gern … eine zweite Séance. Kennen Sie die beiden?«

Der andere starrte ihn einen Moment lang schweigend an.

»Die waren heute da, am Nachmittag. Keine Ahnung, wo sie jetzt sind.«

»Kommen sie jedes Wochenende?«

»Ich führ nicht Buch darüber, was die den ganzen Tag machen. Madam, welche Sorte darf's sein?«

Jonathan verharrte noch eine Weile, um die Menge genau zu beobachten, und schlug dann widerwillig den Weg zum Auto ein. Am nächsten Wochenende würde er sein Glück erneut versuchen, doch im Grunde glaubte er nicht mehr daran, die beiden zu finden. Ihm dämmerte, dass er würde lernen müssen, innerlich loszulassen und diese dämliche Vorhersage, die rein gar nichts bewies, zu vergessen. Würden die Handlinien etwas über das Leben der betreffenden Person aussagen, hätte die Wissenschaft das seit Langem gewusst, oder? Besser, er vergaß derlei Unfug und schlug ein neues Kapitel auf.

In Gedanken versunken erinnerte er sich an John, seinen früheren Kommilitonen, der ihm, mit einem Pendel ausgerüstet, einen *Sohn* prophezeit hatte. Bei dieser Vorstellung konnte er sich ein Lächeln nicht verkneifen … und entdeckte plötzlich *sie,* nur einige Schritte entfernt. Nein, nicht jene, die in seiner Hand gelesen hatte, sondern die andere, die Fülligere, Ältere, die der Fliehenden »Lisa« nachgerufen hatte. Er warf sich förmlich auf die Zigeunerin.

»Ihre Freundin, wo ist sie? Ich möchte sie sehen!«

Sie ließ sich nicht einschüchtern, sondern musterte ihn mit strengem Blick.

»Was willst du?«, fragte sie unwirsch. »Du hast meine Schwester schon gesehen. Was willst du denn noch?«

Ohne eine Antwort abzuwarten, ergriff sie mit grober Geste seine Hand und drückte die Finger auseinander. Er zuckte zusammen, ließ es aber geschehen.

»Lisa hat's dir gesagt«, bekräftigte sie schonungslos und stieß ihn weg. »Du wirst sterben. Das steht hier geschrieben.«

»Wie könnt ihr es wagen, das zu behaupten? Unerhört, den Leuten so etwas einzureden!«

»Wenn's dir nicht passt, das zu hören, warum kommst du dann wieder?«

»Und wann soll ich sterben, hm? Wann?«

Sie betrachtete ihn verächtlich. In ihren Augen war nicht ein Hauch von Mitleid zu erkennen.

»Du müsstest schon tot sein. Also kannst du dich glücklich schätzen. Aber das Ende des Jahres wirst du nicht erleben. Schluss jetzt. Lass uns in Ruhe, ein für alle Mal.«

Die Brutalität des Gesagten ließ ihn erstarren. Benommen schaute er zu, wie sie sich ungerührt entfernte.

5

Die folgenden Tage waren ausgesprochen beschwerlich. Jonathan fühlte sich wie vor den Kopf geschlagen. Er, der jener ersten Zigeunerin nicht allzu großen Glauben hatte schenken wollen, nahm sie nun bitter ernst. Zwar hatte er für ihre niederträchtig agierende Schwester nichts als Abscheu empfunden, aber das Schlimme war, dass sie ihm trotzdem … aufrichtig erschienen war. Ein maßloser Mangel an Mitgefühl, an Einfühlungsvermögen, ja, aber … absolute Aufrichtigkeit. Eine brutale, ebenso entwaffnende wie verheerende Offenheit.

Gewiss, man kann aufrichtig sein und sich trotzdem täuschen, einem Irrtum erliegen und weiterhin von sich überzeugt sein. Aber dennoch … Was geschehen war, ließ Jonathan sprachlos zurück. Er war vollkommen erschöpft, hatte den Eindruck, der Boden würde ihm unter den Füßen weggezogen, sein Leben stünde kurz vor dem Zusammenbruch. Bisher hatte er sich über die Dauer seines Daseins nie Gedanken gemacht; jetzt fasste er überrascht dessen Ende ins Auge, und diese Vorstellung war … unzumutbar, unerträglich.

Er versuchte, in den Alltag zurückzukehren; zwang sich, morgens zur gewohnten Stunde aufzustehen, kam lustlos seinen Verpflichtungen nach, reihte berufliche und lästige private Tätigkeiten aneinander. Doch die Prophezeiung der Zigeunerinnen verfolgte ihn, und tief im Innern fragte er sich, ob sie nicht recht hatten.

Nach einer Woche in diesem halb lethargischen Zustand gab er sich einen Ruck und beschloss, Doktor Stern aufzusuchen. Er verlangte einen kompletten Check-up: Blutuntersuchungen, Röntgenaufnahmen, Computer- und Magnetresonanztomografie – das ganze Programm. Der Arzt schrieb ein Rezept aus, erklärte aber in gleichgültigem Ton, dass die Versicherung aufgrund des Fehlens jeglicher Symptome nicht für die Untersuchungen aufkommen werde. Der Kostenvoranschlag belief sich auf siebentausendachthundert Dollar, ein Betrag, der Jonathan die Sprache verschlug.

Er fasste das alles wie eine große Ungerechtigkeit auf. Als reicher Mann hätte er reagieren und sich nötigenfalls beizeiten um seine Gesundheit kümmern können. Tagaus, tagein gab er sich seiner Verbitterung hin, um schließlich zu resignieren. Waren die medizinischen Untersuchungen im Grunde nicht zwecklos? Wenn er sterben musste, würde er so oder so sterben. Man entgeht seinem Schicksal nicht. Hatte die Geschichte der Katharina von Medici das nicht deutlich gezeigt? Côme Ruggieri, ihr Astrologe, hatte vorhergesagt, dass sie in der Nähe von Saint-Germain sterben werde. Daraufhin hatte sie sich ihr Leben lang sorgsam ferngehalten von jedem Ort, der diesen Namen trug, und sogar die Einstellung der Bauarbeiten am Pariser Palais des Tuileries verfügt, weil es zu nahe bei der Pfarrkirche von Saint-Germain-l'Auxerrois lag. Doch eines Tages war sie krank geworden, so schlimm, dass man einen Priester an ihr Bett rief. In der Agonie hatte sie sich ihm zugewandt und mit letzter Kraft nach seinem Namen gefragt. Sanft und in tröstendem Ton hatte er erwidert: Julien de Saint-Germain. Vor Entsetzen hatte die ehemalige Königin von Frankreich die Augen aufgerissen und ihren letzten Seufzer getan.

Jonathan war schwer angeschlagen. Er fühlte sich wie ein Vogel, der sich mit bleiernen Flügeln in die Lüfte aufzuschwingen versucht.

Dennoch wollte er sein gewohntes Leben fortsetzen, auch wenn es ihm zunehmend Mühe bereitete, das Lächeln zu zeigen, das seine berufliche Tätigkeit ebenso verlangte wie seine Rolle als Mann, Vater oder Nachbar. Termine, Verhandlungen, Widersprüche, Unterschriften, Staus, verfehlte Ziele. *Ganz wie Sie wünschen, Herr Soundso. Nein, das geht leider nicht, Frau Soundso.* Dazu noch die Einkäufe, die Wäsche, das Geschirr, der Hausputz, der Müll, Rechnungen hier, Petitionen dort ... Der tägliche Kampf ging weiter, nur hatte das Leben jenen Reiz verloren, den er früher nicht im Ansatz zu schätzen gewusst hatte, dessen Verlust im Nachhinein aber umso schmerzlicher war. Man erkennt den Wert des Lebens erst, wenn es bedroht ist.

Nun schwebte dauernd der Tod über Jonathan und durchdrang auf filigrane Weise sein ganzes Dasein. Abgesehen von der Angst, die ihn wider Willen heimsuchte, entledigte sich sein Verstand der Projekte, die seine Aufmerksamkeit bis dahin beansprucht hatten. So hatte er sich angewöhnt, sich über die enttäuschende Gegenwart hinwegzutrösten, indem er eine von kleinen, aber angenehmen Versprechen erfüllte Zukunft ins Auge fasste: die Ferien im kommenden Jahr; die Aussicht, ein schönes Möbelstück, ein schickes Paar Schuhe, ein neues Auto zu kaufen; die Hoffnung auf eine beglückende Begegnung und vor allem darauf, eines Tages endlich in ein größeres Haus umziehen zu können. Diese Zukunft, an die er sich immer geklammert hatte, schien mit einem Mal beschlagnahmt, unzugänglich. Ja, sie war einfach verschwunden. Es blieb ihm nur, was er schon besaß – die trübselige Gegenwart, beladen mit Problemen, ohne Hoffnung auf Entfaltung oder gar Veränderung.

Eines Morgens, als er aufstand, um zur Arbeit zu gehen, dämmerte ihm, dass er so nicht weitermachen konnte. Er war abwesend, nichts trieb ihn mehr an, er fand nicht die Kraft, sich überhaupt von der Stelle zu rühren.

Die Bestürzung, die ihn ergriff, ließ ihn gar seine gesamte bisherige Existenz in Frage stellen. Welchen Sinn hatte es, so zu leben? Wohin führte ihn das eigentlich? Pausenlos arbeiten und sich mit allen erdenklichen Schwierigkeiten herumschlagen, immer in Erwartung des Wochenendes, nur um dann in den Geschäften jene paar Bedürfnisse zu stillen, die die Gesellschaft mit Erfolg in einem geweckt hatte, und eine winzige, äußerst flüchtige Befriedigung zu empfinden. Anschließend wieder arbeiten, um das nächste Wochenende beginnen und den fast gleichen Beschäftigungen nachgehen zu können. War das Leben nicht eine monotone Abfolge von Verbissenheit und Vergnügen, ebenso belanglos wie vergänglich?

Auch sein geheimer Ehrgeiz, über sich hinauszuwachsen und Michael in geschäftlicher Hinsicht zu übertreffen, hatte in seinen Augen kaum noch Sinn. Mittlerweile erschien ihm dieser Drang lächerlich; ein Ansporn, der gar nicht wirklich von Interesse war. Und die Arbeit selbst, hatte sie einen Sinn? Ständig neue Kunden treffen, weitere Policen unterzeichnen ... wozu sollte das gut sein?

Jonathan brauchte eine Pause, musste diese teuflische Verkettung durchbrechen und Abstand gewinnen, um sich in Ruhe zu überlegen, was er mit dem Rest seines Lebens anfangen wollte. Angenommen, er sollte tatsächlich vor Ablauf eines Jahres sterben – welche Erlebnisse würden ihm dann während seiner letzten Monate tiefe Genugtuung bereiten?

Er rief seine Teilhaber zusammen und erklärte, persönliche Probleme ließen ihm keine Wahl, er sehe sich gezwungen, eine Auszeit zu nehmen. Seine Abwesenheit solle für sie keine finanziellen Folgen haben: Die Einkünfte würden weiterhin nach dem in den Verträgen fixierten Schlüssel aufgeteilt; um die Bearbeitung der noch nicht erledigten Fälle werde sich die Assistentin kümmern.

»Wirst du lange weg sein?«, fragte Michael.

Jonathan atmete tief durch. Er hatte nicht die geringste Ahnung.

»So lange, wie es nötig ist …«

Angela gab keinerlei Kommentar ab. Sie schaute nur still vor sich hin.

An diesem Tag begleitete Michael ihn freundlich zur Tür.

»Ich hab sehr wohl verstanden, dass das nicht funktioniert«, sagte er leise. »Hör zu, nimm dir Zeit und denk in aller Ruhe über meinen Vorschlag nach.«

Wieder zu Hause warf Jonathan nur das Nötigste in die Reisetasche, sprang in seinen alten weißen Chevrolet und raste über den Highway 101 direkt in Richtung Süden. Der leuchtend blaue Himmel, befreit vom üblichen Morgennebel, erschien ihm unermesslich.

6

»Gleich sind wir mit Eva Campbell verbunden, unserer Sonderberichterstatterin in Flushing Meadows.«

»Hallo, Tony, stellen Sie sich vor, gerade hat Austin Fisher die erste Runde der US Open siegreich beendet. Er hat kurzen Prozess gemacht mit dem sympathischen Australier Jeremy Taylor, Dreiundvierzigster der Weltrangliste. Ein ausgezeichnetes Match in drei Sätzen: 6:2, 6:4, 6:3. Austin steht neben mir …«

»Wirst du etwa das ganze Essen über in diese Röhre glotzen?«, fragte Angela.

Sie saßen auf der Terrasse des Cafés am Platz, nahe der weit geöffneten Fensterfront, und Michael starrte gebannt auf den Bildschirm im Innern.

»Ich geh jede Wette ein, dass er das Turnier gewinnt.«

»Großartig«, erwiderte Angela in gewohnt sarkastischem Ton.

»Bist du dir darüber im Klaren: Damit würde er den Siegesrekord bei Grand-Slam-Turnieren brechen, er …«

»Das wird mein Leben ändern.«

Mit flinker Geste ergriff sie den Hamburger auf ihrem Teller und biss hinein.

»Gib zu, das wär schon unglaub…«

Mit vollem Mund fiel sie ihm ins Wort.

»Chloé wird mich nicht mehr nachts aufwecken, wird keine Albträume mehr haben …«

»Hör auf …«

»Die Kunden werden Policen blind unterschreiben und nicht mehr verhandeln …«

Michael kicherte.

»Angela …«

»Nur zu, schau ruhig weiter. Ich bin gar nicht da …«

»Versteh doch, ich krieg das quasi aufgezwungen, da kann ich nicht widerstehen …«

»Dem Verlangen, mit der Frau dir gegenüber ein Gespräch zu führen, widerstehst du jedenfalls sehr gut.«

Er brach in schallendes Gelächter aus.

»Ich hoffe doch, du machst mich nicht zum Ventil für deine Stimmungen …«

Angela musste nun ihrerseits lächeln. Michael schenkte ihr Wein nach.

»Was meinst du, kommt Jonathan zurück, oder scheidet er ganz aus?«, fragte sie.

»Er kommt zurück, sicher.«

Sie runzelte die Stirn.

»Das letzte Mal hast du das Gegenteil gedacht …«

»Schon … aber am Ende wird er sich wohl fangen und wieder an die Arbeit gehen. Je länger ich darüber nachdenke, desto klarer wird mir, dass er der Typ ist, der sich durchbeißt. Er wird ein Leben lang Teilhaber dieser Firma sein.«

»Hast du beschlossen, mich in schlechte Stimmung zu bringen und mir genau das hinterher vorzuwerfen?«

Michael lächelte.

»Nein, aber … ich glaube, du verschwendest deine Zeit,

wenn du dir falsche Hoffnungen machst. Das ist verlor'ne Liebesmüh.«

»Willst du mir wirklich das Essen verderben?«

»Kein Zweifel, eure Situation ist unerträglich ...«

Angela seufzte und biss erneut in den Hamburger.

»Wie feige die Männer doch sind ...«

»Danke für die Verallgemeinerung ...«

»Unfähig, ihren Verpflichtungen nachzukommen ...«

»Wenigstens auf Jonathan trifft das zu.«

Angela zuckte die Schultern.

»Du kannst dir nicht vorstellen, was er zu mir gesagt hat an dem Tag, als ich nach Hause kam und ihn mit einer barbusigen jungen Frau auf dem Sofa erwischte.«

»Erzähl ...«

»›Es ist nicht so, wie du denkst ... Das ist nur die neue Babysitterin ... Sie stellt sich gerade vor.‹«

Michael unterdrückte ein Lächeln.

»Das muss ein Schock gewesen sein.«

»Ich hab ihn gefragt, ob er vorhabe, sie einem Still-Test zu unterziehen. Für unsere siebenjährige Tochter.«

Michael prustete los.

Angela nahm einen Bissen, kaute darauf herum und starrte ins Leere.

»Soll ich dir's sagen?«

»Was?«

Er atmete tief durch.

»Ich an deiner Stelle würde die Firma wahrscheinlich verlassen. Um ein für alle Mal ein neues Kapitel aufzuschlagen.«

»Das ist wirklich mein Tag. Bin echt froh, hergekommen zu sein ...«

»Ich teile dir nur meine Meinung mit …«

»Nie im Leben! Hörst du?«

»Ich sag ja bloß …«

»Nicht nur dass ich Chloé allein großziehen muss, jetzt soll ich mir auch eine neue Stelle suchen, und das in diesen Zeiten! Was denn noch alles?«

»Ich versteh deine Reaktion, aber letztlich musst du an *dich* denken! Du darfst nicht nur in Bezug auf Jonathan handeln.«

»Nicht immer bin ich diejenige, die sich opfert …«

Michael trank einen Schluck Wein.

»Hör zu, nimm dir Zeit und denk darüber nach. Falls du deine Ansicht änderst, lass es mich wissen. Ich hätte dir vielleicht einen Vorschlag zu machen.«

Die Kamera zoomte zurück. Die gesamte Terrasse erschien in der Totalen, bis Ryan schließlich auf *Stopp* drückte.

Diese Szene war nichts im Vergleich zu der, die er einige Tage zuvor vom Schlafzimmerfenster aus gefilmt hatte: Jonathan auf allen vieren in seinem Garten. Halm für Halm riss er den Klee aus, anstatt wie jedermann Unkrautvernichtungsmittel zu verwenden. Ein derart dämliches Bild, dass Ryan still vor sich hin lachte, wenn er nur daran dachte. Das Video hatte beträchtlichen Erfolg: hundertvierzehn Likes und siebzehn Kommentare.

Ryan trank einen Schluck Cola.

Dann entdeckte er auf der Terrasse zwei junge Männer, die ins Gespräch vertieft waren. Scheint ’n lebhafter Dialog zu sein, dachte er, richtete das Hohlspiegelmikrofon auf die beiden, stellte den Ton ein und aktivierte den Aufnahmemodus erneut.

7

Der Highway 101 führte über ungefähr zwanzig Kilometer an der Bucht von San Francisco entlang und wand sich dann fast zwei Stunden landeinwärts, um schließlich vor Monterey erneut auf den Ozean zuzulaufen. Etwas weiter südlich wurde die Vegetation dichter, und die Pinien, die das Bild beherrschten, verströmten einen Duft von Ferien.

Die Sonne stand noch hoch am Himmel, als Jonathans alter Chevrolet in die von Zypressen und Bougainvilleen gesäumte Allee einbog. Hinter der Kurve tauchte das Anwesen seiner Tante auf, ein hübsches weißes Haus, voller Charme, ohne prätentiös zu wirken, und umgeben von üppigem Grün. Er stellte den Motor ab und öffnete die Wagentür. Der sanfte Wohlgeruch der Blumen versetzte ihn sogleich in die Zeit vor dreißig Jahren zurück. Er war sechs Jahre alt, und seine Familie, gerade aus Frankreich zurückgekehrt, stattete Tante Margie einen ersten Besuch ab. Sowie er aus dem Auto stieg, war er verzaubert von dem aromatischen Gemisch aus Rosen, Klematis und Geißblatt, die alles in einen Duft von Paradies hüllten, als hätte eine Fee über Haus und Garten eine Handvoll wunderkräftigen Puders verstreut. Drei Jahrzehnte später weckten die gleichen Blumen das gleiche Gefühl in ihm.

Er ging auf das Haus zu. Unter seinen Schritten knirschte

der Kies. Weiter unten, etwa hundert Meter entfernt, kaum verdeckt von den hohen Ästen hundertjähriger Pinien, die die stürmischen Winde zahlreicher Winter gekrümmt hatten, schien das tiefblaue Meer in Schlaf versunken.

Tante Margie erschien auf der Außentreppe – mit dem gleichen Lächeln wie dreißig Jahre zuvor. Es waren dieselben Augen, sprühend vor Freude und Lebendigkeit, ja sogar einer gewissen bei Menschen dieses Alters eher seltenen Schalkhaftigkeit.

Ihr Leben war turbulent gewesen. Man wusste von drei Ehemännern und mindestens ebenso vielen Berufen. Als Archäologin hatte sie sich schnell auf die Schädel der ersten Erdbewohner spezialisiert, also die Menschen den Steinen vorgezogen und sich ihnen über zwanzig Jahre gewidmet. Eines Tages hatte sie die Lebenden für interessanter erklärt als die Toten und ein weiteres Studium aufgenommen, nämlich das der Biologie. Nach einigen Jahren Arbeit im Labor hatte sie eine eigene Stiftung gegründet, deren Zweck Jonathan nie ganz klar geworden war. Offenbar ging es darum, Gebiete zu erforschen, die von der Wissenschaft gewöhnlich vernachlässigt werden. Seit gut zehn Jahren war Margie im Ruhestand, blieb aber Ehrenvorsitzende der Stiftung. Er vermutete, dass sie nie wirklich einen Schlussstrich gezogen hatte und den Kontakt zu den Forschern nach wie vor aufrechterhielt.

»Dein Zimmer ist hergerichtet«, sagte sie. »Du kannst bleiben, so lange du möchtest!«

Sie schlossen einander in die Arme.

»Ich habe so lange nichts von dir gehört«, fuhr sie fort. »Daraus habe ich geschlossen, dass du keine Sorgen hast.«

»Margie!«

Mit einem kurzen Lächeln schlenderte sie zurück. Sie hatte nicht unrecht, und tief im Innern bekannte er sich schuldig: Tatsächlich besuchte er sie, wenn er ihrer nicht bedurfte, nur selten, obwohl er aufrichtige Liebe für sie empfand. Dieses Leben im Eiltempo, dachte er, verleitet uns manchmal dazu, die geliebten Menschen zu vernachlässigen.

»Übrigens habe ich letzten Monat deinen Brief sehr wohl erhalten«, sagte er und folgte ihr. »Ich wollte dir antworten, hatte aber keine Zeit …«

»Ich bin froh, dich zu sehen. Du tust ganz recht daran, Ferien zu machen. Wer ewig nur ackert, stumpft immer mehr ab.«

Im Haus angekommen nahm er das ihm bestimmte Zimmer in Besitz – einen hübschen Raum im ersten Stock mit weißen Wänden, pastellfarbenen Möbeln von altmodischem Charme und einer etwas stickigen Atmosphäre. An den Wänden hingen Gemälde, Stiche sowie verblasste Fotos aus Indien, Ägypten und dem Mittleren Osten: jenen Gegenden, wo sie als Archäologin gearbeitet hatte. Auf dem Nachttisch lag ein Buch von Karl Jaspers. Jonathan näherte sich dem Fenster und öffnete es. Ein leises Quietschen in den Angeln. Augenblicklich drang parfümierte Gartenluft ins Zimmer und füllte es aus. Der Blick aufs Meer war atemberaubend. Jenseits des üppigen Gartens erstreckte sich das Blau bis ins Unendliche. Er lehnte sich nach draußen und sog den azurnen Hauch in tiefen Zügen ein.

Lärm und Verschmutzung der Stadt schienen ihm in weiter, weiter Ferne, ebenso wie der Arbeitsstress.

Am nächsten Tag allerdings erwartete ihn eine unangenehme Überraschung; wieder einmal hatte sein Wagen eine Panne. Schlagartig empfand er eine tiefe Verstimmung, die an Wut grenzte: Verfolgten die Probleme ihn wirklich bis hierher? Würde er bis zum Ende seiner Tage gegen all diese Widrigkeiten ankämpfen müssen? War das tatsächlich sein Schicksal?

»Wirst du dir noch in zwanzig Jahren den Kopf darüber zerbrechen?«, fragte Tante Margie angesichts seiner Bestürzung in spöttischem Ton.

»Worüber?«

»Über diese Panne.«

»Nun … nein, natürlich nicht. Warum?«

»Dann vergiss sie sofort«, erwiderte sie schlagfertig.

Er warf ihr einen verblüfften Blick zu.

Neben der mächtigen, großartig gemeißelten Stele in dieser Ecke des Gartens wirkte sie klein und zart. Ihre Bemerkung stammte von genau dieser Stele, die sie zu Beginn ihrer Laufbahn in Arabien entdeckt hatte, und war Teil der eingravierten aramäischen Inschrift.

»Erzähl mir nicht, dass ein solcher Schrotthaufen die Macht besitzt, dir deine Stimmung zu diktieren.«

»Vor allem finde ich es ärgerlich, erneut den Automechaniker anrufen und ihm mitteilen zu müssen, dass seine Reparatur nicht gehalten hat. Ich werde schimpfen, verhandeln, vielleicht sogar drohen müssen … Ich habe es einfach satt, um alles zu kämpfen.«

Margie begann zu lachen.

»Ich weiß wirklich nicht, was daran so komisch sein soll.«

»Oh, vieles, mein armer Freund!«

»Wie bitte?«

»Du erinnerst mich sehr an meinen ersten Mann. Auch er betrachtete das Leben als ständigen Kampf, der unentwegt erbitterten Widerstand fordert. Meine ewig gute Stimmung brachte ihn förmlich auf die Palme. Er sah ein Glückskind in mir, jemanden, der vom Schicksal verschont bleibt, wohingegen er sich im Alltag dauernd der Dachziegel erwehren musste, die ihm auf den Kopf fielen. Erst am Ende seines Lebens hat er erkannt, dass die meisten seiner Probleme die Folge seiner Sicht auf die Dinge waren und nicht deren Ursache …«

Damit entfernte sie sich, kehrte ins Haus zurück und ließ Jonathan ratlos stehen mit ihren Bemerkungen, die ihm wenig plausibel erschienen.

»Einstweilen kannst du meine alte Karre nehmen«, rief sie aus der Küche. »Es wird ihr guttun, ein bisschen öfter zu fahren. Ich führ sie nur einmal in der Woche aus, um Einkäufe zu erledigen; sie muss sich zu Tode langweilen.«

»Erlaubt das deine Versicherung?«

»Entspann dich.«

Die Garagentür öffnete sich mit einem schrecklichen Quietschen, und ein leicht schimmliger Geruch entwich nach draußen. Das alte Cabriolet der Marke Triumph stammte wohl noch aus den 1970er-Jahren, dunkelrot mit einem schwarzen, etwas ausgeblichenen Verdeck.

Der Motor hüstelte, sprang dann aber fast mühelos mit einem dumpfen Dröhnen an. Jonathan öffnete das Verdeck und setzte seine Sonnenbrille auf.

Wenig später fuhr er kreuz und quer durch die verlassenen kleinen Straßen von Big Sur, umgeben von steil aufragenden, dichtbewachsenen Bergen, deren zerklüftetes Relief sich zum Meer hin senkte. Die salzige Küstenluft roch nach Aufbruch, während die Sonne ewig an ein und derselben Stelle zu verharren schien. Endlich schaffte er es, sich innerlich von dem strapaziösen Einerlei zu befreien, und verspürte den Drang, jede Sekunde seiner Zeit auszukosten. Falls es tatsächlich geschrieben stand, dass er jung sterben sollte, musste er jeden Augenblick auskosten, statt den Alltag nur zu erleiden und sich über sein Schicksal zu beklagen. Und falls das Leben allein darin bestand, die Freuden zu genießen, die es schenken kann, hatte er dafür gewiss den richtigen Ort gewählt. Er gab sich nur eine Losung vor: an jeder Minute Vergnügen zu finden, ohne je an den Tod zu denken.

Nach einer Woche kannte er die meisten der urigen kleinen Lokale an der Küste, war in das erfrischende Wasser einsamer Buchten getaucht, war am Ufer entlanggegangen, um den Schreien der Möwen zu lauschen, hatte ausgestreckt auf dem Sand gelegen und dösend die Sterne betrachtet, mit Margie das feine Gebäck gekostet, dessen Geheimnisse sie ängstlich hütete, auf der Terrasse eines Nachtklubs unter freiem Himmel getanzt, bei einem Flirt, der ohne Folgen blieb, die Sinnenlust genossen und allabendlich bei einem Glas Weißwein den Sonnenuntergang bewundert.

Natürlich blieb er mit der Außenwelt verbunden. E-Mails und Nachrichten in den Onlineauftritten der Presse waren so sehr Bestandteil seiner Lebensweise, dass er nicht einmal in Betracht gezogen hätte, darauf zu verzichten. Er gestattete sich, auf die Fragen einiger Kunden zu antworten, und verwies die anderen an seine Assistentin. Tagtäglich informierte er sich über das, was in der Welt geschah.

Die Erholung tat ihm gut, denn sie machte ihn empfänglich für die besänftigenden Aspekte einer sorglosen Existenz, und so gab er sich ungehemmt dem Nichtstun hin.

Nach einiger Zeit jedoch verspürte er tief im Innern ein schleichendes Gefühl von Leere. Der Müßiggang war zwar angenehm, aber im Grunde weder wirklich befriedigend noch förderlich. Ein Vergnügen reihte sich ans andere, wobei jedes einzelne zusehends an Intensität verlor und ihn drängte, immer neue Ablenkungen zu suchen. Er begann zu begreifen, warum das süße Leben manche Kinder wohlhabender Eltern in ihrer Übersättigung die Orientierung verlieren und irgendwann nicht einmal mehr davor zurückschrecken ließ, harte Drogen zu nehmen.

Und es gab ein weiteres Problem: die Zeit. Sie beschleunigte sich immer mehr. Seine wenig aktiven Tage schwanden im Nu dahin. Jonathan war, als verginge der Aufenthalt bei seiner Tante ebenso schnell wie der Rest seines Lebens.

Wie gern hätte er ein Mittel gefunden, die Zeit anzuhalten. Als Junge war ihm ein einfacher Nachmittag äußerst lang vorgekommen, doch für den Erwachsenen zog das Leben im Eiltempo vorbei. Jedes Jahr schien kürzer als das vorige. Im Übrigen hatte ein befreundeter Physiker ihm mitgeteilt: Was die Wahrnehmung betrifft, erreicht man die Mitte des Lebens schon im Alter von sechzehn Jahren.

8

Nichts, das einen irgendwie bei Laune hielt. Nur Banalitäten, die nicht einmal lustig waren.

Der Deckel der Aluminiumdose riss ploppend auf und gab ein schneidendes Geräusch von sich, als Ryan die Lasche ganz abzog. Die Cola ergoss sich ins Glas, füllte es mit sprudelndem, aufquellendem Schaum. Sofort führte er das Glas an die Lippen. Vertrauter Geruch. Die kleinen Blasen zerbarsten zu winzigen Tropfen, die auf der Haut prickelten. Er trank drei Schlucke und stellte es wieder auf den Tisch. Mit einer kurzen Bewegung wischte er sich den Mund am Ärmel seines schwarzen T-Shirts ab.

Seit zwei Tagen hatte er nichts auf dem Blog veröffentlicht. Er fühlte sich wie ein ausgehungerter Tiger.

Unwirsch durchquerte er das Wohnzimmer, ging ins Schlafzimmer und schaute nachdenklich aus dem Fenster. Die Aussicht auf die Reihe von Gärten, die zu den Häusern seiner und der parallel verlaufenden Straße gehörten, war selten ergiebig.

Bloß *ein* Mensch war zu sehen – dieser Kerl namens Gary, der wie jeden Morgen auf einem weißen Plastik-Gartenstuhl im Gras hockte und seine Post las. Was für ein sterbenslangweiliger Anblick! Brief um Brief schaute der Muffin-Händler an, und bei jedem zuckte er mit den Schultern. Einschläfernd bis zum Gehtnichtmehr.

In den anderen Gärten geschah nichts, ebenso wenig wie in den nahe gelegenen Häusern, wo er sonst indirekt, durch die Scheiben, zumindest eine Andeutung von Intimität erforschen konnte.

Verdrossen kehrte Ryan ins Wohnzimmer zurück, hielt aber abrupt inne, als ihm ein Gedanke durch den Kopf schoss. Die Dummheit war nicht nur in den Worten und Taten der Menschen, sondern auch in ihren Einstellungen. Demnach entstand Komik gerade durch die dauernde Wiederholung unsinnigen Tuns. Ja, hier lag der springende Punkt: Dieser dicke Bär Gary war in seiner idiotischen Traurigkeit eigentlich komisch. Vorausgesetzt, man machte eine Serie daraus ... Wenn man die Internetnutzer dazu bekam, Tag für Tag ungeduldig darauf zu warten, dass Gary seine Briefe las und mit den Schultern zuckte, konnte die Szene wirklich lustig werden.

Ryan ging wieder ins Schlafzimmer und richtete die Kamera auf den Mann. Zoom. Trotz einer Entfernung von zweiundneunzig Metern erfasste das Hohlspiegelmikrofon das Rascheln des Umschlags, der eben aufgerissen wurde. Wunderbare Technologie! In Nahaufnahme runzelte Gary die Stirn, während er den Brief herausnahm. Er las ihn und zuckte unweigerlich mit den Schultern. Ryan brach in Gelächter aus. Aber natürlich! Gary war eine echte Figur, die ihre Rolle spielte! Er musste nur noch in Szene gesetzt werden ...

Selbstverständlich ging Ryan hier größere Risiken ein als beim Filmen einer Gruppe an öffentlichem Ort. Aber die Wahrscheinlichkeit, dass irgendein Websurfer in Minneapolis diesen Versager in San Francisco kannte, war praktisch gleich null. Außerdem hatte er bestimmte Vorkehrungen getroffen. Sein Blog befand sich auf einem ausgelagerten Server. Um bis dorthin vorzudringen, müsste man die Filter mehrerer Server erkennen und umgehen. Niemand würde sich wegen einer solchen Lappalie diese Mühe machen.

Eine Viertelstunde später drückte Ryan *Enter*, und das Bild von Gary erschien auf dem Blog, während er den Titel dazu tippte: *Das Leben der Trottel – 1. Folge.* Ryan war sich sicher: Das war der Anfang einer langen Serie.

9

»Und wenn du wandern gehst?«

Margies Vorschlag traf Jonathan unvorbereitet.

»Wandern?«

»Ja, es gibt hier überall Wanderpfade. Man begegnet keiner Menschenseele, aber es ist sehr schön.«

Dem war tatsächlich so. Überrascht entdeckte er mit neuem Blick jene Orte, durch die er seit acht Tagen in Margies Cabrio fuhr. Mit der Geschwindigkeit verliert man an Emotion, was man an Nervenkitzel gewinnt.

Die Natur ringsum war üppig, reich und voller Wohlgeruch. Einige Hänge waren zugewuchert mit Büschen in leuchtendem Grün, mit Dickicht und Sträuchern, hinter denen hier und dort wilde Orchideen aufschimmerten. An anderen spendeten Nadelbäume tröstlichen Schatten. Zum Meer hin sah man hoch aufragende Mammutbäume mit rötlichen Stämmen, an denen ganze Jahrhunderte ihre Spuren hinterlassen hatten.

Seine Schritte wurden akzentuiert durch die Rufe von vielerlei Vögeln, und eines Nachmittags erblickte er sogar einen Kondor, der majestätisch am Himmel schwebte.

Es war eine endlose Abfolge von Bergen, ein müheloser Abstieg führte in ständigem Wiederbeginn zu einem beschwerlichen Aufstieg, der ihn außer Atem brachte. Von jedem neuen Hügel bot sich eine andere Aussicht, und manchmal tauchte in der Öffnung einer Schlucht das Meer auf. Die Landschaft wechselte ihr Gewand, derweil Jonathan immer wieder überwältigt war vor Staunen. Nach mühevollem Aufstieg erschien ihm ein Panorama weitaus prächtiger, als wäre er daran einfach mit dem Auto vorbeigefahren. War das der Stolz, den die vollendete Tat gewährt? Oder behielt die Natur ihre Schönheit jenen vor, die dafür einen Tribut entrichtet hatten?

Ungeachtet der Fülle erlitt Jonathan einen kleinen Schock – an dem Tag nämlich, da er während eines seiner langen Märsche feststellen musste, dass sein Mobiltelefon keinen Empfang mehr hatte! Zunächst verstimmte ihn, dass die Verbindung unterbrochen, dass ein Band durchtrennt war; ja, er sorgte sich, weshalb er auf jedem erklommenen Gipfel das Gerät hervornahm und verzweifelt gen Himmel hielt, als wollte er Botschaften aus dem All empfangen. Moses, der seinen Stab hebt. Vergebens.

Er fühlte sich isoliert, abgeschnitten von der Welt – bis ihm schließlich dämmerte, dass er noch nie so tief verbunden gewesen war wie jetzt. Weder durch die Medien, die schlechte Nachrichten vom Globus für ihn auswählten, noch durch E-Mails und Informationen von Bekannten, die sich ihm zu jeder Tages- und Nachtzeit ins Gedächtnis riefen und bestätigten, dass er in den Augen der anderen weiterhin existierte. Nein, was er jetzt empfand, war von ganz anderer Art und völlig neu für ihn: Er fühlte sich verbunden mit sich selbst, mit seinem Körper, seinen Gemütsbewegungen, seinem Innern, erstaunlicherweise aber auch mit der Erde, dem tierischen und pflanzlichen Leben.

Jeder einzelne seiner Gänge entfachte in ihm diese Flamme der Ekstase, erweckte jenen verborgenen Reichtum, der vor so langer Zeit dem Vergessen anheimgefallen war.

Seine Begeisterung wuchs von Tag zu Tag. Groll und Niedergeschlagenheit, die ihn immer wieder beherrscht hatten, verschwanden zusehends. Nach und nach erfüllte das Gehen ihn mit einem Gefühl von Dankbarkeit, das er nicht gekannt hatte: Dankbarkeit gegenüber der Schönheit der Welt, gegenüber dem Leben, das ihm endlich eine ungeahnte Freude und Ruhe schenkte. Er, der gewohnheitsmäßig über seine Probleme klagte und schimpfte, hatte mit einem Mal das Bedürfnis, sich zu bedanken, ohne zu wissen, bei wem. Es war ein Dank, der ins Universum gesandt wurde, so wie manche ihre Flaschenpost ins Meer werfen. Der Dank dafür, lebendig zu sein, zu atmen, zu sehen, zu spüren, zu hören. Die Vorhersage der Zigeunerinnen hatte keine Bedeutung mehr. Er war am Leben – in diesem Augenblick, und nur das zählte.

Eines Abends sprach Tante Margie im Garten über das, was sie umtrieb. Sie saßen auf weichen Kissen in aparten Korbsesseln. Wie üblich stand eine dampfende Teekanne bereit, in die sie einen Löffel Honig und … einen Schuss Wodka gegeben hatte.

»Die Natur bringt uns zurück, was die Gesellschaft uns entzogen hat.«

»Und das wäre?«

»Unsere Vollständigkeit.«

»Kannst du das bitte genauer erläutern?«

»Wir sind vollständige Wesen, und die Natur veranlasst uns, genau das tief zu empfinden, wohingegen die Gesellschaft in uns das Gefühl von Mangel erzeugt. Sie weiß uns einzureden, dass uns etwas *fehlt,* um glücklich zu sein. Zugleich verbietet sie uns, zufrieden zu sein mit dem, was wir haben, wie auch mit dem, was wir sind. Immer wieder macht sie uns glauben, dass wir unvollständig sind.«

Ihre Worte stießen in ihm auf besonderen Widerhall. Der Zustand der Vollständigkeit, den sie schilderte, entsprach tatsächlich genau dem, was er in der Natur verspürt hatte. Es war das genaue Gegenteil des im Grunde faden und enttäuschenden Nachgeschmacks, den seine erste, mit allerlei Vergnügungen verbrachte Woche hinterlassen hatte, wie er Margie erklärte.

»Das ist noch einmal etwas anderes!«, rief sie aus, und ein schelmisches Lächeln spielte um ihre Lippen. »In dieser Woche hast du dich dem sündigen Lotterleben hingegeben!«

»Es ist ein bisschen überheblich, mir das vorzuwerfen – mit einer Flasche Wodka auf dem Tisch. Gerade du, die du drei Ehemänner hattest …«

Sie brach in Gelächter aus.

»Mein lieber Neffe, ich habe nie behauptet, dass Sündigen schlecht sei!«

»Ich kann dir nicht mehr folgen …«

»Wäre dir das Aramäische geläufig, würdest du verstehen …«

»Zu dumm: Auf dem Gymnasium habe ich Französisch und Spanisch gewählt.«

Sie lächelte wieder und schenkte ihnen Tee nach.

»Unsere Kleriker haben lange versucht, Schuldgefühle in uns zu wecken, so als sei Sündigen immer gleichbedeutend mit einer schrecklichen Verfehlung … Und all das wegen eines einfachen Übersetzungsfehlers …«

»Eines Übersetzungsfehlers?«

»Ja, das Wort, das Jesus in den Mund nahm und das man mit ›Sünde‹ übersetzt hat, lautete *khtahayn.* Es bedeutet eher ›Irrtum‹ – in dem Sinn, dass die eigene Tat nicht dem erstrebten Ziel entspricht. In ähnlicher Weise benutzte Jesus, wenn er vom Bösen sprach, das Wort *bisha,* das in etwa ›unangemessen‹ meint. Kurzum, eine Sünde begehen heißt nicht wirklich, etwas Böses zu tun, sondern sich zu irren und vom Ziel zu entfernen.«

»Vom Ziel? Aber … worin besteht das Ziel?«

»Ah, hier liegt der springende Punkt. Christen, Juden und Muslime würden dir zweifellos antworten: ›Darin, Gott zu finden‹; Buddhisten: ›Darin, der Erleuchtung teilhaftig zu werden‹; Hinduisten: ›Darin, die Befreiung zu erlangen‹; und andere würden sagen: Darin, das Glück zu entdecken‹ … Doch im Wesentlichen handelt es sich bei all dem um ein und dasselbe. Wie es im indischen Veda geschrieben steht: ›Die Wahrheit ist eins; zahlreich sind die Namen, die ihr die Weisen geben.‹«

»Das Glück entdecken«, wiederholte Jonathan versonnen.

Er trank einen Schluck Tee, der angenehm warm war und leicht parfümiert duftete. Das Licht wurde schwächer. In der Weite reflektierte der Ozean die letzten Schimmer des Tages, die sich in rosa- und orangefarbenen Tönen am Himmel abzeichneten. Der Garten, in unfassbare Stille getaucht, verströmte eine tiefe Gelassenheit. Sogar die Vögel schienen die Schönheit des Augenblicks insgeheim auszukosten.

»Du weist mich also darauf hin, dass meine Woche des süßen Nichtstuns mich nicht in die richtige Richtung geführt hat, stimmt's?«

»Ja. Du hast es selbst gespürt. Im Übrigen kann jeder es spüren: Man lässt sich von leicht zugänglichen Genüssen anziehen, ob nun geschmacklicher oder fleischlicher Art oder indem man einfach den ganzen Abend lang vor dem Fernseher sitzt und von einem Sender zum nächsten zappt, nur um hinterher ein bisschen enttäuscht zu sein, nicht wahr? Man ist seltsam frustriert, weil das vermeintliche Vergnügen einen nicht wirklich erfüllt. Jeder hat das schon mal erlebt. Und Spinoza hat es bereits im siebzehnten Jahrhundert treffend beschrieben.«

»Wenn Spinoza sich darüber geäußert hat ...«

»Auch solchem Vergnügen haftet nichts Schlechtes an, es ist nur so, dass es dir nicht das beschert, was du suchst, und wir alle sind, mehr oder weniger bewusst, auf der Suche.«

Jonathan dachte kurz nach.

»Und ... wie erklärst du das alles?«, fragte er schließlich.

Margie holte tief Luft.

»Während deiner Woche voller Amüsement hast du außerhalb deiner selbst nach etwas gesucht, das dir in irgendeiner Form Glück verschaffen könnte. In Restaurants, Nachtklubs, Geschäften, was weiß ich, wo.«

»Ja.«

»Nun, in der Außenwelt wirst du das Glück niemals finden. Du kannst dein ganzes Leben damit verbringen, vielerlei Dingen nachzujagen, doch wenn du an der falschen Stelle suchst, findest du nichts. Das ist ungefähr so, als würdest du in Amerika nach dem Grab der Nofretete suchen.«

»Hm ...«

»Und je mehr Vergnügen du aus der Außenwelt beziehst, desto mehr konditionierst du dein Gehirn, sich der Außenwelt zuzuwenden und dort nach Quellen der Befriedigung zu suchen. Tatsächlich ist es immer das Gehirn, das uns veranlasst, das zu tun, was ihm am besten für uns erscheint. Das Problem ist nur, dass es seine Entscheidungen aufgrund unserer bisherigen Erlebnisse und Eindrücke trifft. Wenn du also deinem Gehirn vor allem äußere Quellen der Befriedigung bietest, wird es dich immer weiter außerhalb deiner selbst drängen.«

Jonathan nickte und ergriff wieder das Wort.

»Sicherlich haben die Religionen deshalb ihre Anhänger lange Zeit dazu angehalten, dem Streben nach Vergnügungen zu entsagen.«

»Ja, selbst wenn sie dadurch manchmal Schuldgefühle in uns ausgelöst haben. Aber auch das führt nicht zum Glück ... Man kann die Vergnügungen, die man sich gönnt, ebenso gut genießen! Wer der Versuchung erliegt, sollte Gefallen daran finden!«

Jonathan lächelte nachdenklich.

»Weißt du, solche Vergnügungen üben einen starken Reiz auf mich aus. Wenn ich ehrlich bin, muss ich mir eingestehen, dass ich auch dafür schufte. Mir das leisten zu können, was mich in Versuchung bringt, und einen Teil meiner Wünsche zu befriedigen.«

»Das denke ich mir. So ergeht es den meisten von uns. Aber da uns ein erfüllter Wunsch nicht vollkommen befriedigt, sehnen wir uns schon bald nach etwas Neuem, von dem wir vorher gar nicht wussten, dass wir uns danach sehnen. Und schließlich jagen wir pausenlos der Befriedigung von Wünschen hinterher, die einander in einem fort ablösen.«

»Vielleicht.«

Margie nippte am Tee.

»Die Buddhisten haben dieses Phänomen sehr gut verstanden. Ihrer Ansicht nach sind unsere Wünsche und Begierden die wesentliche Ursache unserer Leiden. Daher lehren sie, dass man sich von seinen Wünschen befreien muss.«

»Sich von seinen Wünschen befreien …«

»Genau.«

»Mhm. Ich verstehe die Theorie, bin aber nicht sicher, ob ich dieser Vorstellung in der Praxis beipflichte.«

»Warum?«

»Ich habe den Eindruck, dass gerade meine Wünsche mich lebendig machen.«

»Dich lebendig machen?«

»Natürlich. Wenn ich keine Wünsche mehr habe, weiß ich nicht, was mich im Leben vorwärtstreibt. Sie sind doch eine Art Motor, oder? Eben weil ich mir bestimmte Dinge wünsche, gewinne ich die Kraft, dafür zu kämpfen. Würde ich es schaffen, mich von meinen Wünschen zu befreien, wie du es ausdrückst, na ja, dann wäre da … eine große Leere. So sehe ich mich einfach. Zen, untätig sein, weil ich auf nichts mehr Lust habe, das finde ich … ein bisschen trübselig, oder? Ja, irgendwie deprimierend.«

Über Margies Gesicht huschte ein Lächeln.

»Ach, mein Lieber, das sagst du, weil unsere Gesellschaft dich dazu verleitet, nur jenes flüchtige Vergnügen zu suchen, das aus der Befriedigung deiner Wünsche resultiert. Sie bietet dir keine Gelegenheit, die wahre Freude zu empfinden, die aus dem Innern kommt.«

»Mag sein …«

»Was haben deine Eltern unternommen, wenn sie dir eine Freude bereiten wollten?«

»Nun … ich weiß nicht, sie haben mir ein Geschenk gemacht …«

»Was für ein Geschenk?«

»Wie meinst du?«

»Nach welchen Gesichtspunkten haben sie dieses Geschenk ausgewählt?«

»Keine Ahnung … Wahrscheinlich haben sie versucht herauszufinden, welches Spielzeug ich gern hätte.«

Margie wiegte verständnisvoll den Kopf.

»Genau. Es war etwas, das du dir gewünscht hast … Und was hast du von ihnen zum Geburtstag bekommen?«

»Ein Geschenk natürlich.«

»Und zu Weihnachten?«

»Mehrere Geschenke.«

Margie beugte sich vor und goss noch einmal Tee ein.

»Siehst du, hier liegt das Problem. Deine Eltern wollten dir aufrichtig eine Freude bereiten, und das solltest du fühlen, nehme ich an. Zweifellos hatten sie nichts als dein Glück im Sinn.«

»Selbstverständlich.«

»Es war ihnen nicht bewusst, was sie dir damit eigentlich beibrachten: dass man glücklich wird, indem man etwas von außen bekommt.«

»Ich verstehe …«

»Doch das ist völlig verkehrt. Denn je mehr du dich nach außen wendest, desto stärker wirst du einen Mangel empfinden. Und je öfter du der Erfüllung deiner Wünsche nachjagst, desto seltener wirst du befriedigt sein.«

Zögernd gab Jonathan zu erkennen, dass er ihr zustimmte.

»Daraus ist ein kulturelles Phänomen geworden«, fuhr Margie fort. »Wir tragen es in uns. Wir sind in dieser Weise konditioniert worden. Und so kommen wir an den Punkt, den du gerade geschildert hast: Es ist die Befriedigung der Wünsche, die einen im Leben vorwärtstreibt. Merkst du, was da gespielt wird – und in welchem Maße wir konditioniert sind? Dafür schuftet man bis zum Umfallen, ohne zu begreifen, dass man all die voll Inbrunst ersehnten Dinge gar nicht braucht ...«

Er blickte nachdenklich in die Ferne. Ein Segelboot glitt langsam über das spiegelglatte Meer.

»Das ist ja alles schön und gut, aber was tue ich, um gegen meine Wünsche anzukämpfen? Ich kann doch nichts dafür, dass sie vorhanden sind ...«

»Gegen seine Wünsche darf man keinesfalls ankämpfen!«

»Jetzt kapiere ich überhaupt nichts mehr ...«

»Wenn du gegen deine Wünsche ankämpfst, heißt das: Ein Teil von dir hat Lust auf etwas, das ein anderer Teil von dir heftig ablehnt.«

»Genau.«

»Eine Art innerer Krieg zwischen dir und ... dir selbst.«

»Ein treffendes Bild.«

»Das wird aller Wahrscheinlichkeit nach nicht funktionieren. Deshalb sind übrigens Abmagerungskuren in den meisten Fällen zum Scheitern verurteilt. Wer gegen sich selbst Krieg führt, kann sicher sein: *Ein* Aspekt seiner Person wird verlieren!«

Jonathan betrachtete sie erstaunt.

»Und wo liegt nun die Lösung?«

Margie schüttelte den Kopf.

»Ich glaube nicht, dass man etwas aus sich *entfernen* kann, ob es nun ein Wunsch ist oder irgendein anderes Bedürfnis. Wenn du immer wieder Heißhunger auf Kuchen oder Chips hast, dann bemüh dich mal, ihn zu beseitigen. Viel Erfolg!«

»Wie recht du hast.«

»Man kann aus sich nichts *entfernen,* man kann nur etwas *hinzufügen.*«

»Hinzufügen?«

»Richtig, dem Innern etwas hinzufügen, das stärker ist als die Wünsche, etwas, das sie übersteigen und uns bereichern, ja in einem Maße erleuchten wird, dass wir sie vergessen. Einfach vergessen. Dann lösen unsere Wünsche sich von selbst in Luft auf. Sie verschwinden.«

»Und was ist dieses ›Etwas‹?«

»Es ist das, was uns auszudrücken gestattet, wer wir wirklich sind und wozu wir erschaffen wurden. Was uns Zufriedenheit gewährt, eine Freude, die aus unserem tiefsten Wesen kommt.«

Einige Augenblicke sah er sie schweigsam an.

»Und … wie finde ich es?«

Sie beugte sich vor und flüsterte ihm ins Ohr: »Suche im Innern.«

Jonathan ließ sie nicht aus den Augen, während die geflüsterten Worte in ihm widerhallten.

Er sog die duftgeschwängerte Luft ein. In dem stillen Garten verharrte die Zeit in der Schwebe, und es war, als hielten die Pflanzen ringsum den Atem an.

»Daher«, fügte sie hinzu, »muss man, sich selbst zuliebe, mit dem Raum und der Zeit in Einklang kommen, die Dinge geschehen lassen und lernen, die Botschaften des Herzens, des Körpers zu entschlüsseln …«

Margies Worte wehten durch die Lüfte und entfalteten ihren Sinn im milden Abend unter funkelnden Sternen erst allmählich. Sie lächelte, und ihr bezaubernder, strahlender Blick schien aus all den schönen Falten dieses Gesichts zu treten, das von einem an Erfahrungen reichen Leben geformt worden war.

»Ich bin mir nicht sicher, ob ich solche Botschaften empfange, habe aber auch nicht den Eindruck, sie zu verdrängen …«

»Das tun wir alle heute mehr oder weniger, ohne uns dessen bewusst zu sein.«

Jonathan hegte gewisse Zweifel.

»Bist du manchmal erschöpft?«, fragte sie.

»So wie jeder.«

»Wenn man erschöpft ist, verlangt der Körper nach Ruhe und das Gehirn nach Schlaf. Und was geben wir ihnen? Einen Kaffee!«

Er nickte und dachte an die vielen Genussmittel, die er sich einverleibte, um in der Arbeit auf Hochtouren zu laufen …

»Hast du manchmal Anfälle von Depression?«, hakte Margie nach.

Jonathan seufzte.

»Nun, ja, das kann mir schon passieren, natürlich.«

»Und was machst du dann?«

»Was ich mache? Hm … weiß nicht … Wieso?«

»Erinnere dich: Was hast du gemacht, als es dir das letzte Mal passiert ist.«

»Das letzte Mal … Okay, das war …«

»Die Details gehen mich nichts an. Erzähl mir nur, was du gemacht hast, als du deprimiert warst.«

»Ganz einfach: Ich hab vier Stücke Schokolade gegessen! Äh … nein … acht.«

»Und ging es dir hinterher besser?«

»Nicht wirklich, aber wenigstens verspürte ich auf diese Weise kurzzeitig eine Freude. Immerhin …«

»Und was hast du anschließend gemacht?«

»Vermutlich den Fernseher eingeschaltet.«

»Siehst du, wieder das gleiche Schema! Man sucht im Äußeren nach Lösungen für innere Probleme. Hier die Schokolade, ein Genuss, der von außerhalb deiner selbst kommt; dort das Fernsehen, eine Flut von Informationen und Emotionen, die ebenfalls von außen auf dich einprasseln.«

»Und ist das schlimm, Frau Doktor?«

Margie kicherte.

»Wie Paul Watzlawick, der nicht weit von hier gewohnt hat, einmal sagte: ›Die Lage ist hoffnungslos, aber nicht ernst!‹«

»Damit beruhigst du mich …«

»Jedenfalls ist das immer noch besser, als Tabletten zu schlucken, wiewohl es dem gleichen Schema entspricht. Außerdem, wenn du krank bist, besteht dein erster Reflex sicherlich darin …«

Jonathan ergänzte in gespielt mattem Ton: »… ein Medikament zu nehmen.«

Sie lachte und schenkte Tee nach.

»Glaub mir: Die Lösungen für die meisten unserer Probleme finden sich im Innern.«

»Das wird mir immer klarer.«

»Es ist einer der großen Irrtümer unserer Zeit, dass wir immer weniger auf unsere innere Stimme hören. Dies hat zur Folge, dass man bisweilen nicht mehr weiß, was man mit dem eigenen Leben anfangen soll. So verliert man sich leicht im Alltag in dem Bestreben, Normen zu entsprechen, die von der Gesellschaft gesetzt werden, einem im Grunde aber fremd sind.«

»Normen?«

»Ja, Normen oder Konventionen, nenn sie, wie du willst. Verhaltensregeln, Richtlinien in Bezug auf die allgemeine Meinung und vor allem den Geschmack. Manchmal habe ich den Eindruck, dass man nicht das liebt, was einen zutiefst berührt, sondern das, was man zu lieben aufgefordert oder gar gezwungen wird. Sind wirklich wir es, die unsere Kleidung, unsere Telefone, unsere Getränke oder die Filme auswählen, die wir ansehen?«

»Gut, aber weißt du, heute ist das kaum zu vermeiden. Wir sind vernetzt, also beeinflussen wir uns alle gegenseitig. Daran ist doch nichts Schlimmes.«

»Nein, natürlich ist das nicht schlimm. Doch gerade im Zeitalter der Vernetzung muss man genügend mit sich selbst verbunden bleiben, um das eigene Leben angemessen zu leben – und nicht das der anderen.«

Jonathan dachte an seine langen, einsamen Märsche durch die Landschaft von Big Sur, an dieses intensive, bis dahin nie erfahrene Gefühl, wahrhaft er selbst zu sein.

»Um das eigene Leben angemessen zu leben«, fuhr Margie fort, »müssen wir dem lauschen, was aus unserem tiefsten Innern kommt; die Botschaften hören, die uns die Seele einflüstert. Aber unsere Seele gleicht einem Engel, der so sanft, so leise murmelt, dass man die Ohren spitzen muss. Wie soll man sie in diesem ständigen Getöse sonst wahrnehmen? Wie soll man ihr Beachtung schenken, wenn der Geist unaufhörlich von tausenderlei äußerlichen Dingen in Beschlag genommen wird?«

»Vielleicht sind es gar nicht so viele ...«

»Denk doch nur an die unzähligen Informationen, an all die Reize, denen wir pausenlos ausgesetzt sind.«

»Lass mich raten: Du wirst das Fernsehen anprangern, das Internet, die sozialen Netzwerke, Videospiele, E-Mails auf dem Handy, SMS ...«

»Nichts prangere ich an, das alles ist sehr nützlich – vorausgesetzt, man ist wachsam genug, sich nicht in die Falle locken zu lassen. Weißt du eigentlich, warum man von derlei Dingen abhängig wird?«

»Nein.«

»Weil sie Emotionen in uns hervorrufen. Und wenn man Emotionen hat, fühlt man sich lebendig. Also will man mehr davon, immer mehr. Deshalb bleiben wir an die Geräte angeschlossen und mit den sozialen Netzwerken verbunden. Sobald uns eine Nachricht betrifft, werden wir emotional berührt. Diese Information alarmiert uns? Eine Emotion. Jemand denkt an mich? Eine weitere Emotion. Irgendwo auf der Welt hat ein Wirbelsturm gewütet? Noch eine Emotion. Auch daran ist nichts Schlimmes, aber da unsere Aufmerksamkeit durch äußere Vorgänge dermaßen gefesselt wird, verlieren wir den Kontakt zu uns selbst. Je öfter unsere Gefühle von der Außenwelt geweckt werden, desto weniger verstehen wir uns darauf, sie durch eigene Gedanken, Empfindungen und Handlungen aus dem Innern hervorgehen zu lassen. Es ist ungefähr so, als befänden wir uns in einer Achterbahn und würden mit hohem Tempo auf und ab geschleudert, ohne den Auslöser der Bewegung zu kennen oder zu wissen, wohin die Reise führt.«

Jonathan nickte bedächtig.

»Weißt du«, erläuterte Margie weiter, »ein Samenkorn hat große Mühe, in einer Erde zu keimen, die von den Wurzeln wuchernder Vegetation förmlich erstickt wird. Es braucht ein bisschen Platz, damit Nährstoffe und Licht zu ihm gelangen können. Das gilt auch für uns.«

Er ließ den Blick schweifen. Der Mond stieg über dem Meer auf, und sein Schein tauchte den Garten in ein betörendes Halbdunkel. Eine Postkarte in Schwarz-Weiß.

Abermals ergriff Margie das Wort.

»Wenn wir nicht die Zeit aufbringen, unserer Seele zu lauschen und ihre Botschaften zu empfangen, laufen wir Gefahr, uns selbst nicht zu kennen. Und wer sich selbst nicht kennt …«

Sie brach den Satz ab, um genüsslich und ohne jede Hast in ein Ingwerplätzchen zu beißen.

»Der?«

»… lässt zu, dass sein Leben von Illusionen beherrscht wird.«

Jonathan hob den Blick.

»Von Illusionen?«

»Ja, wir alle hegen in Bezug auf das Leben Illusionen, die uns in diese oder jene Richtung treiben. Unser Bewusstsein weiß zwar, dass es sich nicht um die Wirklichkeit handelt und dass wir auf dem falschen Weg sind; doch wenn wir nicht auf die Stimme des Herzens hören, führen uns diese

Illusionen in die Irre und berauben uns der wahren Freiheit. So werden wir womöglich zu Sklaven unserer Illusionen …«

»Das ist mir nicht ganz klar.«

Sie trank einige Schlucke Tee.

»Ich sollte veranschaulichen, was ich meine … Also, nehmen wir zum Beispiel meine Ehemänner.«

»Stimmt, du hattest ja mehrere …«

»Wer liebt, zählt nicht! Mein erster Mann war ein Charismatiker, der die Macht liebte. Seine Illusion bestand darin zu glauben, dass niemand seines Vertrauens würdig sei und er daher keine andere Möglichkeit habe, als den Leuten von oben herab Befehle zu erteilen und alles zu überprüfen. Ständig war er besessen von der Idee, sämtliche Vorgänge und vor allem die Mitarbeiter kontrollieren zu müssen! Aber das Leben sorgt dafür, dass unsere eingebildeten Ängste sich in konkrete Wirklichkeit verwandeln. Wer sich vor dem Leiden fürchtet, wird gequält; wer argwöhnt, einer Sache nicht gewachsen zu sein, scheitert; wer damit rechnet, abgewiesen zu werden, erfährt am Ende genau dies. Will man aus Mangel an Vertrauen alles kontrollieren, nun ja, dann kontrolliert man gar nichts. Kontrollier deine Frau, und sie wird dich betrügen. Kontrollier deine Kinder, und sie werden gegen dich aufbegehren. Kontrollier dein Volk, und es wird eine Revolution anzetteln.«

»Hast du ihn deshalb verlassen?«

»Er wollte, dass ich auf Forschungsaufträge in Ägypten verzichte. Als würde ich mich dort in eine Mumie verlieben …«

Sie tauchte einen Keks in den Tee und aß ihn mit Genuss.

»Und dein zweiter Mann?«

»War vom ersten sehr verschieden. Seine Illusion bestand darin, sich für intelligenter zu halten als alle anderen. Das verlieh ihm eine ziemlich herablassende Haltung. Er hörte anderen immer nur aus einigem Abstand zu, so als urteile er dauernd über die Dummheiten, die sie erzählten. Ganz zu schweigen von seiner Verachtung für gefühlsmäßige Reaktionen … Ohne zu zögern, konnte er seinem Gesprächspartner kaltschnäuzig klarmachen, dass seine Ausführungen des logischen Zusammenhangs entbehrten. Es versteht sich von selbst, dass wir viele Freunde verloren haben …«

»Aber warum sagst du, dass seine Intelligenz eine Illusion war?«

»Der Glaube an die Überlegenheit seiner Intelligenz war eine Illusion. Dabei ist eine solche Fixierung auf das Mentale keineswegs ein Zeichen von höherer Intelligenz.«

»Fixierung auf das Mentale?«

»Ja. Ich will dir keinen Kurs in Hirnforschung geben, aber vereinfacht ausgedrückt haben wir drei Gehirne …«

»Angela bezweifelte, dass ich auch nur eins habe; nun erfahre ich, dass ich sogar über drei verfüge. Nicht schlecht.«

»Um genauer zu sein: Unser Gehirn setzt sich aus drei Schichten zusammen, und die sind je nach Individuum stärker oder schwächer entwickelt. Da ist zunächst das protoreptilische Gehirn, das wir vor annähernd vierhundert Millionen Jahren – also lange vor dem Erscheinen des prähistorischen Menschen – von unseren tierischen Vorfahren geerbt haben. Aus dieser Schicht des Gehirns kommen unsere ursprünglichen Reflexe für den Überlebenskampf, unsere Angriffslust, unser Territorialverhalten. Es gibt Menschen, deren protoreptilisches Gehirn deutlicher ausgeprägt ist als bei anderen, weshalb sie zu bestimmten typischen Aktionen und Reaktionen befähigt sind. Im Allgemeinen haben sie einen auffälligen Hang zu Macht, Geld, Sex ...«

»Politiker!«

Margie lachte laut auf.

»Und die beiden anderen Schichten?«, fragte Jonathan.

»Das limbische oder besser paläomammalische Gehirn, das uns die eigenen Gefühle wie auch die der anderen empfinden lässt, gestattet uns, insbesondere jene Qualitäten zu entwickeln, die mit zwischenmenschlichen Beziehungen zu tun haben. Es hat sich mit den ersten Säugetieren herausgebildet, die für ihre Jungen – die um des Überlebens willen auf die liebevolle Zuwendung der Eltern angewiesen waren – sorgen mussten ... Und schließlich haben wir das neomammalische Gehirn oder den Neocortex; dort sitzt das, was man als das Mentale bezeichnen könnte: logisches Denken, konzeptionelle Gestaltung, Verarbeitung von Sinneseindrücken, Speicherung von Informationen und dergleichen mehr.«

»Ich verstehe ...«

»Im Grunde besteht das Ideal darin, zwischen den Funktionen der drei Gehirnschichten ein Gleichgewicht herzustellen, damit Handeln, Gefühlsausdruck und Abstraktionsvermögen nach und nach harmonisch aufeinander abgestimmt werden.«

»Bei deinem zweiten Mann war also vor allem der Neocortex gut entwickelt ...«

»Das kann man so sagen. Jedenfalls ist Intelligenz nicht auf das Mentale beschränkt. Vielmehr beruht sie auf der ausgewogenen Anwendung dessen, was unsere drei Gehirnschichten vorgeben. Und er hatte Schwierigkeiten auf der emotionalen Ebene. Er kannte sich selbst nur wenig und verstand andere oft falsch. Dieser Mann hörte nie auf die Stimme seines Herzens, auf seine Bedürfnisse und Sehnsüchte, und konnte die eigenen Gefühle nicht begreifen. Von den meinen rede ich erst gar nicht …«

»Seid ihr nach der Scheidung in Kontakt geblieben?«

»Ich habe erfahren, dass er in späteren Jahren an Alzheimer erkrankt ist. Ein schreckliches Unglück für einen, der sich für so klug gehalten hat …«

»Der Arme.«

»Er hat schnell vergessen, dass er an dieser Krankheit litt …«

Margie trank einen Schluck Tee.

»Mein dritter Mann war noch einmal völlig anders. Er suchte das Glück im Status. Zweifellos die größte Illusion überhaupt … Anfangs habe ich seine imponierende Persönlichkeit bewundert. Eines Tages aber wurde mir klar, dass er allem hinterherlief, was sein Image aufwertete und ihm irgendeine Art von Bedeutung verlieh – von Ehrentiteln über die Automarke, elegante Kleidung und luxuriöse Einrichtung unseres Hauses bis hin zu dem eitlen Gehabe, mit dem er gewisse Bemerkungen in Gespräche einfließen ließ. Sogar seine Beziehungen wählte er danach aus, inwieweit sie ihm nützen und weiteren Glanz bescheren konnten. Nichts kam aus seinem Herzen, alles entsprang seinem Bedürfnis nach Anerkennung. Ich glaube, am Ende war er zutiefst beeindruckt von sich selbst, ohne deshalb glücklich zu sein: Er brauchte immer mehr äußere Dinge, so als könne er dem Selbstbild, das er anstrebte, nie entsprechen. Sicher musste er seine Zweifel auf irgendeine Weise zerstreuen und einen geschickt verborgenen Mangel an Selbstachtung kompensieren … Als ich den Beruf wechseln und Biologin werden wollte, setzte er sämtliche Hebel in Bewegung, um mich daran zu hindern: Mit einer Archäologin verheiratet zu sein hatte Format – mit einer Biologin hingegen … das fiel aus dem Rahmen und widersprach den Gepflogenheiten.«

Jonathan konnte sich ein Lachen nicht verkneifen.

»Er ist von einem Auto überfahren worden und an den Folgen gestorben«, fügte Margie in gleichgültigem Ton hinzu.

»Wie furchtbar!«

»Aber nein! Im Gegenteil!«

»Wie kannst du so etwas sagen?«

»Es war ein Rolls-Royce, am Ende eines feuchtfröhlichen Abends im Schloss. Für ihn ein traumhafter Tod! Stell dir vor, er wäre in einem ärmlichen Vorort von einem Mofa überfahren worden …«

»Margie …«

»Wir haben seinen letzten Willen peinlich genau befolgt: grandiose Beisetzung in Gegenwart der örtlichen Schickeria, Orchester und Chor mit dem *Requiem* von Mozart und eine noch kolossalere Grabstätte als die von Ronald Reagan. Alle Welt war fasziniert, nur ich nicht. Verglichen mit Tutanchamun war er doch nur ein kleiner Spieler, verstehst du …«

10

Der Mann atmete tief ein und schaute mehrmals erst auf den Golfball, dann auf die vor ihm liegende Bahn. Ein kurzes Ruckeln der Schultern, eher ein Zucken, gefolgt von einem leichten Hüftschwung nach hinten. Michael verkniff sich das Lachen. Immer, wenn John Dale sich anschickte zu schlagen, hatte er den gleichen nervösen Tick. Die Komik war kaum zu überbieten.

Ein dumpfes Klacken, und der Ball flog hoch hinauf, beschrieb einen Bogen, landete schließlich wieder auf dem Boden und blieb kurz darauf liegen.

»Gar nicht übel«, sagte Michael mit schmeichlerischem Lächeln. »Hübscher Lob-Shot.«

Sie setzten sich wieder in Gang. Der morgendliche Dunst hatte sich verzogen vor einer strahlenden Sonne, die den Golden Gate Park Golf Course in helles Licht tauchte. Es roch angenehm nach frisch geschnittenem Gras. Das Meer in der Ferne schien unruhig. Weit draußen bildete sich Gischt auf den Wellen.

»Nun, wie weit sind Sie mit Ihren Teilhabern?«

»Es geht voran«, erwiderte Michael. »Ich bin zuversichtlich.«

»Das erzählen Sie mir schon seit drei Monaten, aber es passiert nicht viel …«

»Ich habe von vornherein gesagt, dass die Sache sich hinziehen wird. Dieser Laden ist ein bisschen so etwas wie ihr Baby. Man trennt sich nicht so leicht von seiner Leibesfrucht.«

»Mit der Summe, die ich auf den Tisch lege, könnten sie so viele Babys machen, wie sie wollen.«

»Das ist nicht mehr allzu aktuell …«

John Dale hielt inne und fixierte seinen Gesprächspartner.

»Und wenn ich persönlich mit ihnen rede?«

»Auf keinen Fall! Ich weiß, wie man sie nehmen muss. Ich habe seit fünf Jahren mit ihnen zu tun …«

»Und warum dauert das dann so lange? Mein Angebot kommt mir doch ziemlich überzeugend vor.«

»Wenn Gefühle im Spiel sind, ist Geld nicht alles. Die zwei würden niemals an einen Außenstehenden verkaufen. Die Sache muss über mich laufen. Ich bearbeite sie, aber das braucht Zeit. Ohne Fleiß kein Preis.«

John Dale verzog zweifelnd den Mund.

»Vertrauen Sie mir«, fügte Michael hinzu. »Wir sind auf einem guten Weg.«

Sie gingen weiter in Richtung Green. Auf dem Meer waren viele Segler unterwegs, die trotz der hohen Dünung den Wind ausnutzten. Man ahnte, dass die Wellen ihnen heftig zusetzten.

Michael holte tief Luft. Ihm war klar, dass er John nicht mehr lange schmoren lassen konnte. Mit dem Ziel, auf allen Ebenen zu gewinnen, riskierte er, am Ende alles zu verlieren. Dennoch würde er sich nicht mit dem Wertzuwachs der eigenen verkauften Anteile zufriedengeben und seinen Teilhabern den gleichen Gewinn gönnen, wo sie doch nichts zu dem Geschäft beigetragen, ja nicht einmal mit verhandelt hatten. Umso besser übrigens. Sie waren so arme Schlucker, dass sie dumm genug gewesen wären, einen Anteil für vier- oder fünfhundert Dollar zu verkaufen, während John bereit war, zweitausend dafür zu zahlen.

* * *

»... in dieser riesigen Molkerei, Dan, sieht man Hunderte von Kühen dicht an dicht in einer Reihe stehen. Sie haben so wenig Platz, dass sie sich nicht einmal umdrehen können. Man fragt sich, ob es ihnen überhaupt möglich ist, sich zum Schlafen hinzulegen. Es springt einen förmlich an, dass sie es sind, die die schlimmen Folgen ihres Gefangenseins ertragen müssen. Kaum zu fassen, aber stellen Sie sich vor: Die Hufe sind immer weiter gewachsen, denn sie werden ja nie benutzt. Man könnte sagen, gigantisch lange Nägel, die sich immer weiter aufrollen. Das ist, gelinde gesagt, grauenhaft, und, Dan, wenn man die Tiere anschaut, kann man sich des Gedankens nicht erwehren, dass sie wahrscheinlich, wenn ihr Leben als Milchkuh zu Ende geht, erleichtert sind, in den Schlachthof zu kommen und irgendwann auf unseren Tellern zu landen.«

»Danke, Tiffany, Sonderberichterstatterin auf einer Farm in der Nähe von Denver, Colorado ... Die Umwelt – sie ist immer wieder Thema. Daher schalten wir jetzt direkt zu Jeremy Stenson nach Doha in Katar. Jeremy, die Vertreter von hundertneunzig Nationen sind in Doha zusammengekommen, um über die Klimaerwärmung zu diskutieren. Ist am Ende doch noch eine gemeinsame Erklärung verabschiedet worden?«

»Hallo, Dan. Soeben hat der Sprecher der Versammlung die Pressekonferenz verlassen. Die Delegierten aller Länder hier in Doha haben die Expertenberichte zur Kenntnis genommen. Nahezu alle Wissenschaftler gelangen zu ähnlichen Ergebnissen: Im günstigsten Fall rechnet man mit einer globalen Erwärmung von mindestens vier Grad bis zum Ende des Jahrhunderts. Nun, lieber Dan, vier Grad mögen uns Bürgern der westlichen Hemisphäre, die wir ein mildes Klima bevorzugen, wenig erscheinen, aber die Wissenschaftler der französischen Delegation haben daran erinnert, dass es eine Zeit gegeben hat, in der die Temperatur auf der Erde um vier Grad unter der jetzigen lag. Und wissen Sie was, Dan? Gemeint war damit die Eiszeit ... Ja, Sie haben richtig gehört, vier Grad, das ist nach dem Maßstab unseres Planeten ein gewaltiger Unterschied. Außerdem haben die genannten Wissenschaftler vorhergesagt, dass diese zusätzlichen vier Grad am Ende des Jahrhunderts in Europa zum völligen Abschmelzen der Alpengletscher führen werden, was wiederum bedeutet, dass es im Rhône-Tal, einem großen Tal in Frankreich, keinen einzigen Tropfen Wasser mehr geben und die Provence sich in eine Wüste verwandeln wird. Dieses Szenario hat offenbar tiefen Eindruck gemacht, und trotzdem, Dan, konnte sich die Versammlung, die sich gerade auflöst, zu keiner Entscheidung durchringen. Die Staatschefs haben lediglich beschlossen, sich in zwei Jahren erneut zu treffen, dann in Paris, um mögliche Maßnahmen zu erörtern ...«

Jonathan schaltete das Radio aus und setzte sich wieder in den Korbsessel am offenen Fenster seines Zimmers im oberen Stockwerk. Er blickte hinaus auf den Ozean und atmete tief durch. *Suche im Innern,* hatte Margie gesagt. Er seufzte. Nicht leicht, das Glück im Innern zu finden, wenn die Welt draußen sich in die falsche Richtung bewegt, dachte er. Schwierig, abzusehen von dem, was aus dem Lot geraten ist.

Er versuchte, die schlechten Nachrichten aus seinen Gedanken zu verbannen. Warum nahm die menschliche Gesellschaft eine so verhängnisvolle Entwicklung? Ein Gemisch aus Wut und Ohnmacht stieg in ihm auf. Er hätte die Nachrichten bis zum Ende anhören sollen. Vielleicht verwies der Journalist auf eine Petition, die online unterschrieben werden konnte, oder auf eine geplante Demonstration? Er würde im Internet recherchieren.

Suche im Innern. Für einen Moment schloss er die Augen, um seinen Geist zu leeren. Als er sie wieder öffnete, sah er den Mond, bleich im blauen Morgenhimmel. Der Mond … Angela … ihre langen Sommerabende im Garten, vor Chloés Geburt. Stundenlang hatten sie unter dem Sternenhimmel darüber diskutiert, wie die Welt zu ändern sei. Angela … Es fiel schwer, sich das einzugestehen, aber sie fehlte ihm. Trotz des aufgestauten Grolls gegen sie, gegen diese ungerechte Trennung, die auf unbegründeten Vorwürfen beruhte. Was konnte er dafür, dass die Babysitterin, die sich vorgestellt hatte, nymphoman gewesen war? Doch Angela hatte davon nichts wissen wollen. Starrsinnig wie eh und je. Wie früher schon, wenn sie ihm vorgehalten hatte, dass er zu viel arbeite und in der Familie nicht hinreichend präsent sei. *Ich bedeute dir nichts,* hatte sie gar zu sagen gewagt – und nicht erkannt, dass er all das für sie tat. Für sie und Chloé.

Er erhob sich und suchte in seiner Jacke nach der Brieftasche. Seit Jahren hatte er das Foto nicht mehr betrachtet. Doch er wusste, dass es irgendwo darin verborgen war. Schließlich wurde er fündig, ironischerweise zwischen seinen Versicherungspapieren. Er nahm es hervor und spürte einen Stich im Herzen. Zu jener Zeit hatte er Angela nur in Schwarz-Weiß fotografiert, das war authentischer, ergreifender. Auf diesem Foto trug sie einen mit weißen Spitzen besetzten BH, und die Kamera hatte ihren reizenden Ausdruck festgehalten – ein Lächeln, leicht verzerrt durch gespielten Ärger und Protest dagegen, beim Anziehen fotografiert zu werden. Mit zusammengezogenen Brauen über strahlenden Augen sah sie absolut hinreißend aus.

Plötzlich klopfte es an der Tür, und Tante Margie trat ein, ein kleines Tablett in den Händen. Jonathan ließ das Foto in seinem Ärmel verschwinden.

»Kaffee frei Haus!«

»Margie, du bist wunderbar.«

Auf dem Tablett standen eine hübsche Kaffeekanne aus Porzellan, zwei Tassen und eine kleine Whiskyflasche. Offenbar lud sie sich selbst gleich mit ein. Sie kam näher, um das Tablett auf dem kleinen Tisch neben dem Fenster abzustellen, hätte aber um ein Haar durch eine ungeschickte Geste alles fallen lassen. Er streckte den Arm aus, um das Gleichgewicht des Tabletts wiederherzustellen. Dabei glitt ihm das Foto aus dem Ärmel und fiel zu Boden. Flink hob er es auf und wollte gerade davon ablenken, als seine Tante sehr sanft das Wort ergriff.

»Du hast noch keinen Schlussstrich gezogen, stimmt's?«

Er reagierte nicht.

Sie goss Kaffee ein und reichte ihm eine Tasse.

»Hier, mein Lieber.«

Jonathan nahm die Tasse. Der dampfende Kaffee verströmte sein wohltuendes Aroma.

»Und wenn du ihr anvertraust, was du fühlst?«, fragte sie in diskretem Ton.

Er spannte sich leicht an und blieb einen Augenblick still, brach dann jedoch das Schweigen.

»Das hilft nichts. Wir haben ausgiebig miteinander gesprochen. Ich habe ihr auf jede erdenkliche Weise zu beweisen versucht, dass ihre Vorwürfe unbegründet sind. Umsonst.«

»Ich schlage nicht vor, dass du ihr etwas beweist, sondern dass du ihr einfach sagst, was du empfindest.«

»Das läuft doch aufs Gleiche hinaus, oder?«

Sie seufzte.

»Mein armer Jonathan, ihr habt Jahre zusammen verbracht, und trotzdem kennst du die Frauen nicht …«

Sprachlos sah er sie an.

»Eine Frau kann mit deinen rationalen Erklärungen einer bestimmten Situation nichts anfangen. Erklären, immer erklären … So als ginge es nur darum, recht zu behalten. Ach … die Männer verstehen gar nichts. Deine Partnerin will spüren, dass du sie liebst, sie und keine andere …«

»Aber das ist nicht logisch …«

»In einer Beziehung spielt Logik doch keine Rolle! Da geht es um Gefühle, nicht um Mathematik!«

Jonathan schwieg eine ganze Weile. Nein, er konnte sich nicht vorstellen, dieses Thema noch einmal mit Angela zu erörtern. Sie war durchaus imstande, ihm erneut eine Abfuhr zu erteilen. Er hatte keine Lust, sich lächerlich zu machen. Kommt überhaupt nicht in Frage, dachte er, wechseln wir also das Thema.

»Im Radio gab es eine widerliche Reportage über Massentierhaltung. Ein echter Skandal.«

»Aha ...«

Er lehnte sich in seinem Sessel zurück.

»Es ist schwer, in einer egoistischen und brutalen Welt, gegen die man pausenlos ankämpfen muss, inneren Frieden zu finden.«

Sie setzte sich auf die Fensterbank, ließ den Blick eine Weile auf ihrem Neffen ruhen und schaute dann nach draußen, in die Ferne.

»Wohl wahr«, erwiderte sie schließlich. »Auch mich machen solche Nachrichten traurig.«

Das dunstige Morgenlicht umhüllte ihr Gesicht mit einer sanften Blässe, die den verblichenen Farben ihres Kleides entsprach. Ihre schönen Falten schienen mit den fein konturierten Rissen im Fensterrahmen zu korrespondieren.

»Und dennoch«, fügte sie hinzu, »führt nicht gerade die Empörung über Dinge, gegen die man machtlos ist, in die Depression?«

Die Frage wühlte ihn auf, kam in ihr doch eine verstörende Wirklichkeit zum Vorschein.

Stumm sah er seine Tante an. Tatsächlich fühlte er sich ohnmächtig angesichts der düsteren Lage, und das zermürbte ihn.

»Jemand muss doch gegen diese Missstände aufbegehren. Man kann nicht die Hände in den Schoß legen, beklagen, was da abläuft, und ansonsten sein kleines Leben fortsetzen, als sei alles in bester Ordnung.«

Margie fixierte ihn voller Empathie.

»In den Dreißigerjahren des vergangenen Jahrhunderts hat

ein protestantischer Theologe dazu ein Gebet in Umlauf gebracht. Einige behaupten, er habe sich dabei von Marc Aurel inspirieren lassen, andere meinen, es stamme vom heiligen Franziskus, aber die genaue Herkunft spielt keine Rolle.«

»Und wie lautet das Gebet?«

»Gib mir die Gelassenheit, Dinge hinzunehmen, die ich nicht ändern kann, den Mut, Dinge zu ändern, die ich ändern kann, und die Weisheit, das eine vom anderen zu unterscheiden.«

Jonathan wiegte verwundert den Kopf.

»Na ja, ich für meinen Teil kann nicht untätig herumsitzen. Man muss doch schauen, wie die Dinge sich weiterentwickeln, und nicht, wie sie einer Art Regression anheimfallen.«

»Natürlich verstehe ich dich, aber was willst du tun? Was tust du konkret?«

Er beugte sich vor und schaute sie an.

»Ich bekämpfe, was mich in Aufruhr versetzt. Ich stelle es bloß, so gut ich kann. Ich leiste Widerstand ...« Er schwieg ein paar Sekunden, lehnte sich wieder zurück und ergänzte: »Manchmal frage ich mich aber, welchen Sinn das eigentlich hat ...«

»Wahrscheinlich gar keinen.«

»Danke, du machst mir wirklich Mut.«

Margie holte tief Luft.

»Durch Widerstand stärkt man oft gerade das, wogegen man kämpft.«

Jonathan runzelte die Stirn.

»Du wirst zwar Gegenbeispiele finden, aber es trifft doch in den meisten Bereichen zu.«

»Mir ist schleierhaft, warum dem so sein sollte.«

Sie schenkte von dem Kaffee nach, der immer noch köstlich duftete.

»Es gibt einen triftigen Grund dafür, aber mir wäre es lieber, du würdest ihn durch ein Experiment selbst entdecken ...«

»Ein Experiment?«

»Ich müsste es in meiner Stiftung durchführen lassen.«

»Und ich dachte, du wärst seit zehn Jahren im Ruhestand.«

Sie deutete ein Lächeln an und fuhr sogleich in ihrer Rede fort.

»Fürs Erste kann ich dir ein paar Hinweise geben, wenn du möchtest, etwa auf der zwischenmenschlichen Ebene. Stell dir vor: Jemand verleiht einer Vorstellung Ausdruck, die dir völlig falsch oder gar schockierend erscheint.«

»Okay.«

»Wenn du dagegenhältst und seine Vorstellung angreifst, was wird dann passieren? Du wirst ihn kränken und indirekt zwingen, seinen Standpunkt zu verteidigen, denn er will ja nicht als Dummkopf dastehen. Das wiederum wird seine Position derart festigen, dass ihm keine Möglichkeit mehr bleibt, sich anders zu besinnen. Du hast gegen seine Vorstellung angekämpft und sie genau dadurch bekräftigt ...«

»So gesehen ...«

»Im Frankreich des achtzehnten Jahrhunderts hat die Monarchie des Ancien Régime mithilfe der Zensur die Philosophen der Aufklärung bekämpft – wodurch gerade jene geistige Bewegung verstärkt wurde, die schließlich in die Revolution von 1789 mündete.«

Jonathan nickte zögernd.

»Zu Beginn des zwanzigsten Jahrhunderts«, erklärte Margie weiter, »verfolgte in Russland die Polizei des Zaren alle, die das System verändern wollten, ob Sozialisten oder Liberale. Auf diese Weise hat sie aber nur den Zorn des Volkes geschürt, den die Kommunisten sich zunutze machten, um dann 1917 den Umsturz herbeizuführen.«

»Das wusste ich nicht.«

»Ich habe ein noch überzeugenderes Beispiel«, sagte sie und erhob sich. »Bleib sitzen, ich muss bloß die Zahlen heraussuchen.«

»Lass, nicht der Mühe wert ...«

»Doch, unbedingt.«

Sie verließ das Zimmer und kehrte wenig später mit einem Blatt Papier in der Hand zurück.

»Du erinnerst dich, 2001 hat die amerikanische Regierung den sogenannten ›Krieg gegen den Terror‹ ausgerufen. Im Jahr darauf zählte das US-Außenministerium bereits 198 Terrorakte in der Welt, denen 725 Menschen zum Opfer gefallen waren. Nach zehn Jahren ununterbrochenen und erbitterten Kampfes, der unter Einsatz beträchtlicher Mittel geführt wurde, lauteten die offiziellen Zahlen für 2012: 6771 Terrorakte mit mehr als 11 000 Toten.«

»Nicht zu fassen ...«

»Ähnlich verhält es sich übrigens auch mit der Gesundheit. Vielleicht sprechen wir ein andermal darüber. Heute erteile ich dir jedenfalls keinen Kurs in Biologie!«

»Solche Fakten sind durchaus aufschlussreich, aber man kann doch nicht alles hinnehmen. Die an Individualismus und Konsum orientierte Lebensweise, die uns krank macht, hat sich mittlerweile über fast den gesamten Planeten ausgebreitet, bis in die letzten Winkel der Welt, wo sehr unterschiedliche Kulturen ihrer Identität beraubt werden. Eine totale Vorherrschaft. Dagegen lehne ich mich auf.«

»Aber gerade weil es sich um totale Herrschaft handelt, wird dieses Modell von selbst zerfallen. Auch diesen Aspekt führt uns die Geschichte deutlich vor Augen. Napoleon Bonaparte ist es zwar gelungen, halb Europa zu erobern, doch nach seiner erzwungenen Abdankung war das französische Staatsgebiet kleiner als bei seiner Machtergreifung … Oder denk an das Römische Reich, das Heilige Römische Reich, das Osmanische Reich, die Kolonialreiche, die Sowjetunion … Wer oder was immer sich dazu berufen glaubte, über andere zu herrschen, war dem Untergang geweiht.«

Jonathan schien nicht ganz überzeugt, auch wenn Margies Ausführungen geeignet waren, ihn zumindest etwas zu beruhigen. Er schaute nach draußen. Der Dunst löste sich langsam auf. Er nahm die warme Tasse in beide Hände und trank einen Schluck. Ein starker, tröstender Geschmack. Die Wärme durchströmte ihn und linderte seine Wut. Doch dann riss Margies sanfte Stimme ihn aus den Gedanken.

»Glaub mir, der Kampf ist vergebens. Laotse hat es vor zweieinhalbtausend Jahren folgendermaßen ausgedrückt: *Statt die Finsternis zu verfluchen, ist es besser, ein kleines Licht zu entzünden.*«

»Ein kleines Licht entzünden«, wiederholte Jonathan in zweifelndem Ton, während sich sein Blick in der Weite jenseits des Fensters verlor.

Der Mond war verschwunden, gelöscht durch die strahlende Helle eines Himmels, den kein Hauch mehr trübte.

In ruhigem, fast unschuldigem Ton fuhr sie fort: »Manchmal verabscheut man bei anderen genau das, was man in sich selbst ablehnt.«

Dieser Satz zeigte Wirkung. Ungeachtet ihrer wohlwollenden Art schonte Margie ihn nicht. Er war durchaus bereit, sich selbst in Frage zu stellen, sah aber nicht, inwiefern er für die Nöte und Leiden der Gesellschaft verantwortlich sein sollte. Gewiss, in der Ausübung seines Berufes verhielt er sich nicht immer korrekt, doch wer tat das schon? Niemand war vollkommen. Seiner Ansicht nach hatte er sich wenig vorzuwerfen. Wären alle so unehrlich wie ich, dachte er, gliche die Erde einem Paradies.

Mit glänzenden, fast lachenden Augen neigte sie sich zu ihm herüber und murmelte in vertraulichem Ton: »Such lieber das Göttliche in dir als den Teufel bei den anderen.«

Irritiert starrte er sie an.

»Das Göttliche in mir? Ich dachte, tief im Innern seien wir sündhaft …«

»Das ist vielleicht die schlimmste aller Deutungen unserer Natur. Wenn ich bedenke, welch verheerende Schäden sie in den Köpfen der Menschen angerichtet hat … Unter den Folgen leiden wir bis heute …«

»Jedenfalls waren Adam und Eva ungehorsam«, sagte er und warf ihr ein ironisches Lächeln zu, das sie erwiderte.

»Willst du meine Meinung dazu hören? Falls Gott existiert, *wollte* er, dass Eva in den Apfel beißt!«

»In der Bibel steht, dass er es ihr verboten hatte …«

»Ja, aber nur, um sie dazu anzustiften! Durch ihre Auflehnung hat Eva den ersten Akt der Freiheit in die Welt gebracht. Das ist nicht die Erbsünde, sondern ursprüngliche Freiheit!«

»Du gehst da vielleicht ein bisschen zu weit …«

Margies Miene nahm einen Ausdruck gespielter Entrüstung an.

»Wie kann ein Gläubiger auch nur einen Moment lang meinen, Gott sei nicht imstande gewesen, ein vollkommenes Wesen zu erschaffen, das stets seinem Willen folgt? Hätte er gewollt, dass Eva gehorcht, hätte sie ihm gehorcht. Ich versichere dir: Gott wollte einen *freien* Menschen!«

Damit griff sie nach der Flasche Whisky und gab ein paar Tropfen davon in ihren Kaffee. Jonathan beobachtete sie. Diese Frau war wirklich eine beeindruckende Persönlichkeit. Er beneidete sie um ihren unerschütterlichen Optimismus.

»Gut, ich trage also das Göttliche in mir … Aber wie soll ich es finden?«

Sie schenkte ihm das schönste Lächeln, zu dem sie fähig war.

»Rate.«

»Sag schon …«

»Diese Frage habe ich bereits beantwortet.«

»Ah … du wirst mir wieder empfehlen: ›Such im Innern‹, stimmt's?«

»Du lernst schnell.«

»Damit erklärst du mir nicht, wie ich dabei vorgehen soll. Außerdem, was ist das eigentlich, das Göttliche in mir?«

Margie warf ihm einen Blick voller Güte zu.

»Das Göttliche finden heißt, auf eine höhere Bewusstseinsstufe zu gelangen.«

»Oha … du wirst zugeben, dass das nicht sehr anschaulich ist.«

»Eines Tages wird es dir ganz klar erscheinen.«

»Hm …«

»Und dieser Tag ist vielleicht näher, als du glaubst.«

»Was bringt es mir denn, jene höhere Bewusstseinsstufe zu erreichen, auf die du anspielst?«

»Du erinnerst dich, gestern haben wir über die Sünde gesprochen und gesagt, dass bestimmte Dinge nach einer kurzen Phase der Befriedigung das Gefühl innerer Leere zurücklassen und uns schließlich immer weiter nach unten ziehen.«

»Ja.«

»Hier nun erfolgt die Bewegung gleichsam in entgegengesetzter Richtung: Sobald man aufhört, das bloße Vergnügen zu suchen, sobald die eigenen Worte und Taten vom Gewissen angeregt werden und nicht nur von dem Wunsch, einen persönlichen Vorteil herauszuschlagen, fühlt man sich von etwas getragen, das größer ist als man selbst. So ist es auch, wenn ein Mensch seinen eigentlichen Auftrag im Leben entdeckt, einen Auftrag, dank dessen er sich verwirklicht, und sei es außerhalb des Berufs. Ihm wird bewusst, dass diese Art der Erfüllung jede flüchtige Befriedigung von Wünschen bei Weitem übersteigt.«

»Der eigentliche Auftrag im Leben … das klingt ein bisschen mystisch.«

Sie lächelte.

»Tatsächlich neige ich zu der Ansicht, dass jeder von uns ein Schicksal hat. Es zu verfehlen wäre sehr schade.«

»Du glaubst wirklich, dass auf der Erde sieben Milliarden Schöpfer am Werk sind …«

»Ich habe nicht behauptet, dass es sich in jedem Fall um einen großartigen Auftrag handelt. Er kann auch bescheidener sein, wobei es manchmal gerade die scheinbar unbedeutenden Dinge sind, die in der Welt wirklich zählen. Wir stellen uns gern vor, der Lauf der Geschichte sei von übermächtigen Herrschern bestimmt worden. Doch im Grunde trifft das nicht zu. Jeder Mensch beeinflusst durch seine Denkweise und Gemütsverfassung, durch seine Worte und Taten die anderen um ihn her, und so breiten sich die Wirkungen weiter aus – wie Wellen auf der Wasseroberfläche. Dieser Prozess vollzieht sich zwangsläufig. Nichts ist neutral, weißt du. Und wer seinen Auftrag gefunden hat, der erfüllt eine Aufgabe, die der Menschheit, den Lebewesen, dem Universum zugutekommt.«

»Eine Aufgabe erfüllen …«

»Daher besitzt jeder von uns Talente, die ihm eigen sind, nur sind sie bei den meisten tief verborgen und warten darauf, hervorzutreten und entwickelt zu werden. Im Übrigen verstehen wir unseren Auftrag umso besser, je mehr wir unsere Talente entdecken.«

Jonathan verzog die Mundwinkel.

»Bei mir müssen sie regelrecht verschüttet sein.«

Er schenkte Kaffee nach.

»Die meisten fühlen sich verpflichtet, das zu tun, was sie immer schon getan haben, auch wenn das ihrer Entwicklung abträglich ist. Sie versagen sich, auf ihre tiefen Bedürfnisse zu hören, weil sie davon überzeugt sind, dass ihnen das nichts bringen würde. Doch eigentlich verhält es sich genau umgekehrt. Nicht unsere oberflächlichen, von der Gesellschaft geweckten Wünsche, sondern unsere tiefen Bedürfnisse zeichnen den Weg vor, dem wir folgen müssen, um unseren Auftrag weiter zu erfüllen.«

»Den Weg?«

»Ja. Es ist unsere Seele, die uns durch solche Bedürfnisse Zeichen gibt, um uns auf den ureigenen Weg zu locken. Ein Appell, in dem die Stimme des Schicksals widerhallt …« Sie trank einige Schlucke und fuhr fort: »Dieser Weg wird sichtbar, wenn die Illusionen, die uns eine falsche Richtung vorgaukeln, verschwinden und das Bewusstsein erwacht. Weißt du, das Verblüffende ist, dass alles, was uns passiert – im Guten wie im Schlechten, in der Freude wie im Schmerz –, heimlich einem einzigen Zweck dient, nämlich dem, unser Bewusstsein zu erwecken, denn nur dadurch wird der Mensch wahrhaft er selbst.«

Jonathan atmete tief ein. Durch das halb geöffnete Fenster drang Meeresluft herein, angereichert mit den Düften der Bäume, Sträucher und Blumen im Garten.

»Es fällt mir schwer, meine tiefen Bedürfnisse wahrzunehmen … Schon nach unserem letzten Gespräch habe ich lange darüber nachgedacht, was über meine Wünsche hinausgehen könnte; ich habe mir wirklich den Kopf zerbrochen. Ohne Ergebnis.«

Margie lächelte ihm liebevoll zu.

»Hör auf dein Herz, nicht auf deinen Kopf.«

Er musste lachen.

»Hör auf dein Herz … Wie seltsam, diese gängige, nichtssagende Formel aus dem Mund einer Biologin zu vernehmen.«

»Ich weiß, die Intellektuellen machen sich über solche Sentenzen lustig, doch sie haben unrecht! Das Volk ist oft klüger als seine Eliten, die glauben, weit über allen anderen zu stehen.«

»Mag sein, aber in diesem Fall … Auf sein Herz hören, das bedeutet nicht viel, gib es zu …«

»Täusch dich nicht: Die Entscheidungen trifft das Herz. In unserer Gesellschaft liegt der Akzent so sehr auf dem Denken, dass wir vom Körper geradezu abgeschnitten sind. Nur das Gehirn erfährt Wertschätzung, und zwar, weil seine Tätigkeit von höchst effizienten Neuronen gesteuert wird. Das ist einfach lächerlich! Neuronen sind auch im Herzen, aber niemand spricht davon, ebenso übrigens im Darm …«

»Ist das ein Scherz?«

»Du hast etwa vierzigtausend Neuronen im Herz und fünfhunderttausend im Darm. Und jedes dieser Organe verfügt über ein unabhängiges, gut entwickeltes Nervensystem.«

»Donnerwetter!«

»Die richtigen Entscheidungen kommen aus dem Herzen oder den Eingeweiden. Nicht aus dem Kopf. Im alten Ägypten haben sie das sehr wohl verstanden.«

»Ah … hier kommt hinter der Biologin die Archäologin zum Vorschein …«

»Bevor die Ägypter einen Pharao mumifizierten, haben sie dem Körper alle inneren Organe entnommen. Behalten aber haben sie nur jene, die wichtig waren und in prunkvollen Gefäßen konserviert wurden – namentlich das Herz und die Eingeweide. Nur diese wurden mit der Mumie bestattet.«

Sie schwieg einen Moment und fügte hinzu:

»Das Gehirn haben sie zum Abfall geworfen.«

11

Ryan richtete den Fokus auf Garys Gestalt. Der saß in seinem alten weißen, von der Sonne ausgebleichten Plastikstuhl, schlitzte Briefumschläge auf und runzelte unaufhörlich die Stirn. Ein paar Meter entfernt liefen die Kinder einem Ball hinterher.

Ryan wartete geduldig. Die Schultern hatten noch nicht gezuckt. Plötzlich lehnte Gary sich ein wenig zurück, kniff die Augen zusammen und betrachtete seine Hand. Die Kamera zoomte. Aus der Fingerspitze perlten einige Tropfen Blut.

Dieser Idiot, dachte Ryan, sticht sich beim Öffnen seiner Post in den Finger.

»Hört mit diesem Blödsinn auf!«, brüllte Gary den Kindern zu.

Rasch vergrößerte Ryan den Bildausschnitt. Verdammt, ihm war entgangen, wie die Kleinen den Ball ins Blumenbeet geworfen hatten.

»Seid ihr total durchgeknallt, oder was?«, schrie Gary, rot vor Zorn. »Immer wieder sag ich euch, dass ihr auf die Blumen aufpassen sollt. Selbst 'n Goldfisch hat mehr Verstand als ihr!«

Die Kinder blieben einen Augenblick wie angewurzelt stehen, dann hoben sie den Ball auf und kehrten ins Haus zurück.

Gary schüttelte den Kopf, faltete den Briefbogen auseinander und begann, an seinem blutenden Finger zu lutschen.

Ryan zoomte erneut.

Wieder runzelte Gary die Stirn, derweil sein dicker Kopf hin und her pendelte, um dem Zeilenverlauf zu folgen. Ryan hinter der Kamera konnte sich ein Lächeln nicht verkneifen.

Und endlich, endlich kam es, das so sehnlich erwartete Schulterzucken!

Ryan stieß ein leises, höhnisches Lachen aus. Der Post des Tages war im Kasten.

* * *

Im leichten Wind, der unter der Nachmittagssonne immer wieder Ströme von Meeresgerüchen und wohltuender Kühle herantrug, klimperten die Takelagen der Segler beschwingt.

Such das Göttliche in dir.

Leicht gesagt ... Schon seit zwei Stunden zerbrach Jonathan sich auf der Terrasse des Hafencafés von Monterey den Kopf über diesen Satz, und sosehr er sich auch bemühte, ihn zu verstehen – es fiel ihm nichts dazu ein.

Von Zeit zu Zeit umkreisten seine Gedanken die Fußgänger, die vor ihm vorbeizogen und von denen Gesprächsfetzen an sein Ohr drangen. Menschen wie er, zweifellos, jedoch mit einem wesentlichen Unterschied: Sie schienen unbekümmert, er war es nicht mehr. *Das Ende des Jahres wirst du nicht erleben.* Die herzlose Stimme der zweiten Zigeunerin hallte immer noch in ihm nach.

Er blickte auf die offene See in der Hoffnung, die bohrende Angst, die ihn erneut ergriff, verscheuchen zu können. Er wollte nicht wieder in depressive Stimmung geraten, diesen lethargischen Zustand, aus dem man sich nur um den Preis einer übermenschlichen Anstrengung befreien kann – gleich einem Insekt, das in einem Glasbehälter gefangen ist, mit Wänden so glatt, dass jeder Ausbruchsversuch unweigerlich mit einem Sturz auf den Boden endet.

Such im Innern.

Schwierig, ins Innere zu schauen, wenn man befürchtet, dort auf die Angst zu treffen.

Über den Fernsehschirm im Café flimmerten spektakuläre Bilder, die von einem Hubschrauber aus aufgenommen worden waren. Jonathan hörte die Stimme der Berichterstatterin nur schwach.

»Der tropische Regenwald Amazoniens«, sagte sie, »wird in einem schrecklichen Rhythmus von tausendsechshundert Hektar pro Tag zerstört. Das entspricht der Größe von fünfzehnhundert Fußballfeldern.«

Die folgende Einstellung zeigte einen alten Indianer vor dem Eingang des Naturhistorischen Museums in San Francisco, wo nach Aussage der Reporterin derzeit eine faszinierende Ausstellung über Amazonien zu sehen war. Der Mann hatte sein langes Haar nach hinten gebunden; das Gesicht strahlte eine gewisse, wiewohl von Traurigkeit geprägte Gemütsruhe aus. Eine Art stille Resignation.

Jonathan seufzte lange. Wie kann man glücklich sein, wenn es der Welt schlecht geht? Wie soll man in sich die Kraft finden, damit fertigzuwerden, dass das Unheil auf der Erde beständig zunimmt? Der Kampf sei vergebens, hatte Tante Margie erklärt.

Die Stimme des Ureinwohners klang gefasst, so als könne nichts ihn erschüttern. Trotz der Ernsthaftigkeit seiner

Ausführungen schwang keinerlei Feindseligkeit, keinerlei Hass darin mit.

»Wenn ihr den letzten Baum gefällt und den letzten Fisch gefangen habt«, erklärte er, »werdet ihr merken, dass man Geld nicht essen kann.«

12

»Strecken Sie den Finger aus.«

»Wie bitte?«

»Ihren Zeigefinger bitte.«

Jonathan reichte der jungen Frau in weißem Kittel seine Hand. Behutsam streifte sie ihm einen weichen, innen mit Aluminium beschichteten Fingerling über, von dessen Spitze ein langer, feiner Draht zu dem Computer auf dem Tisch führte. An der Wand hinter ihr hing ein riesiger Bildschirm.

»Jetzt sind Sie verbunden«, sagte sie.

Ihr Ton war sanft und freundlich, aber man spürte doch eine gewisse, ganz und gar professionelle Zurückhaltung.

Sie setzte sich an den Schreibtisch und begann auf der Tastatur zu tippen.

Jonathan warf einen Blick auf die drei, die auf Stühlen im Halbkreis neben ihm saßen: eine Frau zwischen dreißig und fünfunddreißig Jahren, brünett, Pagenschnitt, die den Blicken der anderen geflissentlich auszuweichen schien; eine weitere Frau von etwa sechzig Jahren, strahlend über das ganze Gesicht, frischer Teint, blondes und volles, nach Spray duftendes Haar, die alle Anwesenden herzlich begrüßt hatte; schließlich ein junger Mann, unrasiert, zerzauste Haare, der aussah wie ein Student und dessen Blick sich immer wieder im Dekolletee der Wissenschaftlerin verlor. Tatsächlich ließ der Ausschnitt ihres weißen Kittels ein Paar hübscher Brüste erahnen.

Das Zimmer, ziemlich groß, mit weißen Wänden und unpersönlichem Dekor, war ganz in sanftes, warmes Licht getaucht. Tante Margies Stiftung befand sich im Hinterland von Monterey. Ein nüchternes Gebäude inmitten von Bäumen, abgelegen in einer dünn besiedelten Gegend.

»Die Kurve, die Sie auf dem Bildschirm sehen, veranschaulicht den Grad der spezifischen Leitfähigkeit Ihrer Haut mit all ihren Schwankungen in Echtzeit.«

Diese Kurve verlief nicht glatt horizontal, sondern oszillierte langsam und geringfügig auf unregelmäßige Weise. Sie unterschied sich deutlich von der Sinuskurve eines Elektrokardiogramms.

»Die spezifische Leitfähigkeit verändert sich entsprechend der Feuchtigkeit Ihrer Haut, kurz gesagt, Ihrer Transpiration. Ihr sympathisches Nervensystem steuert die Funktion der Schweißdrüsen ebenso wie den Blutdruck und den Herzrhythmus.«

»Okay.«

»Ihr innerer Zustand – die Gemütsverfassung im Allgemeinen, der Stress im Besonderen – beeinflusst diese physiologischen Prozesse, die folglich vom einen Augenblick zum nächsten umschlagen können.«

»Ich verstehe.«

Die Forscherin schloss auch die Zeigefinger der übrigen Testpersonen an das Messgerät an.

Auf dem riesigen Bildschirm erschienen vier Kurven in

verschiedenen Farben, die sich unabhängig voneinander veränderten. Die von Jonathan leuchtete blau, jene der brünetten Frau knallgelb: Sie war von allen am flachsten. Die grüne Kurve des jungen Mannes schwankte nur mäßig, die rote der Sechzigerin hingegen wies etwas unstete und eindeutig stärkere Schwingungen auf als die der anderen, die sie immer wieder schnitt.

»Wie Sie feststellen können«, erläuterte die Versuchsleiterin, »sind wir alle verschieden. Wir haben unterschiedliche Physiologien und reagieren unterschiedlich auf ein und dieselbe Situation.«

Sie trat einige Schritte zurück.

»Ich werde jetzt Ihre Gedanken auf verschiedene innere Zustände lenken. Beginnen wir damit, dass Sie sich an das letzte Mal erinnern, als Sie großen Stress hatten ...«

Die rote Kurve schnellte unverzüglich nach oben.

Jonathan schloss die Augen. Das Bild der Zigeunerin kam ihm in den Sinn. Er betrachtete den Bildschirm: Seine blaue Kurve war steil angestiegen. Die des jungen Mannes hatte sich wiederum kaum erhoben, ebenso wenig wie die gelbe.

Die Wissenschaftlerin ging auf sie zu und wandte sich an die Frau mit brünettem Haar.

»Können Sie sich nicht erinnern, irgendwann in großem Stress gewesen zu sein?«

Die andere antwortete mit einem kurzen, geheimnisvollen Lächeln, und ihre Kurve blieb unverändert flach.

Daraufhin näherte sich die Frau im weißen Kittel dem jungen Mann.

»Hat Ihnen das Studentenleben in letzter Zeit keine innere Unruhe beschert?«, hakte sie nach, ein amüsiertes Lächeln auf den Lippen.

In diesem Moment fiel ihr der Stift aus der Hand. Sie bückte sich, um ihn aufzuheben, wobei die Bewegung ihre Brüste ein wenig weiter enthüllte.

Nun schoss die grüne Kurve in die Höhe, während die Wangen des Studenten sich purpurrot färbten. Ganz schön empfindlich, dieses Gerät, dachte Jonathan, unterdrückte ein Lächeln und fragte sich, ob sie den Stift absichtlich hatte fallen lassen.

Die Brünette schaute auf die Uhr. Jonathan hätte gern gewusst, wie viel den Versuchspersonen für diese Art von Experiment bezahlt wurde.

»Nun folgt eine Entspannungsübung«, sagte die Dame in Weiß. »Machen Sie es sich auf Ihrem Stuhl bequem.«

Die Teilnehmer korrigierten ihre Sitzhaltung.

»Ich fordere Sie auf, tief und langsam zu atmen … genau … immer langsamer … ja … richtig so … und bei jedem Ausatmen entspannen Sie den Körper noch ein bisschen mehr … und mehr …«

Jonathan ließ seinen Blick auf dem Bildschirm ruhen. Die meisten Kurven begannen zu sinken, die rote der Sechzigerin stärker als die anderen, die gelbe der jungen Frau entschieden weniger. Seine eigene und die des Studenten kreuzten sich und verliefen danach, in die andere Richtung, nahezu deckungsgleich.

Die Stimme der Wissenschaftlerin führte sie in verschiedene Zustände, entspannt oder verkrampft, angenehm oder aufreibend, und jede Kurve schien ihr eigenes, von den übrigen unabhängiges Leben zu haben.

Anschließend wurden sie gebeten, einander in die Augen zu sehen, was sie auch taten, den Blick von der einen auf die nächste Person richtend. Sogar die Brünette beteiligte sich am Spiel, und Jonathan spürte, dass sie weniger reserviert war als am Anfang.

»Schauen Sie sich gegenseitig an ... mit Wohlwollen«, sagte die Forscherin in sanftem und beifälligem Ton, »versuchen Sie zu empfinden, was Sie miteinander verbindet ...«

Das Experiment brachte jeden zum Lächeln – ein wenig verlegen zunächst, dann zunehmend natürlicher. Es ist ungewohnt, jemanden eingehend zu betrachten. Jonathan schaute den Leuten meistens nicht in die Augen – oder wenn doch, so nur flüchtig, ohne sie wirklich zu sehen; vielmehr ließ er den Blick durch den Raum schweifen, dachte an etwas anderes oder konzentrierte sich auf das Gespräch. Hier aber schaute er diesen Menschen in die Augen mit der einzigen Absicht, sie zu *sehen,* und es war, als entdecke er dabei einen Teil ihrer Intimität, erahne ihre Existenz, gewahre ihre Identität. Ja, er hatte das verwirrende Gefühl, sie zu *erkennen.* Sie waren keine Fremden mehr, wie man ihnen täglich dutzendweise begegnet, bei der Arbeit oder beim Einkaufen, ohne sich für sie zu interessieren.

Die Kurven auf dem Bildschirm kamen einander jetzt erstaunlich nah, so als strebten sie demselben Punkt zu. Kaum zu glauben. Wie war das möglich? Wie vermochte ein rein visueller Kontakt eine Annäherung zwischen den Physiologien mehrerer Personen zu bewirken? Jonathan konnte es nicht fassen. Sogleich geriet seine blaue Kurve ins Trudeln und offenbarte seine Verblüffung. Er lächelte und beschloss, ins Spiel zurückzukehren, sich erneut auf die Menschen ringsum zu konzentrieren und mit ihnen diesen Augenblick der Seelenverwandtschaft zu teilen.

Eine Art von Kommunion.

Nach einer Weile warf er erneut einen Blick auf den Bildschirm. Die Kurven hatten sich getroffen, waren zu *einer* verschmolzen.

13

»Austin Fisher, Sie haben die zweite Runde des Turniers von Flushing Meadows überlegen gewonnen. Wie fühlen Sie sich heute, kurz vor Ihrem nächsten Match?«

Austin lächelte. Die Journalisten wollten immer wissen, was in ihm vorging.

»Wir stehen erst am Anfang, noch ist nichts entschieden, vor allem kommt es darauf an, konzentriert zu bleiben.«

»Man weiß, dass Ihnen der Belag hier nicht unbedingt liegt. Doch falls Sie in diesem Turnier triumphieren, werden Sie mit den meisten Siegen beim Grand Slam in die Geschichte eingehen. Fühlen Sie sich deshalb unter Druck?«

»Ich bewahre einen kühlen Kopf. Ein Turnier gewinnt man vom einen Spiel zum nächsten.«

Die Reporterin schien enttäuscht. Natürlich. Sie wollte, dass er sich quasi auf die Couch legte und ihr vertrauliche Mitteilungen machte.

»Wie erklären Sie die Kluft zwischen Ihrem blendenden Erfolg und Ihrem Image als Spieler, der, um es vorsichtig auszudrücken, wenig beliebt ist?«

Wenig beliebt. Damit zahlte sie ihm seine Zurückhaltung heim. Er bemühte sich, sein Lächeln zu bewahren.

»Um solche Dinge kümmere ich mich nicht. Ich kümmere mich um mein Tennisspiel, damit bin ich genug beschäftigt …«

»Einige halten Sie für etwas unnahbar, ja gleichgültig gegenüber den anderen. Glauben Sie, dass sich das Verhältnis zu Ihren Fans gebessert hat?«

Austin zwang sich, immer weiter zu lächeln.

Gleichgültig … Wenn du wüsstest, dachte er, was ich alles einstecken musste und wie sehr mir dein Geschwätz auf die Nerven geht. Wer seine Leiden nicht öffentlich zur Schau stellt, ist noch lange kein gefühlloser Mensch.

»Ich schere mich nicht um Gerüchte. Ich arbeite, arbeite viel und konzentriere mich auf mein Ziel.«

Er warf Warren, seinem Trainer, der etwas weiter links saß, einen Blick zu. Warren schloss die Augen und öffnete sie dann wieder zum Zeichen seines Einverständnisses.

Austin kehrte in die Umkleidekabine zurück, gefolgt von Warren und zwei oder drei Fotografen.

Sobald er derartige Sticheleien zu hören bekam und mit der Abneigung des Publikums konfrontiert wurde, erwachte in ihm ein diffuses, eigenartiges Gefühl, das ihm seit der Kindheit vertraut war; aus Situationen, da er in der Miene seines Vaters einen Anflug von Verachtung wahrnahm. Es war, als würden ihn unsichtbare Fäden an jene schmerzliche Vergangenheit binden, die er zurückzuweisen suchte, die sich aber durch hinterhältige Bemerkungen plötzlich wiederbelebte. Die Vergangenheit mischte sich unaufgefordert in die Gegenwart ein.

Er weigerte sich, für die Fotografen zu posieren. Die Türen der Kabine schlossen sich hinter ihm.

Nun fühlte er diese unbändige Energie, diesen Zorn in

sich aufsteigen, das dringende Bedürfnis, zu kämpfen und zu siegen.

»Wann geht's los?«, fragte er.

»In vier Minuten«, erwiderte Warren.

»Perfekt«, sagte Austin.

Er würde in die Schlacht ziehen, seine Gegner niederringen und dieses Turnier gewinnen. Hielt er erst einmal den Rekord, würde man ihn mit anderen Augen sehen. Zwangsläufig.

* * *

Big Sur.

Die sattgrünen Hügel. Der Gesang des Windes in den Büschen. Die hohen Mammutbäume mit ihren rötlichen Stämmen und dunklen Nadeln. Das Aroma der Harze. Die schmalen Durchblicke auf das Meer …

Schon seit über einer Stunde war Jonathan zu Fuß unterwegs. Beim Verlassen des Instituts hatte er den Ruf der Natur vernommen. Er konnte nicht zum Haus zurückkehren, als sei nichts geschehen. Er musste umherwandern, allein, um sich zu sammeln.

Wenn man geht, verstreicht die Zeit langsamer. Die Kultur der Unmittelbarkeit und Reizüberflutung, in der wir gefangen sind, verleitet uns dazu, nichts und niemandem mehr wirklich Beachtung zu schenken. Im Gehen jedoch taucht man wieder ein in die Zeit der Natur, des Universums. In die Zeit des Lebens und seiner unermesslichen Erscheinungsformen. Man verbindet sich wieder mit sich selbst.

An diesem herrlichen Spätnachmittag war die Luft mild, und Jonathan fühlte sich wohl, wie schwerelos. Erneut empfand er jene Dankbarkeit, die ihn schon während seiner vorherigen Wanderungen erfüllt hatte: Dankbarkeit gegenüber dem Leben, der Schönheit der Welt, dem Duft des Windes und dem Licht, so prächtig, wenn die Sonne sich nach Westen neigte und dem Betrachter tiefe Ehrfurcht einflößte.

Seine früheren Sorgen schienen ihm fern, ebenso wie seine ungestillten Sehnsüchte, seine Mangelgefühle, seine Enttäuschungen. Heute zählte einzig und allein die Empfindung, am Leben zu sein. Für wie lange, wusste er nicht, aber noch war er hier auf Erden – und unendlich dankbar dafür.

Am Himmel erschien ein Kondor, dessen stillen Flug er gebannt verfolgte, bis der mächtige Vogel hinter den Hügeln verschwand.

Alle Menschen sind miteinander verbunden.

Diese Erkenntnis ging ihm immer wieder durch den Kopf. Wir sind alle verschieden, hatte die Versuchsleiterin gesagt, und doch verbindet uns etwas. Ein unsichtbares, wiewohl stets gegenwärtiges Band, das nur dann offenbar wird, wenn man nach ihm sucht, es aufmerksam wahrnimmt und seine Wirkung verstärkt …

Nach dem Experiment war Jonathan noch eine Weile geblieben, um mit ihr zu sprechen. Bei Frauen, hatte sie ihm anvertraut, könne sich dieses Band auch auf andere Weise physiologisch bemerkbar machen. Wenn sie etwa in einer Gemeinschaft zusammenlebten, stimmten nach einigen Monaten ihre Menstruationszyklen überein: Sie bekämen ihre Regel genau zum gleichen Zeitpunkt.

Der Kondor tauchte über einem Gebirgspass wieder auf und schwebte in Richtung Meer.

Alle Menschen sind miteinander verbunden.

Bisher hatte Jonathan sich nahezu allein auf der Welt gefühlt, an den Rand gedrängt, wo er sich ständig zur Wehr setzen musste, um mit heiler Haut davonzukommen. Sich zur Wehr setzen … und erbittert kämpfen.

Das Experiment hatte ihm eine ebenso umfassende wie grundsätzliche Einsicht beschert, die alles in Frage stellte: seinen Wettkampf mit Michael, seine zwiespältigen Empfindungen gegenüber Kunden, denen er überflüssige Dienstleistungen andrehte, sein konfliktgeladenes Verhältnis zu Angela … Die ganze Organisation seiner Existenz hatte auf einem Irrtum beruht, auf einer falschen Vorstellung vom Leben. Nun aber wurde ihm im tiefsten Innern bewusst: Da wir alle miteinander verbunden sind, kämpfen wir, wenn wir gegen andere kämpfen, zugleich gegen uns selbst.

14

Michael läutete an der Videosprechanlage und wartete, für die Kamera ein strahlendes Lächeln auf dem Gesicht.

Der elektrische Türöffner summte laut. Er trat ein, durchquerte die Halle und nahm den Aufzug.

Oberstes Stockwerk.

Die Klingel gab keinen Ton von sich, also klopfte er ein paar Mal kurz an.

Nach wenigen Sekunden öffnete sich die Tür ein wenig, und im Spalt erschien Samanthas Gesicht.

»Geht's dir gut?«, fragte er breit lächelnd.

Die junge Frau musterte ihn mit ausdruckslosem Blick, vergewisserte sich, dass er allein war, und machte auf dem Absatz kehrt.

Michael stieß die Tür auf und ging in den Flur. Folgte ihr in das große, von weißem Licht durchflutete Wohnzimmer. Hinter der breiten Fensterfront schwebten die Häuser San Franciscos im Dunst, der sie zu verschlingen drohte.

Samantha setzte sich auf die Armlehne des Sofas und schlug die Beine übereinander. Sie trug einen kurzen Rock und eine weiße Hemdbluse. Bis oben hin zugeknöpft. Schade, dachte er.

»Ich brauche deine Dienste«, sagte er.

Sie fixierte ihn wortlos.

»Ein Abendessen in der Stadt mit einem meiner potenziellen Kunden. Bei gegenseitigem Gefallen gern auch mehr.«

»Wer ist es?«

»Du willst immer alles wissen. Was bringt es, mehr über ihn zu erfahren?«

»Ich will wissen, wer es ist.«

Michael ging einige Schritte an der Fensterfront entlang.

»Der Vorsitzende einer Vereinigung kleiner Händler. Für mich ein dicker Fisch.«

»Verheiratet?«

Er schüttelte den Kopf.

»Oder er hat's selber vergessen«, sagte er schmunzelnd.

Er näherte sich Samantha von hinten und umschloss mit beiden Händen ihre Brüste.

Mit einer kurzen, heftigen Geste stieß sie ihn weg.

»Ist doch nichts dabei«, protestierte er.

»Ich bin kein Selbstbedienungsladen.«

»Ein kleiner Gefallen ab und zu wär nicht verkehrt ... Immerhin bin ich ein guter Kunde.«

»Eben. Du kennst den Tarif.«

»Meinen Teilhabern rate ich immer: Die Kunden verdienen Respekt.«

»Die Lieferanten genauso.«

»Ich bin großzügig gegenüber meinen Kunden. Ich kümmere mich um sie ...«

»Jedem seine eigene Geschäftspolitik.«

Michael lachte.

»Was steht im Einzelnen auf dem Programm?«, fragte sie misstrauisch.

»Wie gesagt, ein Abendessen, und alles Weitere ganz nach deinem Geschmack.«

»Keine faule Sache, oder?«

»Aber nein …«

»Dass ich mich nicht wieder wie ein kleines Mädchen anziehen muss, um beim Hausherrn die Babysitterin zu spielen, und überrascht werde von der Gemahlin, die vor Entrüstung fast einen Schlaganfall bekommt …«

Michael lächelte und legte ihr die Hand auf die Schulter.

»Versprochen. Zeig mir jetzt deine hübschen Brüste …«

15

»Wirklich prächtig, dein Rasen!«

»Findest du?«

Margie und Jonathan durchquerten den Garten und stiegen langsam zum Meer hinab. Die Luft war noch mild, obwohl sich die Sonne bereits ziemlich weit emporgeschwungen hatte. Es duftete nach Geißblatt und frisch gemähtem Gras.

»Meiner ist mit Klee überwuchert. Ich hab alle Mittel ausprobiert. Keins hilft. Also reiße ich ihn eigenhändig aus, und trotzdem wächst er immer wieder nach. Kannst du mir da nicht einen Rat geben?«

Margie begann zu lachen.

»Du machst mir Spaß.«

Jonathan blieb stehen.

»Ich werde doch nicht tatenlos zusehen, wie er sich weiter ausbreitet!«

Sie ging lächelnd weiter.

»Warum nicht?«

Er holte sie ein.

»Warum nicht? Aber … das liegt doch auf der Hand, oder?«

»Nein.«

Margie fand so großen Gefallen daran, mit Vorurteilen zu

spielen, dass sie bereit war, sich dumm zu stellen, nur um belustigt zu beobachten, wie ihr Gegenüber die eigenen Überzeugungen in Frage stellte.

»Das ist nicht schön, nicht ästhetisch in einem Rasen. Das weiß doch jeder.«

»Jeder? Aber du, woher weißt du es?«

»Woher ich das weiß? Woher ich weiß, dass das nicht schön ist? Aber ... Ich weiß es einfach, das ist alles, darüber diskutiert man nicht. Es entspricht einfach meinem Geschmack.«

»Bist du sicher?«

Jonathan verschlug es die Sprache. Was sollte er darauf erwidern?

Margie schlenderte weiter, lächelte und ließ den Blick über ihren herrlichen Garten schweifen.

»Das erinnert mich an eine Geschichte«, sagte sie, »eine wahre Geschichte, die Robert erzählt hat, ein Freund aus Santa Cruz. Eines Tages fragte er sich, warum seine Frau an Thanksgiving immer das äußerste Ende vom Truthahn abschnitt, bevor sie ihn in den Backofen schob. Sie entfernte ein Stück vom Hinterteil, und das fand er seltsam. *So bereitet man eben den Truthahn zu,* erklärte sie. *Einverstanden, aber warum?*, fragte er. Er war stutzig geworden und wollte es genauer wissen. *Das macht man nun mal so. Im Übrigen habe ich meiner Mutter immer zugeschaut, wenn sie den Truthahn auf diese Weise präpariert hat.* Ihr Mann blieb hartnäckig, bis sie schließlich ihre Mutter anrief. *Mama, sag mal, der Truthahn an Thanksgiving, warum trennst du immer ein Stück vom Hintern ab?* Ohne zu zögern, antwortete die Mutter: *So steht es im Rezept.* Nun hakte die Tochter ihrerseits nach, ohne jedoch eine befriedigende Erklärung zu bekommen. Ihre Mutter verteidigte sich: *So ist es üblich, meine eigene Mutter hat's mir so beigebracht.* Daraufhin beschloss die Tochter, ihre Großmutter anzurufen, und stellte die gleiche Frage: Warum man diesem verflixten Truthahn das Hinterteil abschneiden müsse, bevor er gebraten wird? *So hab ich's halt immer gemacht,* entgegnete die Großmutter. *Und warum? – Bei Gott! Mein Backofen war zu klein, um den ganzen Truthahn hineinzuschieben!«*

Jonathan brach in Gelächter aus.

»Früher«, sagte Margie, »war Klee immer Bestandteil der schönsten Rasen. Auf der ganzen Welt, weißt du. Wenn man einen Beutel mit Rasensamen kaufte, waren da stets auch Kleekörner beigemischt. Ein Rasen ohne Klee war einfach unvorstellbar! Dank ihm blieb die Grasfläche auch während der Trockenzeit saftig grün. Gerade weil Klee den Stickstoff aus der Luft aufnimmt und in den Boden weiterleitet, dient er als natürlicher Dünger. Was wollte man mehr? Dann, in den 1950er-Jahren, haben multinationale Chemiekonzerne diverse Unkrautvernichtungsmittel entwickelt, um alle wild wachsenden Pflanzen aus dem Rasen zu tilgen. Leider wurde damit auch der Klee beseitigt, den alle liebten. Als sich zeigte, dass deshalb niemand ihr Giftzeug kaufen wollte, haben sie den Stier bei den Hörnern gepackt. Sie investierten Millionen Dollar ins Marketing, um die Nachricht zu verbreiten, dass Klee ein Unkraut sei ...«

»Ist das dein Ernst?«

»Mithilfe der Werbung ist die Botschaft angekommen. Die Leute begannen, den Klee mit anderen Augen zu betrachten, und wollten ihn schließlich loswerden. Damit verbuchten die multinationalen Konzerne einen doppelten Erfolg: Sie konnten ihr Giftzeug verkaufen, und die Leute mussten zusätzlich Dünger anschaffen, denn ihrem Rasen mangelte es bald an Stickstoff …«

Jonathan schüttelte verdrossen den Kopf.

Margie hingegen lächelte schelmisch.

»Klee ist hübsch anzusehen«, fuhr sie fort. »Im Frühling bringt er sogar kleine weiße Blüten hervor.«

Sie senkte die Stimme, um einen vertraulichen Ton anzuschlagen.

»So ist es im Leben: Man kann sich kaum vorstellen, dass das angebliche Problem im Grunde manchmal … die Lösung ist!«

Die beiden setzten ihren langsamen Abstieg fort, vorbei an herrlich duftenden Rosenbeeten und Klematishecken. Weiter unten zeichneten sich die gekrümmten Stämme der hundertjährigen Pinien scharf gegen das leuchtende Blau des Ozeans ab. Es regte sich kein Hauch, und man konnte meinen, die Pflanzen nutzten diesen Moment, um ihre Wohlgerüche mit aller Macht zu verströmen, so als wüssten sie, dass diese nicht vom Wind zerstreut wurden.

»Und wie wir gestern gesagt haben«, betonte Margie, »ist der Kampf vergebens. Wir sind alle miteinander verbunden.«

»Äh … Wenn ich das anmerken darf, haben wir von Menschen gesprochen, nicht von Pflanzen!«

»Pflanzen sind lebendige Wesen.«

»Schon, aber … immerhin gibt es Grenzen. Du willst mir doch wohl nicht einreden, dass ich mit dem Klee in meinem Rasen verbunden bin!«

Sie lächelte still vor sich hin.

»Wer weiß … Du hast bestimmt gehört, was Ende der 1980er-Jahre den Kudu-Antilopen in Südafrika widerfahren ist.«

»Nein, keine Ahnung!«, erwiderte er.

»Es geschah in der Savanne der Provinz Transvaal. Ich war dort, das ist jetzt fast dreißig Jahre her …«

Margie hielt kurz inne und fuhr dann mit schleppender Stimme fort, als würden ihr die Worte im selben Rhythmus einfallen, wie die Erinnerungen aus der Tiefe des Gedächtnisses aufstiegen.

»Ich erinnere mich gut an die aufgehende, rot glühende Sonne über den weiten Ebenen und die warme Brise, die den Geruch der Raubtiere herbeiwehte … Es gab zahlreiche Reservate, in denen Kudus lebten, große Antilopen mit langen, gewundenen Hörnern. Sie hatten die Angewohnheit, die Blätter der Akazien abzuknabbern. Und die Bäume haben es zugelassen …«

Jonathan lachte auf.

»Sie hatten nicht gerade die Wahl!«

Margie warf ihm ein geheimnisvolles Lächeln zu.

»Eines Tages setzte in den Reservaten ein Antilopensterben ein, ein Tier nach dem anderen verendete, ohne dass irgendjemand wusste, warum. Keine Angriffe durch Raubtiere, keine Spuren von Verletzungen. Unsere Biologen haben zwei Jahre gebraucht, um die Ursache zu finden. Diese Entdeckung hat meine Weltanschauung maßgeblich verändert …«

Er runzelte die Stirn.

»Bisher hatten die Akazien klein beigegeben, denn sie wussten, dass die Antilopen nur einige Blätter fressen und dann ihres Weges gehen … Doch in jenem Sommer hatten sich die Antilopen stark vermehrt und viel mehr Blätter verschlungen als üblich. Die Reaktion der Bäume war, dass sie den Gehalt an Tannin in ihren Blättern erhöhten, um sie bitterer zu machen und die Antilopen abzuwehren.«

Jonathan schaute sie zweifelnd an, aber Margie fuhr unbeirrt fort.

»Trotzdem fraßen die hungrigen Antilopen die Blätter, bis schließlich die Bäume in ihrer Existenz bedroht waren.«

Sie legte eine Pause ein und ergriff dann wieder das Wort.

»Also entwickelten sie in ihrem Saft ein Gift. Die Blätter, die bis dahin genießbar waren, erwiesen sich nun als … tödlich.«

Er erbleichte.

»Und das Erstaunlichste kommt erst noch«, sagte Margie. »Die Akazien verbreiteten die Botschaft untereinander. Sie warnten ihre Artgenossen vor der drohenden Gefahr … Ja, du hast mich richtig verstanden: Die Bäume haben miteinander kommuniziert, so dass einer nach dem anderen anfing, dieses Gift zu produzieren.«

Jonathan blieb einige Momente stumm, ehe er seinen Einwand vorbrachte.

»Welche Beweise gibt es dafür? Vielleicht hat jede Akazie, vor das Problem gestellt, einfach individuell in der gleichen Weise reagiert wie die anderen.«

Sie schüttelte leicht den Kopf und kniff die Augen zusammen.

»*Alle* Akazien in der Gegend, auch jene außerhalb der Reservate, die mit Antilopen nicht in Berührung kamen, haben ihre Blätter vergiftet. Dazu hätten sie keinen Grund gehabt, wäre ihnen nicht die Information übermittelt worden.«

Er spürte, wie ihm ein Schauder über den Rücken lief. Die Vorstellung, dass Bäume miteinander sprachen, gehörte in den Bereich der Science-Fiction. Dass sich dahinter womöglich eine Realität verbarg, war unheimlich.

»Weiß man, wie sie das bewerkstelligen?«

»Es gibt ein paar Anhaltspunkte, aber noch ist nichts endgültig geklärt. Fest steht, dass sie über ihre Wurzeln und durch die Erde hindurch chemische Informationen austauschen, aber wie sich gezeigt hat, ist das längst noch nicht alles.«

»Erzähl.«

»Eine Pflanze kann ihre Nachbarinnen erkennen. Wenn es sich um Pflanzen derselben Familie handelt, lässt sie ihnen Raum, um sich zu entwickeln, und verlangsamt die Ausbildung der eigenen Wurzeln. Wenn ihr hingegen die Nachbarin fremd ist, treibt sie ihre Wurzeln in hohem Tempo aus, um das Gebiet zu besetzen. Dazu wurde folgendes Experiment durchgeführt: Man hat einen leeren, verschlossenen und lichtundurchlässigen Karton auf die Erde gestellt, darunter Chili-Samen in den Boden gegeben und genau beobachtet, wie sich die Wurzeln der Jungpflanzen entwickeln … Im zweiten Teil des Experiments wurde ein Fenchel-Keimling in den Karton gesetzt. Bekanntlich ist der Fenchel ein Feind des Chili – er sendet in der Erde und in der Luft chemische Signale aus, die dessen Entwicklung hemmen. Man hat also den Fenchel im verschlossenen und lichtundurchlässigen Karton auf dasselbe Stück Boden gestellt. Die beiden Pflanzenarten hatten keinerlei Möglichkeit, durch chemischen Austausch miteinander zu kommunizieren. Und doch hat man beobachtet, wie die Chilis ihre Wurzeln gleichsam im Zeitraffer entfalteten – das typische Verhalten einer Pflanze, die einen Eindringling in ihrem Gebiet geortet hat. Demnach ist es den Chilis gelungen zu erkennen, dass Fenchel in der Nähe war. Aber wie? Großes Geheimnis.«

»Unglaublich!«

Jonathan ließ den Blick über die duftenden Geißblattgewächse, Rosenstöcke und Klematis, über Sträucher und die hohen, ebenso unbewegten wie würdevollen Pinien schweifen. Von nun an würde er sie mit anderen Augen sehen.

»Du findest das unglaublich, weil du von derlei Ereignissen nie gehört hast, zugleich aber wundert sich niemand über die Dinge, die jeden Tag rings um uns passieren …«

Er runzelte die Stirn.

»Hast du dich zum Beispiel je gefragt«, fuhr Margie fort, »wie die Vögel es anstellen, in Formation zu fliegen?«

»Was soll daran so besonders sein?«

»Wusstest du, dass sie die Fähigkeit besitzen, als gesamte Formation schlagartig die Richtung zu ändern, ohne einander zu berühren? Und das, obwohl sie so eng beieinander sind.«

»Ich stelle mir vor, dass sie sich an dem Vogel orientieren, der die Formation anführt. Sie folgen einander in geringem Abstand und sind dabei äußerst wachsam, konzentriert, reaktionsschnell …«

Sie schüttelte lächelnd den Kopf.

»Damit wird das Phänomen nicht erklärt. Wissenschaftler haben die Zeit gemessen, in der die Vögel ihre Richtung ändern, nachdem der Anführer einen neuen Kurs eingeschlagen hat. Sie ist kürzer als die Spanne, in der ein Nervenimpuls vom Auge ins Gehirn und von dort in die Flügel gelangt.«

Jonathan sah sie verblüfft an.

»Es ist das gleiche Geheimnis wie bei Fischen, die in Schwärmen schwimmen. Die Forschung hat merkwürdige Erkenntnisse zutage gefördert. Bedeckt man nämlich ihre Augen mit Mattglas, so dass sie nicht mehr sehen können, bleiben die Fische dennoch an ihrem Platz innerhalb des Schwarms und bewegen sich weiterhin absolut koordiniert.«

»Wahrscheinlich erzeugt ihre Fortbewegung ständig Wellen, Strömungen, die alle spüren ...«

»So vermutete man zunächst. Dann haben die Forscher bei den untersuchten Fischen in Höhe der Kiemen die Nervenstränge des Seitenlinienorgans durchschnitten, das auf Bewegungsreize reagiert, und trotzdem schwammen sie nach wie vor synchron.«

»Das ist in der Tat merkwürdig.«

»Ebenso wenig kann man erklären, wie Brieftauben ihren heimischen Schlag wiederfinden, wenn sie an einem gänzlich unbekannten, mehrere hundert Kilometer entfernten Ort aufgelassen werden, um eine Strecke zurückzulegen, die sie nie zuvor geflogen sind.«

»Das gilt auch für Zugvögel ...«

»Genau. Man dachte, die Eltern brächten ihren Jungen bei, wohin die Reise geht. Daher lag es für die Forscher nahe, die Kleinen gleich nach der Geburt von ihnen zu trennen. Als die Jungvögel groß genug waren, um zu fliegen, wurden sie aufgelassen. Sie schwangen sich in die Lüfte und überquerten aus eigenem Antrieb den halben Planeten, um ihre Eltern, die einige Wochen früher aufgebrochen waren, wiederzufinden – mit Erfolg.«

Jonathan schwieg eine Weile und hing seinen Gedanken

nach. In der Ferne glitten einige Boote mit roten Segeln in einer Reihe dahin. Zweifellos handelte es sich um eine Segelschule. Infolge des schwachen Windes kamen sie kaum von der Stelle und wurden nur durch die Wellen ein wenig geschaukelt.

»Worauf willst du hinaus?«, fragte er schließlich.

»Rupert Sheldrake, ein großer Biologe der Universität Cambridge, hat die These aufgestellt, dass es eine Kraft gibt, die alle Lebewesen – nicht nur die Menschen – miteinander verknüpft, und dafür den Begriff *morphisches Feld* geprägt.«

Jonathan verzog das Gesicht.

»Ich habe von magnetischen Feldern gehört, von Gravitationsfeldern ... aber noch nie von morphischen Feldern.«

»Es ist eine Art unsichtbare Matrix. Ein Raum, der die Lebewesen umgibt und ihnen ermöglicht, den Kontakt untereinander aufrechtzuerhalten. Eine Verbindung, die weder mit der Zeit noch durch räumliche Distanz verschwindet.«

»Noch durch räumliche Distanz?«

»Ja.«

»Eine ziemlich verrückte Idee. Ich kann mir zwar vorstellen, dass man Wellen – oder etwas dergleichen – aussendet, die von anderen in der Nähe wahrgenommen werden und durch die wir miteinander verbunden bleiben. Doch wenn ich ans entgegengesetzte Ende der Welt reise, wie soll diese Übertragung dann weiterhin stattfinden?«

Margie schüttelte den Kopf.

»Es sind eben keine Wellen. Keine elektrischen oder magnetischen Felder, die mit der Entfernung tatsächlich schwächer werden und irgendwo enden. Und was vielleicht noch seltsamer ist: Es geht um die Verbindung in einer anderen

Ordnung, auf einer anderen Ebene, als wären wir in einer höheren Dimension miteinander verknüpft, unabhängig von Zeit und Raum. Als hätten wir, wenn wir uns momentweise mit jener Dimension in Übereinstimmung bringen, unmittelbaren Zugang zu den Informationen, die sie beinhaltet und die uns miteinander in Beziehung setzen.«

»Das ist so ungeheuerlich ... fast könnte man Angst bekommen.«

»Einmal mehr gibt es noch keine wissenschaftliche Gewissheit, aber starke Vermutungen mit ersten Beweisen und aufregenden Experimenten, die von Forschern wie Sheldrake durchgeführt werden. Auf diesem Wege würden sich Phänomene wie die, von denen wir gerade gesprochen haben, erklären lassen, und noch einige weitere ...«

»Welche zum Beispiel?«

»Ist es dir schon passiert, dass du plötzlich an eine bestimmte Person dachtest, von der du seit Langem nichts gehört hast, die vielleicht weit weg wohnt, in einem anderen Land, und die dich kurz darauf anruft? Oder dass du das Telefon läuten hörst und ahnst, dass sie es ist?«

Jonathan verspürte einen Schauder. Ja, das war ihm mehrmals passiert. Er hatte es jedoch immer für einen Zufall gehalten.

»Die Existenz der morphischen – oder morphogenetischen – Felder würde auch erklären, warum Leute imstande sind, den Blick eines Menschen auf sich zu spüren, obwohl ihnen die Augen verbunden sind und sie ihm den Rücken zukehren.«

»Wirklich?«

»Im Institut haben wir den Versuch mit neunhundert Probanden gemacht. Die Ergebnisse sind klar und deutlich: Diejenigen, die eine solche Fähigkeit besitzen, merken mit einer Trefferquote von dreiundsiebzig Prozent, dass der Blick auf ihnen ruht.«

»Wow!«

»Außerdem gibt es Haustiere, die im Voraus wissen, wann ihr Herrchen oder Frauchen nach Hause kommt, und sich schon einige Minuten vor dessen Ankunft an der Tür postieren, um es zu empfangen. Dazu hat Sheldrake zahlreiche Untersuchungen angestellt, die zeigen, dass diese Verhaltensweisen von Hunden und Katzen vor dem Eintreffen ihres Besitzers weder durch dessen üblichen Zeitplan erklärt werden können – die Ankunftszeit wurde beliebig verändert – noch dadurch, dass das Tier das Geräusch des Autos oder Busses wiedererkennt – es wurden verschiedene Verkehrsmittel benutzt –, noch mit dem typischen Geruch innerhalb des Gefährts – der Besitzer kam in hermetisch verschlossenen Fahrzeugen.«

Jonathan nickte langsam. Er hatte Freunde von derartigen Vorgängen sprechen hören, sie aber nie ernst genommen.

»In Anbetracht dessen könnte man nun auch besser verstehen, warum viele Tiere vor dem Eintreffen des berüchtigten Tsunamis, der Ende 2004 die Küsten Südostasiens verwüstete, die Flucht ergriffen haben, obwohl kein unheilvolles Vorzeichen durch ihre fünf Sinne wahrnehmbar war. Das gilt insbesondere für die Elefanten in Sri Lanka. Eine Stunde vor der verheerenden Flutwelle haben sie sich ins Landesinnere oder auf Anhöhen zurückgezogen. In einer thailändischen Ferienanlage, wo man Touristen auf ihnen ausführt, begannen die Elefanten frühmorgens eigenartig zu trompeten und die Befehle zu verweigern. Schließlich zerrissen sie ihre Ketten und stürmten davon, die Hügel hinauf. Die wenigen Menschen, die ihnen folgten, wurden gerettet. Zahlreiche weitere Tiere haben sich ähnlich verhalten, etwa im Nationalpark Yala in Sri Lanka, wo die Wellen auf einer Länge von drei Kilometern landeinwärts alles zerstört haben, ohne dass zwischen den menschlichen Opfern auch nur ein Tierkadaver entdeckt worden wäre.«

»Und wie erklärst du, dass die Menschen in der Falle ausgeharrt haben, wenn doch auch sie mit jenem morphogenetischen Feld verbunden sind?«

Margie seufzte.

»Durch die rasante Entwicklung der Technologie in der modernen Zivilisation sind wir – auch wenn sie andererseits manchmal großen Nutzen bringt – von gewissen, uns angeborenen Fähigkeiten abgeschnitten worden. So müssen wir alle feststellen, dass unser Gedächtnis weniger leistungsfähig ist, seit wir auf elektronische Terminkalender zurückgreifen, die uns daran erinnern, was wir zu tun haben.«

»Daran besteht kein Zweifel …«

»Oder dass wir allmählich den Orientierungssinn verlieren, seit wir uns von Navigationssystemen leiten lassen.«

»Vielleicht, aber das ist mir immer noch lieber, als verzweifelt nach dem Weg zu suchen.«

»Wir sprachen vom Tsunami des Jahres 2004. Damals haben bestimmte sogenannte primitive Stämme ebenfalls die Gefahr vorausgeahnt und sich rechtzeitig auf Anhöhen zurückgezogen, während die sogenannten kultivierten Menschen starben, ohne etwas kommen zu sehen.«

»Das wusste ich nicht.«

»Es handelt sich um die indigenen Völker auf den Andamanen und Nikobaren, die nah am Epizentrum des Erdbebens lagen und wo es fast siebentausend Opfer gab. Die Stämme der Sentinelesen, der Onge, der Großen Andamanen und der Shompen hingegen sind allesamt wie durch ein Wunder mit heiler Haut davongekommen. Im Dorf Jirkatang haben die zweihundertfünfzig Mitglieder des alten Stammes der Jarawa lange vor der Katastrophe die Küstenregion verlassen und sich danach zehn Tage lang von Kokosnüssen ernährt. Im Süden der Surin-Inseln konnten sich die Stammesangehörigen der Moken in Sicherheit bringen, mit Ausnahme eines kleinen behinderten Jungen. Die Frage, woher sie gewusst hätten, dass sich ein so schreckliches Drama abspielen würde, schien sie zu überraschen, so als sei die Antwort selbstverständlich. Sie lautete: ›Wir haben nur auf die Natur gehört.‹«

Jonathan lächelte und ergriff das Wort.

»Victor Hugo hat es ungefähr so ausgedrückt: *Die Natur spricht zu uns, aber wir hören ihr nicht zu.*«

Margie pflichtete ihm bei.

»Überhaupt besitzen diese Urvölker außergewöhnliche Fähigkeiten. Sie haben eindeutig Zugang zu einer Informationsquelle, die uns fremd ist.«

»Was meinst du damit?«

»Die Indianer des Amazonasgebiets etwa können die Blätter oder Früchte einer Pflanze aufspüren, die einen Kranken heilen werden. Und dort wachsen auf einem einzigen Hektar mehr unterschiedliche Baumarten als in ganz Europa. Gar nicht zu reden von der Vielfalt der übrigen Pflanzen, es gibt da achtzigtausend Arten. Wenn man diese Ureinwohner fragt, wie sie erkennen, welche der vielen Pflanzen die betreffende Person gesund machen wird, antworten sie, dass die Pflanzen es ihnen sagen …«

Er unterdrückte ein Lächeln.

»Ihre Schamanen versetzen sich in Trance, und in diesem veränderten Bewusstseinszustand nehmen sie dann Kontakt auf zu dem Geist der Pflanzen. Als könnten sie sich durch ihre Trance leichter verbinden mit …«

»… einem morphischen Feld.«

»Genau. Dazu gibt es ein weiteres, nicht weniger faszinierendes Beispiel. Über viele Generationen haben sie verschiedene Verfahren zur Herstellung des *Curare* entwickelt, jenes Pfeilgifts, das sie bei der Jagd benutzen, weil es sämtliche Gliedmaßen des Opfers auf der Stelle lähmt. Westliche Forscher haben sich damit beschäftigt und herausgefunden, dass einige dieser Verfahren wohldurchdacht sind, insofern Bestandteile sehr unterschiedlicher Pflanzen verwendet werden und jeder davon bei der Zubereitung eine wesentliche Rolle spielt. Fehlte eine der Ingredienzen oder veränderte sich die Dosierung, war das Gift nicht mehr wirksam. Wie haben sie die richtige Formel gefunden? Sie haben keine Bücher, keine Laboratorien, keine Instrumente. Sie sind Analphabeten.«

»Vielleicht haben sie so lange herumprobiert und aus Irrtümern gelernt, bis sich irgendwann die gewünschte Lösung ergab.«

»Nein. Diese Methode funktioniert nur, wenn man die Kombination von zwei oder drei Komponenten unter Dutzenden oder Hunderten anderen sucht, aber die Zusammenstellung von sieben oder acht Bestandteilen aus achtzigtausend Pflanzen lässt Millionen von Möglichkeiten zu. Niemand kann mehrere Millionen Versuche durchführen.«

Jonathan richtete den Blick wieder auf den Garten und dessen unüberschaubare Fülle an Bäumen, Büschen, Sträuchern, Blumen und Kräutern. Die Vorstellung, mit ihnen verbunden zu sein, erschien ihm irgendwie seltsam.

»Weißt du eigentlich«, fragte er, »dass du gerade mehrere Hundert Grashalme gewaltsam zertrittst?«

Margie lachte.

»Stimmt, die Idee der allseitigen Verbundenheit hat zur Folge, dass wir unsere Beziehungen zu den Formen des Lebens um uns herum überdenken«, erwiderte sie und schaute sich anerkennend in ihrem Garten um. »Sicher ist, dass wir erschaffen wurden, um mit ihnen eine Gemeinschaft zu bilden. Mehrere Studien haben dafür anschauliche Beweise geliefert.«

»Kannst du ein Beispiel nennen?«

»Es wurde gezeigt, dass schon ein einfacher Spaziergang im Wald unser Immunsystem stärkt.«

Er erinnerte sich an seine Wanderungen durch die wilde Natur von Big Sur. Dabei hatte er sich immer ausgesprochen wohl gefühlt …

»Andere Studien belegen«, fuhr sie fort, »dass Pflanzen in Büros die Kopfschmerzen der Menschen, die dort arbeiten, um dreißig Prozent verringern, Müdigkeit und Halsweh um jeweils zwanzig Prozent. Ähnliche Ergebnisse betreffen die Gegenwart von Haustieren. Wer einen Herzinfarkt erlitten hat, wird ein Jahr später mit einer dreiundzwanzig Prozent höheren Wahrscheinlichkeit noch am Leben sein, wenn ein Hund ihm daheim Gesellschaft leistet.«

»Du weckst Schuldgefühle in mir: Chloé hat sich immer ein Tier gewünscht. Angela war einverstanden, ich aber stets dagegen.«

Margie lächelte.

»Der Mensch ist ein Beziehungswesen. Er unterhält Beziehungen zu seinesgleichen, ebenso wie zu Tieren und Pflanzen. Diese Verbindungen sind es, die uns Lebenskraft schenken. Im Übrigen wurde das bereits durch ein Experiment bestätigt, das Friedrich II., Kaiser des Heiligen Römischen Reiches, im 13. Jahrhundert durchführte.«

»Davon hab ich nie etwas gehört.«

»Dieser Mann beherrschte sechs oder sieben Sprachen fließend und fragte sich, welche die *Sprache Gottes* sei – jene nämlich, die man von Natur aus spricht, wenn keine andere einem beigebracht wurde. Also ersann er ein Experiment, das heute zum Glück niemand mehr zu wiederholen sich erlauben würde.«

»Was hat er gemacht?«

»Er hat veranlasst, dass Neugeborene von ihrer Mutter getrennt und speziell ausgewählten Ammen anvertraut wurden. Diese waren beauftragt, ihnen zu essen und zu trinken zu geben, die Windeln zu wechseln, kurzum, all ihre physischen Bedürfnisse zu stillen. Doch die Ammen durften sie weder liebkosen noch mit ihnen spielen und vor allem nicht mit ihnen sprechen.«

»Und welche Sprache haben sie entwickelt?«

»Man hat es nie erfahren.«

»Warum?«

»Sie sind alle gestorben – obwohl ihnen, was das Physische angeht, jeder Wunsch erfüllt wurde. Nur auf eines mussten sie verzichten: zwischenmenschliche Beziehungen.«

Angewidert schüttelte er den Kopf.

»Das ist grauenhaft.«

»Beziehungen sind das wesentliche Element unseres Lebens, Jonathan.«

Der Satz schien in der Luft zu verharren. Die Sonne verstrahlte ein gleißendes Licht, und er wusste, dass Margie bald ins Haus zurückkehren würde. Draußen auf dem Meer wehte inzwischen ein leichter Wind, dank dem die kleinen Segelboote, alle zusammen, wieder Fahrt aufgenommen hatten.

Beziehungen sind das wesentliche Element unseres Lebens. Jonathans wichtigste Beziehungen waren die zu seinen Kunden. Aber kann man wirklich von Beziehungen sprechen, fragte er sich, wenn es sich um Leute handelt, von denen man etwas erwartet? Denen man nicht die ganze Wahrheit sagt, nur um ihre Unterschrift zu bekommen? Na ja. Nicht gerade berauschend …

»Manche glauben, sie könnten leben, ohne auf jemanden angewiesen zu sein, ihr Glück hänge einzig und allein von ihnen selbst ab. Das ist eine ungeheure Illusion.«

Margie neigte sich zu Jonathan herüber und zeigte ihr bekanntes schelmisches Lächeln.

»In deinem Körper leben fünfhundert Arten von Mikroorganismen.«

»Und ich dachte, ich wär allein.«

»Hunderttausend Milliarden Bakterien bevölkern deinen Darm.«

»Hör auf, das ist widerlich.«

»Diese Bakterien sind um das Hundertfache zahlreicher als die Zellen in deinem Körper.«

»Wenn du nicht still bist, beginne ich morgen eine Antibiotikakur.«

Sie kicherte.

»Bisweilen brauchen wir jene, die wir für unsere Feinde halten.«

»Was wirst du mir noch alles auftischen?«

»Diese Bakterien schützen dich gegen virulente Organismen, die schlimme Krankheiten auslösen können. Sie mit Antibiotika abzutöten würde dich sehr verletzlich machen. Außerdem …«

»Ja?«

»… ist da noch eine Sache«, sagte sie geheimnisvoll.

Seine Stirn legte sich in Falten.

»Die Bakterien in deinem Darm gewährleisten die richtige Dosierung des Serotonins. Ohne ihr Zutun würde es dir fehlen.«

»Was ist das gleich nochmal, Serotonin?«

Margie musterte ihn einige Momente, um die Spannung zu steigern.

»Das Hormon, das dir hilft, glücklich zu sein.«

16

Austin Fisher blinzelte und schüttelte kurz den Kopf, um die Erinnerungen zu verbannen. Besinn dich auf diesen Moment, dachte er. Die Vergangenheit ist endgültig vorbei. Sinnlos, sie bis zum Überdruss wiederzukäuen. Er nahm einen Tennisball, knetete ihn und konzentrierte sich auf die dadurch ausgelöste Empfindung. Das ist Gegenwart, dachte er, reine Gegenwart. Wenig später aber tauchte in ihm wieder das Bild des dänischen Spielers auf, hörte er noch einmal dessen etwas näselnde Stimme, ihren scheußlichen Tonfall während des Interviews mit CNN.

Austin Fisher ist nur eine Maschine, eine Gewinnmaschine.

Purer Neid. Es war der Neid, der diesen gescheiterten Sportler dazu trieb, derart üble Dinge von sich zu geben.

Besinn dich, du bist ein Profi.

In seiner Karriere hatte er schon viele Kommentatoren unangenehme Dinge sagen hören. Das war Teil des Spiels, und er hatte es geschafft, sich davon nicht allzu sehr beeinflussen zu lassen. Natürlich war er bisweilen darüber verärgert, ja sogar wütend gewesen, aber diesmal verhielt es sich anders. Nie hatte ihn eine Bemerkung so tief getroffen. Warum gerade jetzt? Warum bei diesem Turnier, das ihn in die Geschichtsbücher des Sports bringen sollte?

Eine Gewinnnaschine, ohne jedes Gefühl, und ebendas macht seine Stärke aus.

Wie konnte jemand in seiner Darstellung derart ungerecht sein? Die enorme Arbeit leugnen, die er sich auflud, all die Jahre unaufhörlichen Trainings, diese verbissene Anstrengung, gepaart mit dem Verzicht auf Freizeit und Leichtigkeit? Wie konnte man mit einem Handstreich seinen ganzen Kampf einfach abtun?

In diesem Augenblick betrat Warren den lichtdurchfluteten Raum. Der Salon der Villa, die sie für die Dauer des Turniers gemietet hatten, verfügte über eine breite Fensterfront, die auf den Swimmingpool ging. Warrens Lächeln verschwand schnell, als er seinen Spieler sah.

»Stimmt irgendwas nicht?«

»Geht schon, geht schon. Kein Problem«, erwiderte Austin in neutralem, vollkommen beherrschtem Ton.

Warren betrachtete ihn kurz und setzte sich dann auf die Armlehne des Sofas ihm gegenüber.

»Dich beschäftigt ... dieser Däne, nicht wahr?«

Austin verharrte einige Sekunden unbewegt und nickte schließlich. Er hatte keinen Grund, seine Schwäche nicht einzugestehen. Wer seinem Trainer etwas Wichtiges verschweigt, ist schon auf der Verliererstraße.

»Dauernd versuche ich sein Bild und seine Worte aus dem Kopf zu kriegen, aber sie kehren immer zurück und verfolgen mich.«

Warren kniff die Augen zusammen.

»Und was fühlst du dann?«

Austin zögerte, um sich über seine inneren Regungen klarer zu werden.

»Ich fühle Ungerechtigkeit. Das macht mich traurig und nimmt mich völlig in Beschlag. Kurz gesagt, es nervt mich gewaltig.«

»Normalerweise bringt dich so was eher in Rage«, erwiderte Warren mit sorgenvoller Miene.

»Normalerweise sind es Journalisten, die solche Dinge behaupten, und das bringt mich in Rage. In dem Fall jedoch ist es ein Spieler wie ich. Keine Ahnung, warum, aber das bekümmert mich, das verletzt mich.«

Warren schwieg eine Weile und stand auf.

»In zwei Minuten wirst du darüber lachen. Früher, in der Welt der Unternehmen, hab ich intensiv an derartigen Problemen gearbeitet. Das Umfeld ist ein anderes, aber das Schema ist das gleiche. Dort grübeln die Leute über Vorwürfe des Chefs oder gehässige Bemerkungen von ehrgeizigen Kollegen.«

Er griff nach einer Kanne, die auf dem Couchtisch stand.

»Möchtest du ein Glas Wasser?«

Austin nickte. Warren füllte zwei Gläser und reichte ihm das eine.

»Du hast erwähnt, dass sein Bild und seine Worte immer wieder zu dir zurückkehren. In welcher Form? Erzähl mir ein bisschen mehr darüber.«

»In welcher Form? Äh ... Wie soll ich es ausdrücken ... Ich seh seinen Kopf, so wie er im Fernsehen erschien ...«

»Wie weit von dir entfernt siehst du ihn?«

»Ich verstehe nicht ganz. Er ist in meinen Gedanken, nicht irgendwo außerhalb ...«

»Ja, und wenn du dieses mentale Bild, so wie du es vor dir hast, im Raum lokalisieren müsstest, wo wäre es dann?«

Austin konzentrierte sich. Nicht leicht zu sagen, wo im Raum sich die Vorstellung einer Erinnerung befindet …

»Ich würde sagen … drei Meter vor mir.«

»Welche Abmessungen hat das Bild?«

Austin überlegte, bemüht, es vor seinem inneren Auge heraufzubeschwören.

»Eine Art Quadrat mit einer Seitenlänge von einem Meter.«

»In Farbe oder in Schwarz-Weiß? Kontrastreich oder unscharf?«

»Farbig und kontrastreich. Seine Fratze füllt das Bild komplett aus.«

»Ist das Bild starr oder bewegt?«

»Es ist ein Film. Im Grunde lasse ich die Aufzeichnung seines Interviews Revue passieren.«

»Okay. Und die Stimme, beschreib mir seine Stimme, wie du sie hörst.«

»Sie ist fest, trotz des näselnden Tons. Immer wieder höre ich seine abschätzigen Urteile.«

»Gut. Jetzt nimm dieses Bild und entferne es ein wenig von dir, ungefähr vier oder fünf Meter.«

»Wozu?«

»Indem wir die Art und Weise, wie du dir diese Erinnerung vorstellst, abwandeln, verändern wir auch deine diesbezüglichen Gefühle. Also, schieb die Vorstellung vier oder fünf Meter weg.«

Austin beobachtete das mentale Bild des Spielers, das sich in Bewegung setzte und ein wenig von ihm abrückte. Dann nickte er nachdenklich.

»Ausgezeichnet!«, sagte Warren. »Und jetzt verringere langsam die Größe. Reduzier es auf die Hälfte.«

»Einverstanden.«

»Entzieh ihm ein paar Farben, lass es blasser werden, eintöniger, bis es fast schwarz-weiß ist.«

Austin lächelte, während er diese Umgestaltungen vornahm.

»Sehr gut!«, kommentierte Warren. »In welcher Weise hat sich dadurch dein Gefühlszustand verändert?«

»Ich bin gelöster.«

»Perfekt. Also werden wir jetzt mit seiner Stimme spielen. Lass ihn weiterreden, aber schläfriger, zunehmend langsamer, gedehnt und tief – mit einer Stimme, die tröpfelt wie Klebstoff. Wobei er nach wie vor dieselben Dinge sagt.«

Austin konzentrierte sich und grinste dann.

»Jetzt wirst du eine kleine Hintergrundmusik hinzufügen«, fuhr Warren fort. »Eine Musik, die seine Ausführungen begleitet. Hörst du weiterhin, was er sagt?«

»Ja.«

»Nimm eine Zirkusmusik, wie man sie manchmal aufschnappt – eine lustige und etwas lächerliche Musik, clownesk oder grotesk. Du hörst sie über der Stimme des Typen, der in tranigem Tonfall weiter sein Zeug erzählt.«

Austin begann zu lachen, als er sich diesen imaginären Film vergegenwärtigte. Der Spieler erschien ihm plötzlich wie ein total betrunkener Dorftrottel.

Auuustin Fiisher iss 'neee Maaaschiiine.

Mit der Hintergrundmusik waren seine Äußerungen völlig meschugge.

»Und jetzt fang wieder von vorn an, lass den neuen Film noch einmal Revue passieren, zuerst vorwärts, dann rückwärts.«

»Rückwärts?«

»Ja, als würde der Filmvorführer in einem alten Kino den Streifen zurückspulen. Die Szene läuft in umgekehrter Reihenfolge ab.«

Austin sammelte sich. Die Aufgabe war nicht einfach, aber er bewältigte sie.

»Zum Abschluss lass das Ganze wieder vorwärtslaufen, mit der Zirkusmusik und all dem Klimbim.«

Gesagt, getan. Er entspannte sich. Die Vorstellung von dem dänischen Spieler hatte keinerlei negativen Einfluss mehr. Er lauschte den Beleidigungen und musste leise lachen.

»Von heute an«, sagte Warren, »werden all diese Versatzstücke die Erinnerung an den Spieler begleiten, sobald er dir wieder in den Sinn kommt.«

Austin lächelte. Er nahm sich vor, diese Methode auf jene früheren, seiner Kindheit regelrecht eingehämmerten Vorwürfe des Vaters anzuwenden, die immer noch bisweilen aus dem Nichts auftauchten und in seinen Ohren widerhallten.

Doch nicht jetzt. Auf gar keinen Fall. Später. Wenn er das Turnier für sich entschieden hatte.

17

Pling!

Die Gläser stießen gegeneinander und erzeugten einen kristallklaren Ton. Die Terrasse des Cafés war überflutet von Sonnenlicht.

»Auf euch!«, sagte Jonathan und lächelte über das ganze Gesicht.

»Auf dich!«, murmelten Michael und Angela.

Michael schien verstimmt, seit Jonathan ihm mitgeteilt hatte, seine Rückkehr nach San Francisco bedeute vorerst nicht – nein, keineswegs –, dass er die Arbeit wieder aufnehme.

»Siehst gut aus«, erklärte Angela, offenbar ein wenig neidisch. »Welcher Idiot hat bloß gesagt: *Arbeit hält gesund?«*

Seit zwei Tagen schwebte Jonathan auf einer kleinen Wolke. Seine Gespräche mit Margie hatten ihm ein Hochgefühl beschert, die Lebenslust zurückgegeben. Nun sah er die Welt mit anderen Augen; das Leben vermittelte ihm den Eindruck, an einem geheimnisvollen, außergewöhnlichen, ja einzigartigen Abenteuer teilzunehmen. Er wusste zwar nicht, für wie lange, genoss aber den Zauber jedes Augenblicks. Sobald sein Blick dem eines anderen Menschen begegnete oder auf eine Blume, einen Baum oder einen Vogel fiel, verspürte er das Bedürfnis zu lächeln.

»Anscheinend geht es dir doch besser«, sagte Michael in leicht vorwurfsvollem Ton.

»Ja, ich fühle mich wohl.«

Michael trank einen Schluck.

»Seit deiner Abreise hat sich das Wachstum unserer Firma deutlich verlangsamt«, stellte er fest.

Lächelnd beobachtete Jonathan seine Partner und ließ den Blick zwischen beiden hin und her wandern. Die Gesichtszüge, das Mienenspiel, die kleinste Bewegung verrieten etwas von ihnen, ihrem Leben, ihren Ängsten und Hoffnungen. Dahinter konnte er die Kinder erkennen, die jene Erwachsenen einmal waren; Kinder, die sich entwickelt hatten und gereift waren, aber weiterhin einen Teil ihrer selbst bildeten. Diese Vorstellung verwandelte seine Mitgesellschafter in Menschen, die ihn rührten.

Jonathan wurde bewusst, dass er nur selten Gelegenheit hatte, sie auf diese Weise *wirklich* zu betrachten. Normalerweise gleiten unsere Blicke über die Leute, ohne sie genauer wahrzunehmen, ohne ihnen Beachtung zu schenken.

»Es freut mich sehr, euch wiederzusehen«, sagte er vergnügt.

Die anderen musterten ihn skeptisch. Michael brach das Schweigen.

»Was glaubst du, wann kommst du zurück zur Arbeit?«

Unbeirrt blieb Jonathan auf seiner kleinen Wolke.

»Das Leben ist ...«, begann er.

Michael und Angela fixierten ihn aus dem Augenwinkel und warteten auf die Pointe.

»... schön. Das Leben ist schön.«

Angela biss in ein Radieschen.

»Hast du noch mehr solche tiefschürfenden Überlegungen auf Lager?«

»Das Leben ist schön, aber wir sind uns dessen nicht bewusst. Schau, das Radieschen, das du gerade isst. Ist es nicht ein Wunder? Ich meine … betrachte es einmal wirklich … Es verdient unsere Bewunderung, bevor wir es essen … unseren Dank dafür, dass es sich uns schenkt.«

Die beiden schauten ihn entgeistert an, als hätten sie sich verhört.

Er atmete tief ein und zuckte die Schultern, Ausdruck der Unfähigkeit, seine Empfindungen in Worte zu fassen.

»Ich finde einfach, dass … das Leben fantastisch ist, und was immer die Leute reden, wir leben, ungeachtet der Krise, in einer großartigen Zeit.«

»Das sagst du nur, weil du Urlaub hast«, erwiderte Angela.

»Nein, aber wenn man etwas Abstand gewinnt, ist doch schon die einfache Tatsache, sich an den Tisch setzen zu können, so wie man's eben tut, genau da, wo man will, und wählen zu können, was man essen möchte, schlicht unglaublich, oder?«

»Was ist los mit dir?«

»Gar nichts … Es geht mir um Folgendes: Vergegenwärtigt man sich die Menschheitsgeschichte, dann ist es jedenfalls nicht selbstverständlich, in einem friedlichen Land zu leben, sich frei zu bewegen, zu speisen, was das Herz begehrt, und mühelos, mit einem Fingerschnippen, die Bestellung aufzugeben! Das erscheint uns banal, doch es ist ein sagenhafter Luxus!«

Michael und Angela hatten aufgehört zu kauen. Besorgt richteten sie ihren Blick auf Jonathan.

»Beim Duschen heute Morgen«, fuhr er fort, »habe ich mir bewusst gemacht, dass es genügt, am Hahn zu drehen, damit das Wasser hervorströmt. Ist euch das eigentlich klar? Auch das ist Wahnsinn! Ich drehe den Hahn auf und habe Wasser. Ich will es kalt? Es kommt kalt. Ich will es warm? Es fließt warm auf mich herab, einfach so. Begreift ihr das ein bisschen? Und dann, wenn es in der Wohnung zu dunkel ist, drücke ich auf einen Schalter: Simsalabim, das Licht geht an!«

»Solltest dir vorher aber die Hände abtrocknen«, warf Michael ein.

»Seid ihr euch dessen überhaupt bewusst? Eine kurze Fingerbewegung, und es wird hell! Darüber sollte man sich jedes Mal freuen! Wenn mir kalt ist, drücke ich auf einen Knopf, die Heizung geht an, und mein Haus wird warm. Ist das nicht irre, wenn man sich's genauer überlegt?«

Seine Partner starrten ihn an, Michael mit gerunzelter Stirn, Angela mit weit aufgerissenen Augen.

»Was hast du geraucht?«, fragte Michael.

»Das wüsste ich auch gern«, bekräftigte Angela.

Jonathan lächelte, trank einige Schlucke und knabberte schweigsam weiter.

»Schaut euch das an!«, rief er plötzlich.

Michael und Angela neigten den Kopf zu seinem Teller mit rohem Gemüse, das mit einer Käsesoße als Vorspeise serviert worden war. Jonathan hielt ein Broccoli-Röschen zwischen den Fingern.

»Rückt näher, seht es euch genau an.«

»Was denn?«, fragte Angela. »Ist ein Wurm drin?«

»Betrachtet dieses Wunder. Jedes Röschen verzweigt sich

in immer kleinere Röschen, die exakt die gleiche Struktur aufweisen. Und wenn man jedes einzelne in Augenschein nimmt, sieht man, wie es sich weiter aufgliedert in noch winzigere Formen derselben Art. Das heißt, der Broccoli besitzt eine fraktale Dimension oder Selbstähnlichkeit. In jedem Teil findet man das Ganze wieder. Ungefähr so, als wäre jeder von uns ein Abbild der ganzen Menschheit – oder als wäre das gesamte Universum in einer Handvoll Erde enthalten.«

»Phänomenal«, sagte Angela in trübsinnigem Ton.

»Und wenn man das Röschen schließlich isst, ernährt sich das Leben vom Leben. Mit anderen Worten: Das Leben birgt in seinem Schoß das Leben.«

Michael hob die Brauen, Angela kniff die Augen zusammen.

»Im Übrigen habe ich etwas gelernt, das einem die Sprache verschlägt«, fuhr Jonathan fort. »In unserem Darm leben Milliarden von Bakterien und …«

»Eine wandelnde Klärgrube«, sagte Michael.

Angela zog eine Grimasse.

»Und wisst ihr was? Sie sind es, die uns das Serotonin liefern, das Glückshormon. Ist doch merkwürdig, oder? Gerade dank dieser Bakterien fühlen wir uns wohl!«

Angela seufzte.

»Was willst du damit sagen? Dass im Grunde diejenigen uns glücklich machen, die uns stinken?« Sie tauchte ein Radieschen in die Soße, um dann hinzuzufügen: »Vielleicht hätte ich meiner Schwiegermutter doch vorschlagen sollen, bei uns zu wohnen …«

18

»Wenn ein bestimmtes Stadium überschritten ist, kann man davon ausgehen, dass wir einen Punkt erreichen werden, von dem aus es kein Zurück mehr gibt, und dass die Klimaerwärmung unkontrollierbare Wirkungen nach sich ziehen wird.«

»Welche zum Beispiel?«

Der Wissenschaftler, offensichtlich von Lampenfieber gepeinigt, kratzte sich nervös am Hals. Ryan lächelte. Dieser Typ erlaubte sich, aller Welt Lektionen zu erteilen, obwohl er nicht einmal fähig war, vor einer Fernsehkamera zu sprechen.

»Der Temperaturanstieg führt zum Schmelzen der Eismassen an den Polen. Es besteht die Gefahr, dass im Eis enthaltenes Methan freigesetzt wird. Dieses bisher eingeschlossene Methan ist selbst ein Treibhausgas …«

»Wollen Sie damit sagen, dass möglicherweise ein Teufelskreis in Gang gesetzt wird?«

Der Gast nickte.

»Und was geschieht dann?«

Ryan schaltete das Fernsehgerät aus. Er hatte es satt, solchen Quatsch zu hören.

Er ging zum Fenster seines Schlafzimmers. In den Gärten war niemand zu sehen. Früh am Morgen hatte er die vierzehnte Episode mit Gary gefilmt, wie er die Schultern hochzog. Mittlerweile wartete eine Gruppe treuer Zuschauer sehnsüchtig auf die Fortsetzung der Serie.

Ryan kehrte ins Wohnzimmer zurück und warf einen Blick durch die schwarzen Stores. Michael und Angela saßen im Café auf dem Platz.

Er schaltete das Hohlspiegelmikrofon ein und ließ die Kamera laufen.

»Verrückt, wie sich Jonathan seit eurer Trennung verändert hat. Er ist ausgeglichen, entspannt, positiv …«

»Danke, das freut mich sehr«, erwiderte Angela pikiert.

»Gut, sicherlich auch 'n bisschen durchgedreht …«

Michael ergriff ein Radieschen und hielt es ihr vor die Nase.

»O du, Radieschen, Wunder der Natur! Ich danke dir, dass du dich mir schenkst, dich essen lässt, dein Leben für mich opferst. Das Leben ernährt sich vom Leben – und der Mensch vom Radieschen!«

Inspiriert biss er in die rote Kugel und kaute mit geschlossenen Augen feierlich darauf herum. Angela lachte.

»Das ist ja alles ganz nett, aber er sollte doch bald beschließen, zur Arbeit zurückzukehren. Der Umsatz der Firma kann nicht weiterhin so stagnieren.«

Michael nickte, plötzlich von Unruhe ergriffen.

»Also, wann verkaufst du mir deine Anteile, um den schrecklichen Anblick deines strahlenden, förmlich aufblühenden Ex nicht mehr ertragen zu müssen?«

»Vergiss es.«

»Du wirst deine Meinung ändern.«

»Der Erlös aus dem Verkauf meiner Anteile würde nicht

einmal reichen, um die Gründung einer neuen Firma auch nur in Betracht zu ziehen.«

Die bewegte Miene des überspannten Michael erstarrte. Ryan sagte sich, dass dieser Raubvogel bei seiner Gesprächspartnerin eine Schwachstelle entdeckt hatte, und zoomte ein wenig.

»Wenn du eine zusätzliche Goldgrube auftun möchtest, um was anderes aufzuziehen, gibt's eine Lösung.«

Angela hob die Augen.

»Welche?«

»Anstatt von Jonathan monatliche Unterhaltszahlungen zu fordern, verlangst du Kapital, eine große Summe auf einen Schlag.«

Sie zuckte die Achseln.

»Und danach bekomme ich nichts mehr? Das wäre der reine Wahnsinn, Chloé ist gerade mal sieben …«

»Im Gegenteil, es wäre klüger. Jonathan ist im Moment derart seltsam, dass man im Hinblick auf ihn nur sagen kann: Lieber den Spatz in der Hand als die Taube auf dem Dach. Was du hast, hast du.«

Angela schien über das Argument nachzudenken. Mit gerunzelter Stirn aß sie schweigsam weiter.

»Auf jeden Fall«, erwiderte sie nach einer Weile, »wird er sich weigern. Er hat keine Ersparnisse. Das kann er nicht.«

Ryan zoomte auf Michaels Gesicht. Man spürte, dass der ein Siegerlächeln unterdrückte.

»Er wird sich zu helfen wissen«, flüsterte er geheimnisvoll. »Wer sich Geld beschaffen will, findet immer eine Lösung.«

Ryan zog die Mundwinkel nach unten und ließ den Blick über die Caféterrasse schweifen. An einem anderen Tisch erspähte er zwei junge Frauen, die ins Gespräch vertieft waren; auf die richtete er seine Geräte.

»Zu komisch«, sagte die eine mit braunem, mittellangem Haar und Hornbrille. »Übrigens, hast du mitgekriegt, was dem Rothaarigen aus der Buchhaltung passiert ist? Sie haben ihn entlassen. Traurige Geschichte, der Kerl war echt nett.«

»Wen meinst du?«

»Weißt schon, der sich um die Kundenkonten kümmert. Ab und zu sieht man ihn in der Kantine, er sitzt oft beim Fenster.«

»Ach so, klar!«

»Total sympathisch, dieser Typ.«

»Nee, das ist 'n Dummkopf.«

»Stimmt nicht, er ist reizend, glaub mir.«

»Denkste, kürzlich bin ich zu ihm gegangen wegen 'nem Kunden, der nicht bezahlt hatte. Und stell dir vor, ohne die verdammte Kundennummer wollte er nicht die Akte rausholen! Also musste ich extra in mein Büro zurück. Da siehst du, was das für einer ist.«

»Ah ja?«

»Mhm, und ein andermal hab ich ihn gebraucht. Ich geh in sein Büro, er am Telefon. Ich wollte bloß 'ne Auskunft, und was macht er? Lässt mich warten, bis sein Gespräch beendet ist. Meinst du, der hätte es *eine* Sekunde unterbrochen, um vielleicht mal zu hören, was ich auf dem Herzen hab? Null. Nichts. Der Typ ist dämlich ...«

Die Braunhaarige zog ein schiefes Gesicht.

»Genau«, sagte sie schließlich. »Hast recht, das ist 'n Dummkopf.«

Ryan platzte vor Lachen und stoppte die Aufnahme.

Auf geht's, dachte er. 12 Punkte von 20. Das bringen wir im Blog.

Die Szene erinnerte ihn an ein von Psychologen durchgeführtes Experiment, über das er einen Artikel gelesen hatte. Sie hatten eine Gruppe von Schauspielern in einem Raum versammelt. Alle waren in die Versuchsanordnung eingeweiht. Sie ließen einen Freiwilligen hereinkommen, so jemanden, der sich als Testperson zur Verfügung stellt, um etwas Geld zu verdienen und sein Gehalt aufzubessern. Man redete ihm ein, die Schauspieler seien Testpersonen wie er, woraufhin sie miteinander ins Gespräch kamen und den Beginn des Experiments erwarteten. Dem Probanden hatte man gesagt, dass die Forscher sich verspäten würden. Er war der Einzige, der nicht wusste, dass das Experiment bereits lief.

Irgendwann brachte einer der Schauspieler eine abstruse Idee vor, die der Freiwillige natürlich zurückwies. Wohlgemerkt handelte es sich dabei um totalen Unsinn; außerdem gab er zu erkennen, dass dadurch seine Wertvorstellungen ein wenig verletzt wurden.

Der Reihe nach äußerten sich dann auch die anderen Schauspieler, und ein jeder pflichtete dem ersten voll und ganz bei. Alle vertraten dieselbe Auffassung und bekräftigten, dass sie der Wahrheit entspreche.

Bald hatte man deutlich sehen können, wie der Freiwillige innerlich umschwenkte. Er hatte angefangen zu zweifeln, gezögert – und sich allmählich der vorherrschenden Meinung angeschlossen. Am Ende war er felsenfest davon überzeugt gewesen.

19

Chloé war außer sich vor Freude. Wie beglückend, sie so zu sehen. Endlich hielt Jonathan sein Versprechen, sie ins Naturhistorische Museum mitzunehmen.

Nachdem er seinen gerade reparierten weißen Chevrolet geparkt hatte, gingen sie zusammen Richtung Eingang. Es tat wohl, ihre kleine Hand in der seinen zu spüren.

Der Himmel erstrahlte in kräftigem Blau, ohne einen Hauch von Morgendunst, und die noch frische Luft trug den leichten Duft der am Wegesrand blühenden Büsche herbei. Man hörte das vielsprachige Stimmengewirr der Touristen, die in kleinen Gruppen zum Museum strömten.

Die Ausstellung über Amazonien verschlug einem den Atem. In einem riesigen Treibhaus war ein Stück tropischen Regenwaldes originalgetreu nachgebildet – mit fast fünfzehn Meter hohen Bäumen, von denen hier und da verschlungene Lianen herabhingen und sich mit vielerlei dichten Sträuchern und alles überwuchernden Pflanzen vermischten, wobei das gedämpfte Licht ein authentisches Halbdunkel erzeugte. Das Ganze in einer unglaublich schwülen Atmosphäre, die feuchtwarme Luft erfüllt von den Wohlgerüchen der exotischen Gewächse.

Auf Tafeln wurde die überwältigende Mannigfaltigkeit der Arten dargestellt, die der Regenwald Amazoniens beherbergt, und erklärt, dass die meisten Pharmafirmen weltweit ihre Forscher dorthin schickten, um jene Pflanzen zu untersuchen, aus welchen die Heilmittel von morgen hergestellt werden, hier und da unter größter Geheimhaltung Schamanen zu befragen und sich durch deren Wissen inspirieren zu lassen.

Desgleichen war die Rede von den Gefahren, die dem Urwald infolge massiver Rodung drohen, sowie von dem bedenklichen Rhythmus seiner fortschreitenden Zerstörung. Jonathan konnte nicht umhin, einen heftigen Stich im Herzen zu verspüren.

Nach dem Besuch der Amazonien-Ausstellung kehrte er mit Chloé in die große Halle der Evolution zurück, wo sie, kaum eingetreten, einen Schrei ausstieß.

Vor ihr erhob sich das gigantische Skelett eines Dinosauriers. Das geöffnete Maul offenbarte einen überdimensionierten, mit beängstigenden Zähnen ausgestatteten Kiefer. Dieser allein war größer als Chloés ganzer Körper!

Sie umrundeten den knöchernen Riesen, aber Jonathans Gedanken waren noch beim Regenwald und der Gefahr, die auf ihm lastete.

Der zivilisierte Mensch hatte bereits das ökologische Gleichgewicht seiner Felder zerstört: Binnen einiger Jahrzehnte waren sie, einst Heimat von mehreren Tausend Insekten- und Tierarten, durch intensiven, mit Pestiziden geförderten Anbau zu toten Landstrichen geworden, wo sich über endlose Flächen eine einzige Getreidesorte ausbreitete. Ein Raum, aus dem die anderen Lebensformen fast gänzlich verschwunden waren, eine abgrundtiefe Leere.

Die Vernichtung des tropischen Regenwaldes war, Jonathan ahnte es, ein Verbrechen, das nicht begangen und keinesfalls fortgesetzt werden durfte. Ein Irrtum zu viel in der langen Reihe der Irrtümer.

Chloé ließ das monströse Skelett nicht aus den Augen. Hinter ihr zog eine Besuchergruppe vorbei, die von einer Referentin mit sehr britischem Akzent betreut wurde.

»Bevor sie ausgestorben sind«, sagte sie, »waren die Dinosaurier zur maßgeblichen Spezies auf unserem Planeten geworden, dessen sämtliche Ökosysteme sie unter ihrer Gewalt hatten. Sie kannten keinen natürlichen Feind und herrschten über die Erde, in den Meeren und der Luft. Alle Tiere waren ihnen auf Gedeih und Verderb ausgeliefert, ebenso wie alle Pflanzen: Sie hatten die Macht errungen, alle anderen Lebewesen auszulöschen, und sie bedienten sich dieser Macht ohne Hemmungen …«

Jonathan erinnerte sich lächelnd an Margies Bemerkung: Wer immer in der Weltgeschichte sich dazu berufen geglaubt habe, über andere zu herrschen, sei dem Untergang geweiht gewesen.

»Am Ende ihrer Herrschaft«, fuhr die englische Referentin fort, »wurden die Dinosaurier immer größer und immer dickleibiger. Doch es gab kein Anzeichen für ihr plötzliches Verschwinden. Das bleibt bis heute, trotz fundierter Hypothesen, ein ungelöstes Rätsel.«

»Papa, ich hab Hunger!«

»Sind es die Dinosaurier, die dich hungrig machen, mein Liebling?«

»Ich kann nicht mehr warten, ich hab zu großen Hunger!«

Sie begaben sich zum Ausgang und dem Schnellrestaurant

in der Nähe. Er kaufte seiner Tochter einen riesigen Hotdog und sich einen nicht weniger stattlichen Hamburger, die sie, durch den Garten spazierend, verspeisten.

»Schmeckt's?«

»Er ist köstlich!«, rief Chloé. »Und die Soße ist die beste auf der ganzen Welt!«

Es war entzückend, Chloé zuzuschauen, wie sie mühevoll ihren kleinen Mund aufriss, um in das viel zu große Sandwich zu beißen. Mit ihren sieben Jahren hatte sie noch immer einige Züge des Säuglings, der sie einmal gewesen war, etwa die schönen runden Wangen mit Grübchen, die sich zeigten, wenn sie lächelte. Welch ein Glück, mit ihr zusammen zu sein und zu beobachten, dass sie an einer Speise derart Gefallen finden konnte! Er bedauerte, die vergangenen Jahre hauptsächlich der Arbeit gewidmet zu haben – zweifellos auf Kosten der Familie. Angela hatte mit ihrem Vorwurf ganz recht. Er hatte es nie zugeben wollen und immer argumentiert, dass er sich ihnen – und ihrer Zukunft – zuliebe mit aller Kraft in die Firma einbrachte. Das stimmte zwar, aber die Gegenwart gab es kein zweites Mal. Ein Moment nach dem anderen war für immer verloren. Chloé war noch ein Kind, und so reifte in ihm der Entschluss, das Zusammensein mit ihr zu genießen, und sei es nur an zwei Wochenenden im Monat. Fortan würde er an diesen Wochenenden sein Mobiltelefon, die E-Mails, SMS und Onlinenachrichten zu Hause lassen.

»Und ist dein Hamburger gut?«, fragte sie.

»Nicht schlecht, und …«

Einige Meter entfernt saß auf der Bank ein Mann, dessen Gesicht Jonathan vertraut erschien. Aber woher? Unmöglich, ihm einen Namen zuzuordnen … Ihre Blicke trafen sich, ohne dass der andere reagierte.

Aber ja, natürlich!

»Ich habe Sie neulich im Fernsehen gesehen«, sagte Jonathan und näherte sich ihm. »In einer Reportage zu der Ausstellung über Amazonien.«

Der Mann nickte lächelnd. Es war der Indianer, der über den Urwald gesprochen hatte. Seltsam, einem Unbekannten, der einige Tage zuvor auf der Mattscheibe erschienen war, leibhaftig zu begegnen …

»Ihre Worte haben mich berührt«, fuhr Jonathan fort. »Es ist schrecklich, dass der Regenwald zerstört wird, und alles nur des Geldes wegen.«

Der Indianer nickte nur.

»Die anderen Länder«, erklärte Jonathan, »müssten Druck ausüben auf die Brasilianer, damit dieser Raubbau aufhört.«

Der Fremde sah ihm einige Momente tief in die Augen.

»Das können Sie leicht sagen«, erwiderte er dann in geheimnisvollem, fast nachsichtigem Ton.

Jonathan runzelte die Stirn. Der andere fixierte ihn weiterhin mit gütiger Miene.

»Was genau meinen Sie?«

Der Indianer sprach ruhig, mit sanfter Stimme, ohne jede Bitterkeit, obwohl von dem Drama die Rede war, das die Erde seiner Vorfahren zu vernichten drohte: »Die Brasilianer holzen den Urwald ab, um ihn in Sojafelder umzuwandeln und ihre Rinder zu ernähren.«

»Ja, ich weiß.«

Lange schaute der Indianer Jonathan einfach nur derart wohlwollend an, dass das Schweigen bald unangenehm wurde. Schließlich fragte er genauso friedlich, genauso gutmütig wie zuvor: »Und wissen Sie auch, für wen diese Rinder bestimmt sind?«

Es dauerte ein paar Sekunden, bis Jonathan verstand. Plötzlich erstarrte er und schluckte. Seine Hand, die den Hamburger hielt, wurde feucht. Er spürte, wie er errötete.

So stand er eine Weile, die sich zur Ewigkeit dehnte, diesem würdigen und paradoxerweise mitfühlenden Mann gegenüber, der seinen von Warmherzigkeit erfüllten Blick auf ihm ruhen ließ.

20

Die Lebenswelt ist das Ergebnis unserer individuellen Handlungen.

Der einzige Weg zu einer besseren Welt besteht darin, sich selbst zu ändern.

Zu einer besseren Welt, in der es sich gut leben lässt.

Diese Vorstellung ging Jonathan nicht mehr aus dem Kopf. Unruhig wälzte er sich im Bett hin und her und fand keinen Schlaf.

Seine Scham in Gegenwart des Indianers, gepaart mit einem vagen Schuldgefühl, hatte ihn dazu geführt einzusehen, was ihm nun wie eine Gewissheit erschien.

Er dachte daran, dass es Gandhi gelungen war, in der Geschichte Indiens eine Wende herbeizuführen, indem er sich selbst zu ändern begann – und ohne je an einer Regierung beteiligt gewesen zu sein. Nach wie vor schrieb man ihm, der mit einem schlichten Dhoti aus weißer Baumwolle bekleidet war und jeden Ehrentitel ablehnte, Selbstsicherheit und Gelassenheit zu. Doch wurde dabei vergessen, dass er in der Jugend seine krankhafte Schüchternheit unter einem dreiteiligen Anzug verborgen hatte, den er trug in der Hoffnung, von den Engländern anerkannt zu werden. Es war seine innere Entwicklung, seine Verwandlung in einen ausgeglichenen und gutherzigen, gerechten und von Egoismus befreiten Menschen, die ihn mächtiger gemacht hatte als das ganze britische Weltreich mitsamt seiner Armee und seinen Institutionen.

Auch Nelson Mandela hatte die Geschichte Südafrikas aus dem Innern seiner Gefängniszelle erst revolutioniert, nachdem er dort eine wahre innere Wandlung erfahren hatte. Dabei übersah man allerdings oft, dass er ursprünglich den bewaffneten Kampf predigte, dessentwegen er schließlich inhaftiert worden war. Aber im Kerker durchlief er eine bewundernswerte persönliche Entwicklung. Nicht nur wurde er zum Pazifisten, sondern er erwarb darüber hinaus die Fähigkeit, den Feinden und Wächtern, die ihn auf schändliche Weise knapp sechsundzwanzig lange Jahre gefangen hielten, zu verzeihen. Und weil er selbst zur Vergebung imstande war, ging dieser unglaubliche politische Umschwung relativ friedlich vonstatten.

Als Jonathan endlich eingeschlafen war, hatte er einen seltsamen Traum …

Er trieb in den Wolken, stieg höher auf und schwebte in einem endlos blauen Himmel über dem Meer aus weißer Baumwolle dahin.

Er überflog Russland, entdeckte Lenin und andere Revolutionäre, die sich in den Straßen versammelten. Voller Begeisterung skandierten sie: *Wir wollen ein Land, in dem alle gleiche Rechte haben.*

Schwarze Wolken zogen vorbei. Als sie schließlich aufrissen, sah Jonathan Millionen von Leichen, die überall zu Bergen aufgehäuft waren. Erneut tauchten Wolken auf, und dann brach geschwind die Nacht herein. Jonathan fühlte sich schwerelos, drehte sich im Himmel langsam um die eigene Achse. Unter ihm jagten die Wolken dahin, über ihm wölbte sich der schwarze Himmel. Dann erschien am Horizont wieder Licht, zaghaft, weißlich. Unten zeigten die Spitzen der vergoldeten Kirchtürme von Sankt Petersburg zu ihm herauf. Umringt von modernen Gebäuden. Autos fuhren durch die Straßen.

Lenin saß hoch oben auf einem Wolkenkratzer. Er zuckte die Schultern und redete, doch Jonathan wusste sehr wohl, dass es Margies Stimme war.

All diese Schrecknisse, nur um das Land mit den größten sozialen Unterschieden in der Welt zu schaffen; heute ist es Schauplatz eines ungezügelten Kapitalismus.

Ein heftiger Wind kam auf. Jonathan konnte ihm nicht standhalten und wurde rasch weiter gen Osten getragen, inmitten von Wolken hin und her geschleudert. Er überflog jetzt China, wo er unten, in weiter Ferne, Mao Tse-tung erspähte, der, ein halbes Lächeln auf den Lippen, seine neue Wirtschaftspolitik verkündete: *Der Große Sprung nach vorn wird uns ermöglichen, die landwirtschaftliche Produktion deutlich zu steigern.*

Tiefschwarze Wolken ballten sich zusammen. Aus dem Nichts drang Margies Stimme: *In den drei folgenden Jahren sind in China dreißig Millionen Menschen verhungert …*

Blitze spalteten die Luft und versetzten der Finsternis Messerstiche. Die Wolken taten sich abermals auf.

Jonathan überflog Frankreich, erkannte das Burgund, das er in seiner Kindheit so sehr geliebt hatte. Auf den hügeligen Äckern waren Ochsen vor Pflüge gespannt. Hinter einem

Wald tauchte Paris auf mit seinen Kutschen und Fuhrwerken, gelenkt von jungen Männern, deren Rufe durch enge, schlammige und übelriechende Gassen hallten. Die Sonne dicht über dem Horizont, das Licht goldbraun auf den Dächern. Im Klub der Jakobiner ergriff Robespierre das Wort, aufrichtig, idealistisch: *Es gilt, die Privilegien der herrschenden Klasse abzuschaffen ...*

Dann die Guillotine, die rollenden Köpfe, das strömende Blut, der Gestank. Die Straßen füllen sich mit einer zähflüssigen roten Masse, die sich in die Alleen ergießt. Ganz Paris wird rot. An der Place de la Concorde schaut Robespierre zu, wie das Blut fließt. Eine Limousine, angeführt von motorisierten Polizisten, fährt an ihm vorbei. Das Blutmeer teilt sich vor den schweren Maschinen. Robespierre applaudiert. Im Wagen wiederholt ein Mann aufrichtig: *Ich bin den Bürgern zu Diensten.*

Der Konvoi bewegt sich in die Rue Royale.

Ich bin den Bürgern zu Diensten.

Er biegt nach links ab in den Faubourg Saint-Honoré.

Ich bin den Bürgern zu Diensten.

Vor dem Portal des Élysée-Palastes kommt er zum Stehen. Der Mann steigt aus der Limousine.

Ich bin den Bürgern zu Diensten.

Ein roter Teppich erwartet ihn. Die Republikanische Garde in schwarzer und goldener Uniform, die Helme gekrönt von rotem Federbusch, bildet ein Ehrenspalier. Der Mann schreitet den Teppich in seiner ganzen Länge ab, betritt den Palast, durchquert Salons mit vergoldeten Täfelungen und Gobelins aus Seide, nähert sich der Treppe.

Die Domestiken nehmen die Habtachtstellung ein.

Ein Sommelier mit weißen Handschuhen verbeugt sich und präsentiert die besten Weine.

Ein Koch grüßt ehrerbietig und präsentiert ein riesiges Silbertablett, auf dem feinste Delikatessen sorgsam angeordnet sind.

Der Mann steigt die Treppe hinauf.

Oben machen die versammelten Berater ergeben Bücklinge.

Eine Schauspielerin zieht sich aus, reibt ihren nackten und feuchten Körper an seinem vorspringenden Wanst.

Diener öffnen ihm die Türen und verneigen sich, sobald er an ihnen vorbeigeht.

Im Eingang zu seinem Arbeitszimmer hält er inne. Das Licht spiegelt sich an unzähligen Goldverzierungen. Er dreht sich um, mustert all seine Bediensteten, Berater, Wachen und Köche und erklärt: *Die Bürger sind zu meinen Diensten.*

In diesem Moment beginnt sein Kopf anzuschwellen und wird immer größer. Er füllt sich mit Luft, er bläht sich auf wie ein Schlauch, verformt sich, wird unförmig, nimmt die Hälfte des überdimensionalen Arbeitszimmers ein. Seine aufgequollenen Lippen öffnen und schließen sich, wieder und wieder, wie die eines dickleibigen Fisches, und er bläst Wind aus, Wind, noch mehr Wind.

Ein Pressesprecher eilt herbei und stellt vor der Öffnung des Herrschers ein Mikrofon aus rosa Plastik auf, das mit einem in Seifenwasser getauchten Ring verbunden ist. Es steigen Blasen auf, Blasen, Blasen in unermesslicher Zahl.

Doch der Mann schwillt weiter an – bis plötzlich das Gas in einem andauernden Pfeifton aus ihm entweicht. So sackt er allmählich in sich zusammen wie ein angestochener Luftballon, während ihn das lautstark ausströmende Gas in die vier Ecken des Zimmers schleudert und dann durch das offene Fenster befördert. Wirbelnd fliegt er über den Hof des Élysée-Palastes, über den roten Teppich. Den beschreitet zur selben Zeit ein anderer Mann, der immer wieder murmelt: *Ich bin den Bürgern zu Diensten.*

Augenblicklich verlieren Dutzende Abgeordnete mit aufgeblähten Köpfen auf der gegenüberliegenden Seite der Seine unisono ihre Luft und werden mit dem gleichen Pfeifton durch die Fenster der Nationalversammlung katapultiert. Zischend überfliegen sie das Viertel von Saint-Germain bis hinauf zum Jardin du Luxembourg. Bald werden sie von den Fenstern des Senats angesaugt, um schließlich weich und schlaff wie Marionetten aus Gummi in prächtigen purpurroten Samtsesseln zu landen, wo sie, geräuschvoll ihre Blähungen ablassend, sofort eindösen.

21

Gary strich sich durch den Bart, erstaunt, dass der trotz all der Scherereien, die sich seit dem Tod seiner Frau anhäuften, noch immer schwarz war.

»Nicht so laut!«, brüllte er durch das kleine Küchenfenster den Kindern zu, die im Hof lärmten. »Ihr geht allen hier auf 'n Wecker!«

Diese Dreikäsehochs waren unerträglich. Sie einen ganzen Sommer lang im Hof und auf diesem grünen Fleck namens Garten zu haben, nicht größer als ein Geschirrhandtuch, war die Pest. Warum hatten die so viele Ferien? Natürlich nur, damit sie ihre Eltern nerven konnten! Wären sie bloß alt genug, um den Sommer über zu malochen, dann hätten sie Beschäftigung. Aber bis dahin dauerte es noch eine ganze Weile …

Im Übrigen hätte er seinen Laden längst dichtgemacht, wären da nicht die Kleinen, die er ernähren musste. Er hätte eine andere, bequeme und ruhige Arbeit angefangen – vor allem aber eine ohne Kunden. Die sind die Hölle, dachte er. Wissen nicht, was sie wollen, sind unfreundlich und nie zufrieden. Zu dunkel gebacken, zu klein, zu süß, zu heiß, nicht richtig durchgebacken, zu groß, nicht heiß genug, zu fett, nicht süß genug, zu teuer … Und dann gibt's die, die's immer eilig haben, die so viel Stress verbreiten, dass der Muffin-Teig nicht aufgeht. Oder das Gegenteil ist der Fall, und sie erzählen dir ihr Leben, obwohl auf dem Schild draußen weder *Psychologe* noch *Pfarrer* steht.

Im Hof schrien die Kinder aus vollem Hals. Sein Vater hätte das nie durchgehen lassen, der hätte ihm beizeiten eine schallende Ohrfeige verpasst. Er ergriff den Tortenheber und schlug damit mehrmals gegen das Fensterglas. Sofort kehrte Ruhe ein.

Die Leute waren nicht hilfsbereit. Neulich zum Beispiel war es ihm nicht gelungen, seine Markise einzurollen, die der heftige Wind wegzuwehen drohte. Allein stand er da und schlug sich mit diesem Ding herum, das davonfliegen wollte. Einige gingen dicht an ihm vorbei. Hatte auch einer vielleicht mal Hand angelegt? Denkste! Jeder schaut nur nach sich und pfeift auf die andern.

Die Tür öffnete sich, und eine junge, schick angezogene Frau trat ein – von der Sorte, die pikiert erklärt: *Zu fett!*

»Guten Tag, entschuldigen Sie, könnten Sie vielleicht zwanzig Dollar wechseln? Es ist für die Parkuhr …«

Gary betrachtete sie und schüttelte den Kopf.

»Kann ich nicht.«

Auf meinem Schild steht weder *Bank* noch *Wechselstube,* dachte er. Man muss von Anfang an unnachgiebig sein, sonst nutzen die einen aus, schneien den ganzen Tag einer nach dem anderen herein, und am Ende ist man der Idiot, der nur Scheine in der Kasse hat.

Er holte ein Blech voll dampfender, wohlriechender Muffins aus dem Ofen.

»Noch zehn Sekunden länger«, sagte er mürrisch vor sich hin, »dann wär wegen der Tussi die Ladung angebrannt.«

Ein Mann von etwa dreißig Jahren tauchte auf. Er lächelte. Jemand also, der Misstrauen erweckte. Gary runzelte die Stirn.

»Hallo«, rief der Typ in heiterem Ton, so als kreuze er beim abendlichen Treffen mit Freunden auf.

Gary nickte ihm zu und wartete.

»Jack Murphy«, sagte der andere und hielt ihm seine Visitenkarte hin.

Der Muffin-Händler warf einen kurzen Blick auf die Karte, ohne sie entgegenzunehmen.

Jack Murphy. Vertreter. The Chocolate Diamond Factory.

»Was wollen Sie?«

Das Lächeln des jungen Mannes erstarrte, ein Anzeichen dafür, dass er sich vorwarf, vielleicht nicht freundlich genug gewesen zu sein.

»Nichts, nichts«, verteidigte er sich, auf verdächtige Weise bemüht, sein Lächeln beizubehalten. »Ich möchte nur mit Ihnen reden.«

Gary starrte ihn an, genau so lange, wie er brauchte, um eine halbwegs ehrliche Bemerkung hervorzubringen.

»Bin nicht sicher, ob mir danach ist.«

Sein Gegenüber, ein wenig aus der Fassung geraten, hüstelte und zwang sich zu lachen. Man muss, sinnierte Gary, die Leute ein bisschen schütteln, um zu erfahren, was sie im Schilde führen. Los, raus mit der Sprache!

»Meine Firma produziert ein Sortiment an Schokoladenkügelchen für Bäckereien zu sehr attraktiven Preisen, und ich frage mich, ob …«

»Hab schon, was ich brauche.«

»Aber …«

»Nein, ist gut, ich brauch nichts.«

»Wollen wir nicht einmal zusammen durchrechnen, wie viel Sie dadurch einsparen könnten?«

Gary seufzte. Nein, das wollte er nicht. Also sah er dem Burschen ins Gesicht und sagte kein Wort mehr. Er fixierte ihn einfach, regungslos. Seine bevorzugte Taktik. Schweigen. Wenn man euch widerspricht, habt ihr auf alles eine Antwort parat, vorgefertigt, auswendig gelernt. Daher ist es am besten zu schweigen. Keine Schwachstelle zeigen, an der ihr einhaken könnt. Wo kein Halt ist, rutscht ihr aus.

Der andere hüstelte abermals und schaute auf die Uhr.

»Nun denn ... Dann mache ich mich jetzt wohl auf den Weg.«

Genau. Zieh Leine.

»Auf Wiedersehen.«

Gary nickte.

Draußen fingen die Bengel wieder an herumzuschreien.

Kaum war die Tür zu, ging sie erneut auf, und der Nächste kam herein – mit einer Miene, die auszudrücken schien: *zu dunkel gebacken.* Gleich dahinter ein Zweiter, dessen Gesicht Gary kannte: der junge Typ von der Versicherung, der ab und zu hier frühstückte.

Einige Monate zuvor hatte er versucht, ihm Versicherungen anzudrehen. *Um vor Problemen geschützt zu sein,* hatte er gemeint. Als wäre das möglich. Entweder hielt er ihn für einen Trottel – oder er hatte alles verstanden.

Wer dauernd Probleme hat, nennt sie nicht mehr so, denn für ihn sind sie nichts anderes als das Leben selbst. Und wenn es mal reibungslos läuft, wird man misstrauisch. Dann blinkt im Kopf ein rotes Licht, und man sagt sich: Es gibt ein Problem.

22

6:3, 6:2, 5:3.

Austin schlug gegen den blonden Dänen auf. Ein Spiel noch, und er gewann das Match, zog ins Achtelfinale ein.

Dreimal hintereinander ließ er den Ball aufspringen, fasste den Platz ins Auge, dann noch dreimal. Er warf ihn in die Luft, spannte in einer weit ausholenden Bewegung den Arm an … und spürte plötzlich einen ziehenden Schmerz in der rechten Schulter.

Er ließ den Ball fallen, ohne dass der Schläger ihn berührt hätte. Beunruhigt tastete er mit der Linken die Schulter ab, tätschelte sie in der Hoffnung, den Schmerz zu begreifen, der jedoch verschwunden war. Er drehte das Gelenk in alle Richtungen und massierte es ein wenig. Nein, keine Sorge. Eine falsche Bewegung, nichts weiter.

Also nahm er den Ball wieder an sich, tippte ihn dreimal auf, warf einen kurzen Blick über den Platz, tippte noch dreimal. Die Filzkugel flog nach oben, Austin straffte den Arm und schlug mit voller Wucht zu.

Der Schmerz zerriss ihm die Schulter.

Er erstarrte und ließ den Ball zu sich zurückrollen, ohne von der Stelle zu weichen.

»0:15«, sagte der Schiedsrichter.

Das Publikum applaudierte.

Und wenn schon. Dieses Spiel verlieren, dachte er, die Schulter schonen, sie untersuchen lassen, bevor das folgende Spiel beginnt.

Den nächsten Aufschlag führte er von unten aus, so wie es sich Michael Chang manchmal erlaubt hatte in der guten alten Zeit des Tennis.

Der Gegner war davon derart überrascht, dass er, fast bis zum Netz stürmend, den Ball erst im letzten Moment erwischte. Austin spielte einen angeschnittenen Lob und gewann den Punkt.

»15 beide«, sagte der Schiedsrichter.

Doch die weiteren Aufschläge, ebenso von unten, konnten den Dänen nicht mehr verblüffen. Er brauchte keine fünf Minuten, um das Spiel für sich zu entscheiden.

Während Austin zu seinem Stuhl zurückkehrte, erinnerte ihn der Applaus daran, dass er selbst auf heimischem Terrain nicht die Gunst der Zuschauer genoss. Indem die Kommentatoren ihn als gefühllosen Kämpfer darstellten, wurde er dem Publikum entfremdet.

Der Arzt eilte herbei und untersuchte die Schulter. Die vorläufige Diagnose war schnell gestellt: Sehnenentzündung im Obergrätenmuskel. Sofort zog er ein Kältespray aus seiner Umhängetasche und besprühte das schmerzende Körperteil damit. Austin spürte, wie sich das eisige Flüssiggas auf seiner Haut verteilte und sie mit weißen Kristallen überzog.

»Spann den Arm an«, befahl der Arzt. »Was empfindest du?«

»Na ja.«

Die reguläre dreiminütige Pause war fast verstrichen. Er musste wieder antreten. Aber wozu? Austin konnte weder verstehen noch hinnehmen, was gerade passierte. Er würde doch nicht mit ansehen, wie sein Traum platzte, einfach so, auf derart dumme Weise. Es war das Turnier seines Lebens, er wollte den Rekord brechen, in die Geschichte eingehen … Alles vorbei wegen einer Sehnenentzündung … Das durfte nicht wahr sein, er musste träumen! Genau, es war Nacht, er träumte. Sagt mir, dass ich träume …

»Zeit«, sagte der Schiedsrichter.

Die Kräfte sammeln, durchkämpfen bis zum Ende, wie er es immer getan hatte. Nicht nachgeben, keinesfalls. Sich das Herz aus dem Leib reißen, wie er es so gut konnte.

Er ging bis zur Wand hinter der Grundlinie. Der Däne bereitete sich auf den Aufschlag vor. In seiner Einstellung hatte sich eine winzige Änderung vollzogen, die wohl kein Zuschauer bemerkte, Austin aber in seinen Augen wahrnahm und auch in seiner Haltung. Etwas Subtiles und zugleich Essenzielles: Der Däne begann an seinen Sieg zu glauben. Es war vage spürbar, sichtbar. Und Austin wusste, was dies bedeutete. Die meisten Spieler waren, wenn nicht verängstigt, so doch geschwächt durch die Vorstellung, sich mit demjenigen messen zu müssen, der seit elf Monaten ein Spiel nach dem anderen gewann. Wenn einer ihm auf dem Platz gegenüberstand, erkannte er in dessen Blick, dass der andere nicht *wirklich* an den eigenen Triumph glaubte, während er, Austin, keinen Moment zweifelte.

Der Junge drüben warf dem Gegner zwei Bälle zu.

Zum ersten Mal seit Jahren konnten die Rollen vertauscht werden. Austin fürchtete, dass der Schmerz zurückkäme und mit ihm die Beklemmung. Diese Furcht und der leichte Zweifel, den sie ihm einflößte, waren an sich schon problematisch. Aus Erfahrung wusste er, dass die Selbstsicherheit des einen, verknüpft mit der Ungewissheit des anderen, das Match eigentlich überflüssig machte, weil der Ausgang von vornherein feststand.

In diesem Moment mündete der missglückte Schrei eines Zuschauers in ein heiseres Ächzen, das einige Lacher auslöste, und Austin wandte sich kurz den Rängen zu, was er normalerweise nie tat, so sehr war er auf seine Aufgabe konzentriert. Dabei begegnete sein Blick dem der Reporterin, die ihn kürzlich interviewt und als unnahbar, ja gleichgültig gegenüber anderen bezeichnet hatte. Was er in ihrem Blick entdeckte, verletzte ihn zutiefst: Sie lächelte. Und das tat sie, weil er in schlechter Verfassung war. Diejenige, die ihn der Gefühllosigkeit bezichtigt hatte, amüsierte sich über das Leiden, das er empfand.

Diese ungerechte Einstellung schockierte Austin, empörte ihn. Wut stieg in ihm auf. Eine dumpfe, gemeine, heftige Wut, die von seinem Körper Besitz ergriff und seine Gedanken mit Rachegelüsten flutete. Er spürte, wie sich die Armmuskulatur anspannte und die Kraft verzehnfachte, die ihn jetzt beherrschte und beflügelte.

Austin fixierte den Dänen und sah in seinen Augen, dass er die neue Wendung des Geschehens mitbekommen hatte. Er hatte sie erfasst und wusste Bescheid.

Dem anderen war klar, dass er nicht mehr die geringste Chance hatte.

23

Hallo Jonathan,

ich sende diese kleine E-Mail, um Dir mitzuteilen, dass ich über unsere letzte Begegnung im Café nachgedacht habe. Du kennst meine Freimütigkeit, und so werde ich nicht um den heißen Brei herumreden. Es scheint mir offensichtlich, dass Du die Arbeit nicht wieder aufnehmen möchtest. Ich fand, Du warst wirklich in Form, positiv gestimmt, gutgelaunt, weitaus mehr als während Deiner Zeit im Büro. Vielleicht ist dieser Beruf am Ende doch nichts für Dich, und es wäre besser, Du würdest etwas anderes machen.

Das wäre auch ein guter Weg, Dein Problem mit Angela zu lösen. Du wirst zugeben, dass es gewiss nicht vernünftig ist, wenn Ihr beide Euch weiterhin im Alltag seht.

Dein Einverständnis vorausgesetzt sollte man lieber sofort handeln, anstatt eine Situation aufrechtzuerhalten, die für niemanden befriedigend ist.

Ergo: Ich hatte die Idee, Dir Deine Anteile abzukaufen, bereits erwähnt. Das war einfach so dahingesagt, weshalb ich es für ratsamer halte, Dich nun schriftlich in Kenntnis zu setzen, vor allem auch um die Bedingungen zu präzisieren, die ich Dir vorschlage.

Ich habe mich erkundigt: In Anbetracht des Umsatzes unserer Firma, der Gewinnmargen, der Erträge und ihrer nach wie vor unsicheren Gesamtlage ist sie nicht mehr als 450 000 Dollar wert. Du besitzt ein Drittel der Anteile. Folglich bin ich bereit, Dir 150 000 Dollar zu zahlen, eine stattliche Summe. Die findet man nicht unter einer Fußmatte.

Diese Lösung erscheint mir am besten, zumal im Hinblick auf Dich und Angela.

Also, überleg es Dir und gib mir schnell Antwort. Der Anwalt wird ein bisschen Zeit brauchen, um den notwendigen Papierkram zu erledigen.

Ciao bello,

Michael

Jonathan schaltete den Laptop aus und verstaute ihn in seiner Tasche. Tatsächlich hatte Michael ihm den betreffenden Vorschlag schon gemacht, diesen jetzt aber schriftlich vor sich zu haben rief ein sonderbares Gefühl hervor. Es war, als würde dadurch die Angelegenheit beglaubigt, die Perspektive realer. Das versetzte ihm einen Stich. Zwar gab es eine Reihe von Dingen, die ihm in seinem Beruf missfielen, doch dieses verbindliche Angebot machte ihm bewusst, dass er noch nicht bereit war, alles stehen und liegen zu lassen. Er hatte die Firma zusammen mit den Partnern gegründet und sorgsam aufgebaut. In gewisser Weise war auch sie sein kleines Geschöpf. Ja, Angela und er waren getrennte Wege gegangen, was mancherlei Probleme verursachte, aber sie hatte bereits ihr gemeinsames Kind aus Fleisch und Blut behalten, also würde er nicht auch noch auf jenes verzichten.

Er schob die Tür zu Garys Geschäft auf, wo ihn ein Duftgemisch von frisch geröstetem Kaffee und warmen Muffins empfing.

»Guten Tag«, sagte Jonathan.

Anstelle einer Erwiderung grummelte Gary einige unverständliche Silben.

»Einen einfachen Muffin und einen mit Rosinen bitte.«

»Zum Hier-Essen?«

»Zum Mitnehmen.«

»Zwei Dollar fünfunddreißig«, sagte Gary, während er die Muffins in weiße Papiertüten packte.

Jonathan reichte ihm einen Zehn-Dollar-Schein. In diesem Moment läutete das Telefon. Gary hob ab und gab gleichzeitig heraus.

»Was soll das denn?«, rief er entnervt. »Wie? Was?«

Er legte siebzehn Dollar und fünfundsechzig Cent auf den Ladentisch.

»Ich brauch nichts«, schimpfte er. »Überhaupt nichts.«

In seinen Bart brummelnd beendete er das Telefonat. Jonathan steckte das Wechselgeld ein und verkniff sich ein befriedigtes Lächeln. Wenn man sich ausnahmsweise einmal zu seinen Gunsten verrechnete, war das sein Glück.

»Einen schönen Tag noch!«, sagte er und drehte sich um.

»Schön' Tag«, murmelte der andere.

Jonathan ging zur Tür, aber die Genugtuung, die er gerade noch empfunden hatte, verwandelte sich plötzlich in ein seltsames, unbekanntes Gefühl. Er hielt inne, gehorchte, ohne wirklich nachzudenken, einer Art Instinkt, und machte kehrt.

»Gibt's ein Problem?«, fragte Gary stirnrunzelnd.

»Sie haben mir zehn Dollar zu viel herausgegeben.«

Er legte den Schein auf den Ladentisch. Der andere nahm ihn wortlos und steckte ihn in die Kasse.

Jonathan durchquerte den Raum erneut, trat auf die Straße und sog die frische Luft tief in die Lunge. Nun fühlte er sich wohl und unbeschwert und war stolz auf sich. Es erfüllte ihn die einfache, im Grunde wunderbare, beglückende Gewissheit, ein guter Mensch zu sein.

Der Himmel erschien ihm ganz besonders blau, die Sonne strahlender denn je. Eine Passantin kreuzte seinen Weg, lächelte ihm zu.

Er schlenderte zum Café und setzte sich zwischen die zahlreichen Gäste auf der Terrasse: hier und da vertraute Gesichter, dazu Flaneure und Touristen. Am anderen Ende der Terrasse starrte eine einzelne Frau trübsinnig vor sich hin.

Er bestellte einen großen Kaffee.

Neben ihm lachten junge Leute. Die etwas weiter entfernte Unbekannte wirkte zutiefst deprimiert. Der Kontrast zwischen ihrer Gemütsverfassung und der seinen war überdeutlich, beunruhigend.

Er richtete seine Aufmerksamkeit auf die Jungen am Nachbartisch. Ihre Unbekümmertheit mit anzuschauen bereitete Vergnügen. Jeder für sich sandten sie positive Schwingungen aus, eine Leichtigkeit, die einen begeisterte.

Man brachte ihm den dampfenden Kaffee. Er knabberte an einem seiner Muffins und ließ ihn etwas abkühlen. Was für ein herrlicher Geschmack! Wie konnte ein so unangenehmer Zeitgenosse wie Gary etwas so Köstliches backen?

Die Jungen setzten ihre Gespräche fort, und Jonathan hatte seine Freude daran, ihre gute Stimmung in sich aufzunehmen.

Doch irgendwann konnte er nicht umhin, erneut in Richtung der Frau zu blicken. Es gelang ihm nicht, ihre Gegenwart zu ignorieren. Nach wie vor trug sie diese düstere Miene zur Schau.

Jonathan beobachtete sie eine Weile, bis ihm plötzlich eine Idee kam und er der Bedienung ein Zeichen gab. Nachdem sie sich genähert hatte in ihren lustigen knöchelhohen weißen Turnschuhen mit den roten Schnürsenkeln, sprach er leise zu ihr. Sie musste sich bücken, um ihn zu verstehen.

»Sehen Sie die Frau, die dort sitzt, da am Rand?«

»Welche denn? Die Brünette mit den halblangen Haaren?«

Die Bedienung hatte einen ausgeprägten texanischen Akzent.

»Ja. Sie werden ihr einen Kaffee servieren und sagen, dass er ihr von jemandem ausgegeben wird, der anonym bleiben möchte. Und Sie setzen ihn auf meine Rechnung.«

»Oje! Weiß nicht, ob ich das darf …«

»Jeder darf etwas Gutes tun«, erwiderte er in strengem Ton.

Sie befolgte die Anordnung, und Jonathan fragte sich, ob es diese Bemerkung oder seine Selbstsicherheit war, die sie überzeugt hatte. Einige Minuten später beobachtete er, wie sie auf die Brünette zuging und ihr den Kaffee hinstellte. Die schüttelte den Kopf, und beide wechselten ein paar Worte. Bald darauf schaute die Frau sich nach allen Seiten um. Er machte sich klein, biss in den Muffin und stierte auf den Kaffeebecher vor ihm. In seinem Blickfeld tauchten die weiß-roten Turnschuhe auf, steuerten auf ihn zu und drehten dann dicht vor ihm ab.

Er wartete eine gute Minute und trank einen Schluck, um den Kopf ein wenig zu heben und einen Blick in die besagte Richtung zuwerfen.

Die Frau hatte wieder ihre ursprüngliche Haltung eingenommen, diesmal aber mit einem Lächeln um die Lippen und einem schwachen Schimmer in den Augen.

Jonathan empfand erneut jenes intensive Gefühl, das ihn schon vor Garys Laden ergriffen hatte und auch hier derart erfreute, dass er alles zu geben bereit gewesen wäre, um für immer in diesem Zustand bleiben zu können.

Nun erinnerte er sich, dass er in früheren Jahren regelmäßig ganz ähnlich gefühlt hatte. Es war am Anfang seiner Laufbahn gewesen, als er im Versicherungswesen zu arbeiten begann. Er hatte den Leuten besorgt, was sie brauchten, um sich vor Schicksalsschlägen zu schützen, sich in Sicherheit zu wiegen und dank dessen ein ruhiges Leben zu führen. Er entsann sich der Freude, die ihm die Aufgabe damals beschert hatte. Am Anfang, nur am Anfang. Danach war die Freude allmählich schwächer geworden, bis sie völlig verschwand – in dem Maße nämlich, wie das Räderwerk der beruflichen Erfordernisse, des Wettbewerbs mit Michael sowie seiner wachsenden persönlichen Bedürfnisse ihn dazu veranlasst hatte, seinen Einflussbereich immer stärker nach dem Eigeninteresse auszurichten.

Mit der Zeit hatte er sich, ohne es zu merken, von all diesen Dingen korrumpieren lassen und hauptsächlich um der Ergebnisse willen gearbeitet, nicht mehr um den Auftrag zu erfüllen, der ihn ursprünglich auf diesen Weg gebracht hatte. Von Dingen, die seine Aufmerksamkeit immer stärker beanspruchten und zu seiner Motivationsquelle wurden. Vergleichbar einem Auto mit einem zweiten Motor, der nach und nach den ersten ersetzt und das Fahrzeug immer weiter in Richtung Werkstatt lenkt.

So hatte er sich schließlich verirrt und von den reinen,

einfachen Gefühlen entfernt, die der Freude entsprangen, gemäß seinen Werten zu handeln und auf die Stimme des Herzens zu hören.

»Möchten Sie noch etwas?«, fragte die Bedienung, während sie die zweite Rechnung auf den Tisch legte.

Jonathan blickte zu ihr auf und lächelte.

»Nein danke.«

Er beobachtete, wie sie von dannen ging, die Speisekarte unter dem Arm.

Nun wusste er, wie er die Zeit verleben wollte, die ihm blieb. Er wusste, welches Gefühl er empfinden wollte und auf welche Weise es ihm zuteilwürde.

24

Raymond stieß die Tür zu *Stella's* auf und setzte sich an die Bar.

Er bekam sein Bier, ohne dass er es bestellt hätte. Ein Privileg, das er stets aufs Neue nicht ohne einen Anflug von Stolz zu schätzen wusste.

Mit blondgrauem zerzaustem Haar, zusammengehalten von einer roten Kappe, die seinen ohnehin rötlichen Teint noch betonte, war Raymond der älteste in Flushing Meadows akkreditierte Kameramann. Einundvierzig Jahre im Dienst. Gut, nicht ganz, denn er hatte als Mikrofonassistent begonnen. Aber so war das damals: Drei Jahre am Mikrogalgen, um den Beruf zu erlernen, den Kameramann zu beobachten, zu sehen, wie er vorgeht, wie er es anstellt, im Hintergrund zu bleiben, wenn die interviewte Person zum Beispiel tief gerührt ist, und dergleichen mehr. Außerdem wurden dadurch die Arme gestählt. Es mag vielleicht einfach scheinen, dachte er, ein solcher Galgen ist nicht schwer, aber wenn man ihn eine Viertelstunde lang mit gestreckten Armen hochhält, ohne sich zu rühren, trainiert das die Bizepse mehr als das Bodybuilding, das die Jungen heute im Fitnessraum betreiben, um den Oberkörper eines Rappers zur Schau stellen zu können. Und es brauchte starke Arme, um sich auf den Beruf vorzubereiten, denn zu jener Zeit wogen die Kameras mehr als ein Fass Bier.

»Grüß dich, Ray, alles in Ordnung?«

»Läuft wie geschmiert.«

Roger Federer ging vorbei, begleitet von seinem Trainer und zwei Pressesprechern.

Nichts und niemand konnte Raymond größeres Vergnügen bereiten als ein Spieler, der ihn mit dem Vornamen ansprach. Zeigte sich darin doch Anerkennung für seine Erfahrung, seine Aufgabe. Er scheute keine Mühe, um die Spieler aus dem optimalen Winkel zu filmen, sie von der besten Seite zu zeigen, ihre Fehler und Schwächen zu vertuschen, das herrlichste Licht und den Ausdruck einzufangen, der sie schön, menschlich und stark machte. Eine wahre Kunst, für die ihm viele dankbar waren, auch wenn sie nie wirklich durchschauten, was alles er ihnen zuliebe bewerkstelligte.

Er war anders als diese jungen Kameramänner, die direkt von der Hochschule kamen. Dort stopfte man sie voll mit verschwommenen Theorien, brachte ihnen aber nicht die Praxis bei. Folglich hatten sie noch nie eine Kamera angefasst, hielten sich jedoch bereits nach den ersten tastenden Versuchen für Stanley Kubrick.

Raymond nahm die Kappe ab, um sich am Kopf zu kratzen, und setzte sie wieder auf. Dieses rote Ding war sein ganzer Stolz. Seit einunddreißig Jahren trug er sie, ohne sich je von ihr getrennt zu haben. Und das aus gutem Grund – man trennte sich nicht von einer Kappe, die einem von Jimmy Connors geschenkt worden war. Jawohl, von Jimmy Connors *höchstpersönlich.* Er hatte ein Match gewonnen, und Raymond hatte anschließend das Interview gefilmt. Connors war in prächtiger Stimmung gewesen, hatte scherzend die Fragen beantwortet, plötzlich seine Kappe abgenommen und sie ihm auf den Kopf gedrückt, einfach so, ohne Ansage. Dann war er in der Kabine verschwunden. Raymond hatte vor Freude geweint.

Er trank einen Schluck Bier. All diese in den Kulissen der Turniere erlebten Momente des Einverständnisses, ohne viele Worte zu wechseln … Um nichts in der Welt hätte er eine andere Laufbahn vorgezogen. Er liebte seinen Beruf zu sehr, ebenso die Spieler, die Journalisten, das Personal. Sogar die Balljungen, die durch ihren unmittelbaren Kontakt mit den Stars in helle Aufregung versetzt wurden.

Überraschend betrat Warren, Austins Coach, das Lokal, nickte im Vorbeigehen dem früheren Trainer von Federer zu, setzte sich einige Plätze weiter aufrecht an die Bar und bestellte einen Kaffee.

Er war ein eher kühler Typ in den Fünfzigern, ein bisschen geheimnisvoll, mit Augen, die ebenso dunkel waren wie seine gut geschnittenen Haare. Raymond mochte ihn nicht besonders, aber nun ja, jeder nach seiner Fasson.

Das *Stella's* war der Treffpunkt der Spieler, der Mitarbeiter und Presseleute. Der Ort, wo alle sich entspannten, weil hier keine Aufnahmen gemacht wurden. Eine Frage der Gepflogenheit. Alles im Off. Kein Publikum. Nur Profis.

Chuck Vins, Journalist bei einem der Konkurrenzsender, trat ein und mit ihm seine Assistentin, eine hübsche Blondine mit vollen Lippen in der Form eines kleinen Herzens. Er hatte noch keine drei Schritte in den Raum getan, da gab Warren ihm ein Zeichen. Chuck ging auf ihn zu.

»Austin ist sehr unzufrieden mit eurem letzten Interview«, sagte Warren in eisigem Ton. »Und ich genauso: Ihr seid zu weit gegangen. Ihr könntet ihm *etwas* mehr Wertschätzung entgegenbringen. Er ist die Nummer eins der Weltrangliste, Chuck. Gebt euch Mühe.«

Chuck Vins warf ihm ein gezwungenes Lächeln zu und setzte seinen Weg erhobenen Hauptes fort, ohne zu antworten.

Raymond war sprachlos. Wie konnte ein professioneller Trainer einen Journalisten derart zurechtweisen? Das grenzte an Selbstmord ...

Einige Sekunden blieb sein Blick an dem Trainer hängen, der seinen Kaffee trank, als ob nichts gewesen wäre. Offenbar war er sich über sein Tun nicht im Klaren und ignorierte die Konsequenzen. Man hätte ihm seinen Irrtum vor Augen führen müssen. Denn nicht er, sondern Austin würde darunter zu leiden haben, daran bestand kein Zweifel. Journalisten wollten sich nicht vorschreiben lassen, was sie sagten. Chuck würde das beim nächsten Interview deutlich machen: Es würde noch erbarmungsloser ausfallen als das vorherige. Hundertprozentig. Armer Austin ... der sich schon jetzt in Gegenwart der Presse äußerst unwohl fühlte.

Raymond wartete ab, bis Warren den Kopf in seine Richtung drehte, und sprang ins kalte Wasser.

»Es geht mich zwar nichts an, aber was Sie dem Journalisten mitgeteilt haben, ist bestens geeignet, ihn sich zum Feind zu machen. Jawohl. Diese Typen hängen an ihrer Freiheit genauso wie ich an meiner Kamera. Falls Sie glauben, Sie könnten so einen dazu bringen, klein beizugeben, erreichen Sie – auch wenn es mich nichts angeht – genau das Gegenteil. Das sage ich in Ihrem Interesse, verstehen Sie, und vor allem Austin zuliebe ...«

Ungerührt hörte Warren ihm zu.

»Sie haben recht«, erwiderte er schließlich. »Das geht Sie nichts an.«

25

Jonathan überflog die Speisekarte. Lange hatte er nicht mehr mit seinen Partnern zu Mittag gegessen.

Dann und wann warf ihm Michael einen etwas ungewohnten Blick zu. Zweifellos versuchte er, seine Einstellung zu ergründen, und lauerte darauf, wie er auf die E-Mail reagierte.

»Haben Sie Biogerichte?«, fragte er den Kellner.

»Nein, bedaure.«

»Gut, dann nehme ich … äh … die Gemüseplatte.«

»Ein Pangasius-Filet«, sagte Angela.

»Ein Steak«, sagte Michael.

»Wie möchten Sie es?«

»Blutig.«

Der Kellner entfernte sich.

»Sag bloß nicht, dass du auf Bio umgestiegen bist!«, rief Michael.

»Doch.«

»Für immer und ewig?«

Jonathan nickte.

»Echt?«, erwiderte Michael und schüttete sich aus vor Lachen. »Aber hast du die Preise gesehen? Das ist *der* Betrug des Jahrhunderts!«

»Es kostet mich nicht mehr, wenn ich mich an eine Vereinigung von Kleinbauern wende, die ihre Produkte direkt vermarkten. Und da sie aus der Region stammen, sind die Transportwege kürzer, also wird die Umwelt weniger belastet.«

Michael hob den Blick zum Himmel.

»Warum zum Teufel willst du Bio essen?«

Jonathan zögerte. Wozu sollte er darauf antworten? Gegen Vorurteile konnte man nicht ankämpfen …

Im Übrigen fuhr Michael fort, ohne die Antwort abzuwarten.

»Kleinbauern, das ist ja ganz nett, aber bei denen kriegst du nicht alles. Die bieten nur bestimmte Früchte und Gemüsesorten an, und das nicht mal zu jeder Jahreszeit. Fleisch haben die nicht. Oder meinst du, die Fleischproduzenten kommen mit ihren Kälbern und Lämmern zu deiner Vereinigung? Das ist alles reglementiert, es gibt offiziell zugelassene Schlachthöfe, Kontrollen durch Veterinäre, Vertriebsnetze …«

»Jedenfalls esse ich ab jetzt weder Kalb noch Lamm.«

Erstauntes Schweigen.

»Wieso?«

»Ich habe beschlossen, keine Kinder mehr zu verspeisen.«

Angela hätte sich fast an ihrem Aperitif verschluckt. Michael brach wieder in Gelächter aus.

»Und was ist mit Rind?«

»Ich habe auch beschlossen, viel weniger Rind zu essen, um den Amazonas-Regenwald zu schützen. Das wiegt den höheren Preis der Bioerzeugnisse auf.«

»Was ist los mit dir?«

Jonathan trank seinerseits einen Schluck.

»Drücken wir es so aus: Ich habe mich an die Worte von Bossuet erinnert.«

»Bossuet?«

»Ein burgundischer Schriftsteller des 17. Jahrhunderts. Du weißt, dass ich meine Kindheit im Burgund verbracht habe …«

»Und was hat dein Burgunde gesagt?«

»Gott spottet der Geschöpfe, die die Ursachen verehren, aber die von ihnen ausgelösten Wirkungen beklagen.«

»Verdammt tiefschürfend …«

»Im Grunde habe ich mich entschieden, weniger auf die Übel der Gesellschaft zu schimpfen und stattdessen einfach meinen Teil der Verantwortung zu übernehmen. Ich habe erkannt, dass mir mehr daran liegt, im Einklang mit mir selbst zu sein, als daran, anderen Lektionen zu erteilen.«

»Und daher isst du nur noch Bio …«

»Ja, gerade weil ich die Augen nicht mehr vor der Realität verschließen möchte. Vielleicht ist es normal, Tiere zu essen, aber zunächst einmal sollen sie ein Leben haben. Ein echtes Leben, im Freien, mit einem Minimum an Freiheit. Außerdem habe ich es satt, Hormone, Antibiotika, Pestizide und gentechnisch veränderte Organismen zu mir zu nehmen … Ich möchte mich von Lebensmitteln ernähren, nicht von Chemie.«

Seit einigen Minuten betrachteten ihn seine Partner, als habe er verkündet, dass er transsexuell sei und in Wahrheit Rosanna oder Pamela heiße.

»Ich möchte eines natürlichen Todes sterben und nicht an diesem Giftzeug, das mir aufgezwungen wird«, fügte Jonathan hinzu.

Wieder schauten die beiden ihn ungläubig an.

»Glaubst du«, fragte Angela, »dass du länger leben wirst, wenn du auf all die Dinge verzichtest, die du vorher geliebt hast?«

»Ich weiß nicht, ob er länger leben wird«, warf Michael ein. »Aber sicher ist, dass ihm das Leben ziemlich lang vorkommen wird!«

Sein Lachen schien kein Ende zu nehmen.

»Wohlgemerkt«, sagte Angela, »hat er am Ende womöglich gar nicht so unrecht.«

Jonathan richtete den Blick auf sie. Zum ersten Mal seit ihrer Trennung befürwortete sie etwas, das er vertrat.

Plötzlich fielen ihm Margies Worte ein. Bei jener Begegnung hatte sie ihm geraten, mit Angela zu sprechen. Doch würde er wirklich den Mut dazu aufbringen?

Die Speisen wurden serviert. Michael stürzte sich auf sein Steak, während Jonathan kurz innehielt.

»Ich habe beschlossen, die Arbeit wieder aufzunehmen«, sagte er unvermittelt.

Messer und Gabel in den Händen wollte Michael gerade ein Stück Fleisch verschlingen, doch nun erstarrte er mit weit geöffnetem Mund.

Hatte er vielleicht seine Meinung über Rindfleisch geändert?

26

»Mister Jonathan Cole!«

»Guten Tag, Mister Chatterjee. Wie geht es Ihnen?«

»Nicht schlecht, nicht schlecht. Na so was, ich hab Sie lange nicht gesehen!«

Mister Chatterjee führte einen Haushaltswarenladen in der Innenstadt. Es war ein weit verzweigter, wunderlicher Raum im Erdgeschoss eines alten, halb baufälligen Gebäudes. In wildem Durcheinander ohne sichtbare Logik waren vielerlei Artikel in allen möglichen Farben gestapelt: in den Ecken, an den Wänden, in der Höhe aufgehängt oder auf überladene Regale verteilt, die bis zur Decke reichten und schmale Gänge bildeten, durch die man sich fast hindurchzwängen musste, um voranzukommen. Ein leichter Wohlgeruch von Räucherstäbchen schwebte in der Luft, einziger Hinweis auf die pakistanische Herkunft des Besitzers.

»Ich habe alle Ihre Policen noch einmal durchgesehen und Bilanz gezogen.«

»Lassen Sie mich raten: Sie wollen mir eine weitere verkaufen.«

Jonathan lachte.

»Ganz im Gegenteil. Ich habe festgestellt, dass einige Ihrer Policen das gleiche Risiko abdecken. Kurzum, Sie zahlen mehrmals für den gleichen Schutz. Das habe ich in Ordnung gebracht, und Sie sparen von nun an neunundachtzig Dollar im Monat.«

»Gute Nachricht!«

»Ja, ich habe mir auch gesagt, dass Sie sich darüber freuen würden.«

»Und … gibt es sonst noch etwas?«

»Wie?«

»Wollen Sie mir was anderes verkaufen?«

»Nein.«

»Ich denke, Sie sind doch nicht nur gekommen, um mir das mitzuteilen.«

»Äh … nun ja, doch. Ich hab's überprüft und versichere Ihnen: Jetzt scheint alles in Ordnung zu sein.«

Mister Chatterjee betrachtete ihn verblüfft.

»Schön … Darf ich Ihnen eine Tasse *Masala chai* anbieten?«

Der Rest der Woche verlief ausgezeichnet. Jonathan erlebte wieder jene Freude an der Arbeit, die ihn zu Beginn seiner Laufbahn beflügelt hatte. Er besuchte seine Kunden, passte die Policen deren eigentlichen Bedürfnissen an und empfahl ihnen zusätzliche Schutzmaßnahmen, wenn sie notwendig oder nützlich schienen. Er fühlte sich von einem neuen Elan getragen, von einer lange vermissten Kraft. Die Arbeit hatte wieder Sinn. Seine Funktion, sein Auftrag ließen ihn aufblühen.

Am Freitag fand er sich mit Angela allein auf der Terrasse des Cafés. Etwas weiter weg, auf derselben Straßenseite, stand ein alter Saxofonist auf dem Bürgersteig und dudelte mit einem entwaffnenden Mangel an Überzeugung ein paar

Jazz-Standards, vor sich auf dem Boden eine umgedrehte Kappe.

»Michael kann nicht kommen«, sagte sie. »Eine eilige Sache im Kundengeschäft, er hat mir eine SMS geschickt.«

Sie bestellten ihre Kaffees. Mit ihr allein dazusitzen schüchterte Jonathan fast ein. Er war es nicht mehr gewohnt und empfand eine Mischung widersprüchlicher Gefühle, die von Verlegenheit bis zu einer Art wirrer Freude reichten. Sie dagegen schien weniger nervös als er, falls sie ihre Aufregung nicht geschickt verbarg.

Noch immer hörte er Margies Stimme, die ihn aufforderte, mit Angela zu sprechen, ihr zu sagen, was er auf dem Herzen hatte. *Vertrau ihr deine Gefühle an.* Doch je deutlicher solche Ratschläge in ihm widerhallten, desto mehr erstarrte er in schützender Zurückhaltung.

Der Saxofonist produzierte einen schrillen Misston und spielte ohne Unterbrechung weiter.

Angela hielt das Gespräch in Gang, aber Jonathan hatte den Eindruck, dass sie seinem Blick auswich. Sie berichtete über Neuigkeiten in der Firma, über das, was sich während seiner Abwesenheit zugetragen hatte; dann, als das Thema erschöpft war, kommentierte sie das Zeitgeschehen aus der Perspektive ihres voreingenommenen Blicks und mit jenem beißenden Humor, den er so sehr mochte. Bisweilen lauschte er ihr, ohne sich wirklich auf das Gesagte zu konzentrieren, schätzte einfach das Gespräch an sich, schwelgte in der Vorstellung, ihre Beziehung könne wiederhergestellt werden, und überließ sich einer bewusst gehegten Illusion.

An einem bestimmten Punkt war ihm, als würde ein Umschwung stattfinden: Er glaubte eine ähnliche Freude bei

Angela zu erkennen, auch sie schien gern mit ihm allein zu sein. Die Veränderung war kaum wahrnehmbar, nur ein zarter Glanz in den Augen, ein angedeutetes Lächeln auf den Lippen. Zugleich wurde Margies Stimme eindringlicher, hartnäckiger und am Ende unwiderstehlich. Jetzt oder nie, sagte er sich.

Er ließ Angela nicht aus den Augen, fühlte ein neues Zutrauen in sich aufsteigen, den Mut, der ihm bis dahin gefehlt hatte. Angela redete weiter, nun mit einem echten Lächeln auf den Lippen. Er träumte nicht: Sie lächelte tatsächlich, und immer öfter ruhte ihr Blick auf ihm.

»Angela …«

Sie hörte ihn nicht, war versunken in ihren Redefluss, aber mit diesem köstlichen Lächeln, das er über alles liebte. Das Saxofon spielte samtig eine Melodie von Charlie Parker und schien damit endlich die Harmonien gefunden zu haben, die ihm lagen.

»Angela …«

Sie schaute auf, verstummte und betrachtete ihn. Mit einem sanften Blick, der offenbar auf etwas wartete, der ihn zu sprechen ermutigte. Wie gern hätte er diesen Moment in die Länge gedehnt, die Intensität aufrechterhalten, ihren Blick für immer festgehalten.

»Angela … Ich wollte dir sagen … Du hattest recht … damals … als du mir vorgeworfen hast, dass ich mich zu wenig in die Familie einbringe … mich zu wenig um Chloés Erziehung kümmere … all das … Ich habe es inzwischen eingesehen … und … Das wollte ich dir sagen.«

Sie antwortete nicht, fixierte ihn weiterhin schweigsam.

»Außerdem habe ich erkannt«, fuhr er fort, »dass ich dir

früher vielleicht nicht zeigen … oder sagen konnte … dass ich dich liebe. Es ist albern, aber ich dachte, dass du das weißt, dass du es nicht zu hören brauchst.«

Sie blieb reglos, lauschte aber aufmerksam, ohne selbst das Wort zu ergreifen.

»Ich wollte auch, dass … du weißt, dass meine Gefühle für dich … intakt sind. Ich habe mir gesagt, dass wir unsere Beziehung nicht durch ein Missverständnis zerstören lassen dürfen … Eine Beziehung, die für mich immer sehr wertvoll war und ist …«

Er brach ab. Angela schaute ihn nach wie vor an, doch ihr Lächeln hatte sich zurückgezogen, ihr Blick war neutraler geworden, kühler, und ihre Miene verschlossener. So musterte sie ihn eine ganze Weile still, ohne zu reagieren. Dann hüstelte sie und räusperte sich.

»Ich muss los.«

Sie stand auf, steckte ihr Mobiltelefon in die Handtasche, die sie über die Schulter hängte, und tauchte in den Strom von Fußgängern ein.

Ratlos verlor sich Jonathans Blick unter den anonymen Passanten, die in einheitlichem Takt auf dem Weg zu ihren täglichen Aufgaben waren.

Mit einem Mal fühlte er sich leer, erschöpft, seiner Gedanken beraubt, seiner Hoffnung. Der seelenlose Klang des Saxofons hallte in seinem Kopf wider, während der kontinuierliche Zug von Passanten sich in seinen Augen spiegelte, ohne jedoch wirklich wahrgenommen zu werden – wie Wasser, das auf Blätter rinnt, ohne sie durchnässen zu können.

So verging eine kleine Ewigkeit, und Jonathan tauchte erst

aus seiner Lethargie auf, als die Bedienung die Rechnung brachte.

Mechanisch zog er die Brieftasche hervor und bezahlte.

Dann nahm er sein Telefon zur Hand, tippte eine Nummer ein und wartete, indes die Summtöne die Klänge des Saxofons überlagerten.

»Michael, ich bin's, Jonathan.«

Er holte tief Luft.

»Ich hab's mir reiflich überlegt. Letzten Endes nehme ich dein Angebot an. Benachrichtige den Anwalt, damit er die Papiere vorbereitet. Je früher, desto besser.«

27

»Gerade hat Austin Fisher sich seinen Platz im Halbfinale gesichert, indem er das Match gegen den Australier Gay Harisson auf glanzvolle Weise gewann. Die Verletzung scheint nur noch eine schlechte Erinnerung zu sein, obwohl seine Schulter weiterhin bandagiert ist. Ich wiederhole das Ergebnis: 6:4, 7:5, 6:4. Das Publikum wirkt ein wenig enttäuscht, war es dem sympathischen Australier doch gelungen, die Herzen der Zuschauer zu erobern, und …«

Zufrieden schaltete Michael das Fernsehgerät aus. Ein zweiter guter Grund, mit Champagner anzustoßen! Jonathans Entscheidung verlieh ihm Flügel. Sobald er seinem Partner die Anteile abgekauft hatte, gehörten ihm zwei Drittel der Firma, die er sogleich für ein kleines Vermögen an den Investor weiterveräußern würde. Damit wäre die Sache erledigt. Es erwarteten ihn Ferien, wohlige Zeiten, Nichtstun in der Sonne, hübsche Mädchen …

Das brachte ihn auf eine Idee. Er griff zum Telefon.

»Samantha? Hier ist Michael. Ich möchte dich heute Abend sehen.«

»Wozu? Ich bin nicht frei.«

»Um endlich zu feiern! Warum bist du nicht frei?«

Schweigen.

»Rat mal.«

»Kein Problem. Sag einfach ab!«

»Ich nehme meine Verpflichtungen ernst, ich habe einen Ruf zu verlieren. Meine Kundschaft ist anspruchsvoll.«

Michael lachte.

»Ich zahle das Doppelte.«

* * *

Jonathan rasierte sich und blickte währenddessen aus dem geöffneten Fenster seines Badezimmers. Im Garten gegenüber hörte man Garys Kinder spielen. Nach einer Weile kam der Vater heraus.

»Was für Dummheiten stellt ihr denn jetzt wieder an?«, schrie er.

»Aber Papa ... wir machen keine Dummheiten, wir spielen! Schau nur, was wir können!«

»Geht's noch? Glaubt ihr vielleicht, ich hätte nichts anderes zu tun? Benehmt euch gefälligst! Ich will euch nicht mehr hören, verstanden?«

Die Kleinen nickten, offensichtlich enttäuscht. Gary verschwand, ohne auf ihre hilflosen Mienen zu achten. Der Tod ihrer Mutter musste schrecklich genug sein. Und bei der Gemütsverfassung ihres Vaters würden sie so bald keine Zärtlichkeit erfahren ...

Jonathans Gedanken kreisten um Chloé, dann um Angela. Michael hatte von Anfang an recht gehabt. Die Zusammenarbeit verfeindeter Lager war ungesund. Längst schon hätte er einen Schlussstrich ziehen und eine andere Richtung einschlagen müssen. Das hätte ihm geholfen, Angela zu vergessen, und die Möglichkeit eröffnet, etwas Neues aufzubauen.

Doch er wusste: Es nutzt nichts, frühere Entscheidungen zu bedauern. So ist das Leben – voller Irrtümer; zweifellos haben sie einen bestimmten Zweck und bescheren uns diese oder jene Einsicht. *Akzeptieren.* Margies Philosophie lief am Ende darauf hinaus, dass die Hinnahme dessen, was wir nicht ändern können, eine Lebenskunst ist.

Natürlich war es schade, mit der Arbeit in dem Moment aufzuhören, da sie für ihn wieder einen Sinn hatte, doch auch in diesem Punkt wollte er zuversichtlich bleiben. Das Leben ist zu kurz, um die erlittenen Enttäuschungen zu beklagen, darüber war er sich deutlicher bewusst als irgendjemand sonst. Das Dasein ist eine unaufhörliche Bewegung, alles ändert sich in einem fort, und Widerstand gegen diesen Wandel kann nur ins Unglück führen. Gerade ein Vertrauen ins Leben gestattet, sich aufzuraffen, den Weg fortzusetzen und die eigenen Erfahrungen schließlich zu würdigen. Jonathan war noch nicht klar, was er als Nächstes tun würde, aber er hatte noch Zeit. Der Papierkram mit dem Anwalt würde mehrere Wochen in Anspruch nehmen, und er hatte beschlossen, seinen Auftrag bis zum letzten Tag zu erfüllen, indem er so viel wie möglich von dem Elan bewahrte, der ihn seit einiger Zeit antrieb, und seinen Beruf so ausübte, wie es ihm jetzt richtig erschien.

Er machte sich auf den Weg, kaufte bei Gary zwei Muffins, setzte sich auf die Terrasse des Cafés und genoss das Gebäck zu einer großen Schale Tee.

Auf dem Bildschirm an der Wand im Innern erklärte eine Psychologin, dass manche Menschen unter einem Mangel an Gefühlsäußerungen seitens ihrer fernen Vorfahren litten, obwohl sie sie doch nie kennengelernt hatten. Ein Kind, das zu wenig Zuneigung erfahre und sich nicht geliebt fühle, könne sich von den eigenen Emotionen gleichsam abnabeln, um sich – unbewusst – selbst zu schützen. Jonathan musste unweigerlich an Gary denken. Einmal erwachsen, fuhr die Psychologin fort, könnten solche Menschen den eigenen Kindern gegenüber selbst sehr kalt werden, wodurch sich jenes Leiden möglicherweise über mehrere Generationen fortsetze …

»Hab die Nase voll von dem dummen Zeug!«, rief ein Gast an der Bar. »Gibt's keinen andern Sender?«

Der Barmann zappte, bis Austin Fishers entschlossene Miene den Bildschirm ausfüllte. Jonathan lächelte beim Anblick seines ehemaligen Idols, das ihn an den früheren Wettbewerb mit Michael erinnerte. Niemals würde er so geschäftstüchtig sein wie dieser, dessen war er sich jetzt gewiss. Und das war gut so, denn er wusste, dass nicht darin sein Auftrag bestand.

Einige Minuten später entdeckte er auf der Terrasse einen kleinen alten Mann, der zutiefst deprimiert schien. Er beobachtete ihn kurz und gab der Bedienung unauffällig ein Zeichen.

28

Raymond stellte die Kamera auf den Stuhl und ließ die Schulter, die sie getragen hatte, behutsam kreisen, um sich zu entspannen. Gerade hatte er die Ankunft Austin Fishers in der Kabine gefilmt, kurz vor Beginn des Viertelfinales. Ein irrer Typ, dieser Fisher. Ungeachtet seiner Verletzung siegte er weiter, obwohl das Gerücht umging, er leide wie ein Tier. Und dazu noch diese brütende Hitze …

Die Kameramänner drängten sich in dem dunklen und schlecht belüfteten Raum, durch den sich nach allen Richtungen ein einziges Kabelgewirr zog.

Raymond öffnete eine Bierdose, trank sie auf einen Zug halb leer und wischte sich mit dem Ärmel die Stirn ab.

Er sah Warren vorbeigehen und wandte den Blick ab. Keine Lust, einen so unfreundlichen, obendrein undankbaren Kerl zu grüßen, dachte er.

»Einen Moment bitte!«

Eine junge, über das ganze Gesicht lächelnde Frau, die er nicht kannte, sprach Warren an, als er die Tür zur Kabine öffnete. Zweifellos eine neue Nachwuchskraft.

Der Trainer drehte sich um.

»Clara Spencer von CNN«, sagte sie aufgekratzt. »Ich bin die selbst ernannte Vorsitzende von Austins Fanklub!«

Warren musterte sie kühl und wortlos.

»Ich will Austin unbedingt interviewen, um seine Gemütsverfassung vor dem Match einzufangen. Nur eine Minute.«

Er warf ihr einen eisigen Blick zu.

»Kommt nicht in Frage.«

»Aber …«

»Keinesfalls vor dem Match«, erwiderte er und ging weiter.

»Okay, also treffen wir uns nach der Begegnung und …«

»Das sehen wir dann.«

Damit verschwand er in der Kabine.

Raymond war fassungslos. Wie konnte ein Coach eine Journalistin derart behandeln, zumal wenn sie sich als Fan seines Spielers zu erkennen gab? Kaum zu glauben. Wo doch die meisten Journalisten nicht gerade sanft mit Austin umgingen. Ausnahmsweise war da eine, die ihm etwas Gutes tun wollte … Das ist nicht normal, dachte er. Es geht mich zwar nichts an, aber damit erweist er Austin keinen Gefallen. Nein, ganz sicher nicht.

* * *

Michael legte den Bericht der Buchhaltungsfirma mit den vorläufigen Ergebnissen des vergangenen Monats auf seinen Schreibtisch. Angewidert warf er sich im Sessel nach hinten.

Durch das halb geöffnete Fenster drang der Verkehrslärm von der breiten Straße herauf, Motorengeräusche, Hupen, das Quietschen von Bremsen, dazu der Piepton der Signalanlage für Blinde.

Geblendet vom Licht, das sich in den Scheiben des gegenüberliegenden Gebäudes spiegelte, stand er auf, um die

Jalousie herunterzulassen, aber die alte Metallkurbel klemmte und verweigerte den Dienst. Genervt ließ er sich wieder in den Sessel fallen und seufzte.

Unmöglich, diese Zahlen dem Investor zu unterbreiten. Viel zu riskant, solange der Vertrag nicht unter Dach und Fach war. Sei's drum; es war sowieso viel besser, die Unterzeichnung um zwei Monate hinauszuzögern und dann die Quartalszahlen zu präsentieren. Vorausgesetzt, die Geschäfte zogen rasch an und nicht nur schrittweise. Er nahm den Telefonhörer ab.

»Jonathan, ich bin's.«

»Hallo Michael, wie geht's dir?«

»Schlecht. Gerade hab ich den Geschäftsbericht über den vergangenen Monat gelesen. Die Zahlen sind im Keller, und zwar nicht bloß ein bisschen. Eine Katastrophe. Und weißt du was? Der Buchhalter stellt es eindeutig fest: Das kommt durch dich, genauer gesagt durch deine Kunden.«

Schweigen am anderen Ende der Leitung.

Michael seufzte, und dann explodierte er.

»Was, verdammt, läuft da ab?«

Erneutes Schweigen.

»Ich bin nicht sicher, ich ...«

»Die Lage ist äußerst ernst, bist du dir darüber im Klaren? Seit sieben Wochen arbeitest du wieder, und seitdem geht's bergab, bergab, bergab. Was hast du gemacht? Selbst als du nicht da warst, hatten wir bessere Zahlen! Was treibst du denn?«

»Hör zu ... Tatsächlich packe ich die Dinge heute anders an ... und es ist durchaus möglich, dass die Zahlen dadurch negativ beeinflusst werden ...«

»Willst du mich veräppeln? Seit einem Monat bereiten wir die Papiere vor, damit ich dir deine Anteile abkaufe, und während dieser Zeit führt der Herr gewagte Experimente durch. Willst du die Firma zugrunde richten? Was soll der Blödsinn?«

»Es tut mir leid, Michael, ich ...«

»Was glaubst du? Dass ich dir Anteile abkaufe, die nichts mehr wert sind?«

Schweigen.

»Michael ... ich bin durcheinander, ich ...«

»Hör zu, ich weiß weder, was du anstellst, noch, wie du deine Arbeit jetzt erledigst, und will es auch nicht wissen. Ich will, dass du wieder so ackerst wie vorher, bis ich beschlossen habe, deine Anteile zu erwerben. Und leg gefälligst einen Zahn zu, um die verlorenen Umsätze wettzumachen. Es eilt!«

Betretene Stille.

»Hörst du mich?«

»Michael ... das wird nicht möglich sein.«

»Was? Wie das?«

»Ich möchte nicht mehr so arbeiten wie früher ... Aber ich höre, was du sagst, und verstehe deinen Standpunkt; verstehe, dass du ein Problem damit hast und ...«

»Was für eine Untertreibung!«

»Ich verstehe all das, will aber ... in Bezug auf meine Werte keine Kompromisse schließen. Ich ...«

»Was erzählst du mir da? Was soll dieser Quatsch?«

»Hör zu ... Noch einmal, ich verstehe, dass du ein Problem damit hast, und wenn so der Verkauf meiner Anteile weniger interessant für dich ist, will ich gern davon Abstand nehmen ...«

Michael verschlug es vor Bestürzung die Sprache.

»Wenn du möchtest«, sagte Jonathan, »blasen wir die ganze Sache ab.«

Außer sich vor Wut knallte Michael den Hörer auf. Dieser kleine Idiot war drauf und dran, das Projekt scheitern zu lassen.

* * *

Keine einzige Tafel Schokolade mehr im Küchenschrank.

Als Angela mit Jonathan zusammenlebte, hatte er darüber gewacht, dass ihr Vorrat stets auf dem gleichen Niveau blieb. Manchmal hatte er sich einen Spaß daraus gemacht, ihr für einen Moment einzureden, dass alles aufgebraucht sei, um sie in Panik geraten zu sehen; und dann hatte er wie ein Zauberer eine sorgfältig versteckte Tafel hervorgeholt und war angesichts ihrer Erleichterung in Gelächter ausgebrochen.

Jonathan ... Beim Gedanken an die letzte Begegnung ergriff sie ein ungutes Gefühl. Völlig überrumpelt hatte sie mit ihrem fluchtartigen Aufbruch vielleicht falsch reagiert. Zwar war sie nicht bereit gewesen zu hören, was er ihr sagte, aber immerhin hatte er den Mut aufgebracht, diesen Schritt zu wagen. Nun kam sie sich undankbar vor, ungerecht.

Nervös öffnete sie den Schrank daneben, nur für den Fall, dass ...

Nichts.

Sie biss sich auf die Lippen.

Kurz stampfte sie in der Küche umher und öffnete hektisch weitere Schränke. Irgendwo würde es schon etwas zum Knabbern geben, das ihr die Lust auf Schokolade nähme ... ein paar Krümel Zucker, irgendwas ...

Nichts.

Na gut, es hatte keinen Sinn, sich zu stressen; ihr war wohl bewusst, dass sie diesen Zustand nicht ertrug. Sie ging zu Chloés Zimmer, steckte den Kopf durch die Tür und wartete einige Sekunden, bis sich die Augen an das Halbdunkel gewöhnt hatten.

Ihre Tochter schlief fest, den Mund halb geöffnet, das kleine Kuschelschwein an sich gepresst. Wie niedlich.

Angela zog leise die Tür zu, nahm ihre Tasche und ihre Schlüssel, verließ die Wohnung auf Zehenspitzen und schloss gewissenhaft hinter sich ab. Fünf Minuten würden genügen, so lange konnte sie ihre Tochter ohne Risiko allein lassen; sie musste sich nur beeilen.

Die Nacht war mild und lau. Angela ging schnellen Schrittes zur Hauptstraße. Aus dem angrenzenden Dolores-Park verströmten die Bäume ihren betörenden Duft. Der Autolärm war nur mehr ein fernes Rauschen. An der Ecke befand sich der von einem Inder geführte *Deli,* bis Mitternacht geöffnet. Vor dem Geschäft angekommen, sie wollte gerade eintreten, fiel ihr Blick auf einen BMW, der etwas weiter weg vor dem Wagenmeister des *Fenzy* schräg anhielt. Eine junge Frau stieg aus – in ultrakurzem Kleid, das ihre langen Beine noch betonte, und hohen Stöckelschuhen. Verblüfft erkannte Angela die Babysitterin, die bei ihnen gewesen war, in Gesellschaft von Jonathan, mit entblößten Brüsten. Jeans und Turnschuhe hatten sich in elegante schwarze Abendgarderobe verwandelt.

Der Schmerz, den sie damals empfunden hatte, war augenblicklich wieder da, mit der gleichen Intensität, wie ein Gift, das sich sofort im ganzen Körper ausbreitet, Herz und

Kopf befällt und eine schreckliche bleierne Schwere hervorruft. Kurz darauf kam die Irritation, das Unverständnis: Wie konnte sich eine Babysitterin eine solche Limousine leisten?

Unfähig, sich von der Stelle zu rühren, beobachtete Angela, wie die junge Frau die Autoschlüssel dem Wagenmeister übergab, ohne ihn eines Blickes zu würdigen, dann mit stolzem Schritt auf einen Mann zuging, der vor dem Restaurant wartete und sie seltsam anschaute. Er war mindestens dreimal so alt wie sie.

»Samantha?«, fragte er in zögerlichem Ton.

Statt einer Antwort drückte sie ihm flüchtig einen Kuss auf den Mund.

Sie wechselten ein paar Worte und betraten schließlich das Lokal.

Angela fühlte Abscheu und Wut in sich hochsteigen. Nicht nur dass Jonathan sie betrogen hatte, es war obendrein noch ein Callgirl gewesen!

29

Fester umklammerte Jonathan den kleinen Blumenstrauß, als er mit einer Mischung aus Aufregung und Lampenfieber die Straßenbahn von Weitem kommen sah. Er saß nicht weit vom Café auf einer Bank, ein günstiger Platz: nur wenige Meter von der Haltestelle entfernt.

Es war gegen Ende des Nachmittags, im Anschluss an die Arbeit. Jonathan war zufrieden mit seinem Tag. Er hatte Policen auf den neuesten Stand gebracht, fruchtbare Gespräche mit Kunden geführt, die ihm vertrauten, und gemäß ihren Bedürfnissen weitere Schutzklauseln in die Verträge aufgenommen. So verliefen die Geschäfte nun ganz nach seinem Geschmack.

Der Duft der Blumen kitzelte ihn in der Nase, als würde die Natur Einzug halten im Stadtzentrum, inmitten all des Verkehrs. Das fast waagerecht einfallende Sonnenlicht spiegelte sich sanft an den gelben Taxis, die vorbeifuhren.

Die Straßenbahn kam näher.

Jonathan rekapitulierte seinen Plan: Die siebte Person, die aussteigt. Die siebte. Er fragte sich, wie sie wohl aussehen würde …

Und wenn es ein Mann war? Bei dieser Vorstellung musste er lächeln. Hätte er den Mut, den Strauß einem Mann zu übergeben? Und wenn es sich um einen grobschlächtigen, abgebrühten Burschen handelte, der ihm die Faust ins Gesicht schlug? Er lachte laut los, ganz allein auf seiner Bank, weshalb ein Fußgänger ihm einen sorgenvollen Blick zuwarf.

Die rote Straßenbahn traf ein, passierte ihn mit einem Dröhnen, worauf sofort das Quietschen der Bremsen auf den Schienen folgte und dann das Bimmeln der Glocke, die die Haltestelle ankündigte. Jonathan verspürte einen leichten Stich in der Herzgegend.

Die Türen öffneten sich, und mehrere Personen stiegen fast gleichzeitig aus. Er beobachtete sie aufmerksam.

Ein Halbwüchsiger neben einer jungen Frau, dahinter ein leitender Angestellter im Businessanzug. Drei. Ein kleiner alter Mann sowie ein Mädchen mit der Miene einer Gymnasiastin: vier und fünf. Sechs: eine betagte weißhaarige Frau, auf einen schwarzen Stock gestützt, und … niemand. Jonathan wartete, die Ausgänge der Straßenbahn fest im Blick. Kurz bevor die Türen sich wieder schlossen, stieg eine Frau hastig die Stufen hinunter und trat auf die Straße. Mittleren Alters, unauffällig, äußerlich ein Durchschnittsmensch wie andere auch. Ihr ziemlich schneller Gang erinnerte an den von jemandem, der nach der Büroarbeit rasch nach Hause möchte. Mit zerstreutem Blick und leicht gerunzelter Stirn schien sie noch von den Angelegenheiten des Tages in Anspruch genommen.

Jonathan stand auf, geduldete sich, bis sie herannahte, machte einen Schritt zur Seite, um auf ihren Weg einzuschwenken, und reichte ihr den Blumenstrauß. Die Frau zuckte zusammen und wich erschrocken ein wenig zurück.

»Der ist für Sie«, sagte er mit einem breiten Lächeln und legte ihr den Strauß in die Arme. Kaum hatte er den überraschten Ausdruck auf ihrem Gesicht gesehen, tauchte er ein in die Menge der Passanten, die schleunigst in die eigenen vier Wände zurückkehrten.

* * *

Einfach zum Totlachen.

Dieser Idiot.

Schlachtet sein Sparschwein, um ’nen Blumenstrauß zu kaufen, macht damit ’ne Vogelscheuche an und versucht nicht mal, bei ihr zu landen. Zieht Leine, ohne sie anzureden, ja ohne auch nur seinen Vornamen zu nennen. Der totale Versager!

Ryan konnte sein Glück nicht fassen. Dieser mittelmäßige Jonathan verzapfte einen Mist nach dem anderen, versank in der reinsten, himmelschreienden Dummheit! Schon das letzte Video, wo man sah, wie er einer Unbekannten einen Kaffee bestellte, aber nicht wagte, sich zu erkennen zu geben, war zum Schießen gewesen. Auf dem Blog hatte es durchschlagenden Erfolg: hundertneunundachtzig *Likes* und siebenundzwanzig Kommentare. Ein Rekord. Und es war gerade zur rechten Zeit gekommen, da der Serie über Garys Schulterzucken allmählich die Luft ausging.

Rasch schnitt er den Film zurecht, indem er die erste, unnötig lange Sequenz löschte, das Ende aber ungekürzt ließ, damit man deutlich sah, wie fassungslos die Frau dem entschwindenden Fremden nachschaute. Außerdem musste Jonathans verschmitztes Lächeln, sein plötzlich strahlendes Gesicht ins Auge springen, um zu zeigen, auf welch dämliche Weise er die günstige Gelegenheit verpasst hatte.

Ryan veröffentlichte das Video im Blog und stellte einige Werbebanner auf die Seite. Zu den üblichen, die Intelligenztests anpriesen, fügte er neue für Swingerklubs hinzu sowie eines für den Verkauf von Blumensträußen übers Internet.

Dann wartete er fieberhaft auf die ersten Reaktionen … die schon bald eintrafen.

Der ist vielleicht bescheuert!!!

Hat die Flirtschule besucht, aber nicht alles kapiert.

Der König der Quasselstrippen!

So ein Blödmann.

Trottel!

Von nun an würde Ryan sich mit ganzer Kraft Jonathan widmen, ihn filmen, sobald er die Caféterrasse betrat, und zusätzlich die zweite Kamera auf sein Schlafzimmerfenster richten, das nach hinten lag, zum Garten hin. Er wollte keine von Jonathans Heldentaten versäumen – Heldentaten eines Kraxlers in den Abgründen der Dummheit.

* * *

Jonathan stieß die Tür zu Garys Geschäft auf, wo ihn sofort der Duft warmer Muffins umfing. Der Besitzer hinter seinem von gelblichem Licht erhellten Ladentisch zeigte wieder einmal seine Schlechte-Laune-Miene – jene also, die er jeden Tag aufsetzte. Jonathan fragte sich, was der andere erlebt hatte, dass er in dieser trübseligen Verfassung war. Hatte er so viele Tiefschläge hinnehmen müssen, dass er nicht mehr in der Lage war, auch nur die geringste angenehme Regung zu empfinden? Oder waren ihm derart oft Untreue und Verrat widerfahren, dass er Aufrichtigkeit und Redlichkeit von vornherein für völlig ausgeschlossen hielt?

»Guten Tag!«, sagte Jonathan lächelnd. »Wie geht es Ihnen heute?«

»'n Tag«, murmelte Gary.

»Ich hätte gern einen Muffin mit Rosinen. Zum Mitnehmen.«

Gary nahm einen von der genannten Sorte und verpackte ihn.

»Die sind köstlich, Ihre Muffins. Ganz ehrlich: Bravo! Sie sind wirklich begabt.«

Gary zog die schwarzen, buschigen Brauen zusammen und warf ihm, ohne den Kopf zu heben, einen misstrauischen Blick von unten zu.

»Ein Dollar fünfunddreißig.«

Jonathan legte das Geld auf den Ladentisch und lächelte unbeirrt weiter. Der andere nahm es schweigsam entgegen.

»Auf Wiedersehen, haben Sie einen schönen Tag!«, sagte Jonathan in fröhlichem Ton, der ohne Wirkung blieb.

Er verließ das Geschäft. Wie viele positive Erfahrungen würde dieser Mann machen müssen, um die Welt allmählich mit anderen Augen zu sehen?

Das brachte ihn auf eine Idee. Er ging zu seinem Kunden, dem pakistanischen Haushaltwarenhändler, und kaufte eine weiße Papiertischdecke. Dann kehrte er nach Hause zurück und rief Gary an.

»Guten Tag«, sagte er und verfremdete seine Stimme ein wenig. »Es geht um eine Bestellung. Ich brauche fünfzig Muffins mit Rosinen. In einer halben Stunde.«

»Fünfzig Muffins?«, fragte der andere ungläubig.

»Genau.«

»Und Sie holen die persönlich ab, ist das klar? Weil

fünfzig Muffins, so viele verkauf ich sonst den ganzen Tag nicht.«

»Natürlich, Sie können auf mich zählen.«

Ein Moment der Stille.

»Geben Sie mir Ihren Namen.«

Jonathan zögerte kurz und legte sich eine Art Pseudonym zu.

»Robbins. In einer halben Stunde.«

Anschließend stieg er in den Keller, Taschenmesser und Filzstift in der Tasche, Taschenlampe in der Hand. Im feuchten, von Schimmelgeruch erfüllten Halbdunkel schob er einige verstaubte Sachen hin und her und fand endlich, was er suchte: ein Paar gebrauchte Holzböcke und dazu eine Tischplatte. Damit kehrte er nach oben zurück und verließ das Haus.

Er wartete einige Minuten in der Nähe von Garys Laden und erspähte schließlich einen Jungen auf einem Skateboard.

»He! Mein Großer, willst du dir in drei Minuten zwei Dollar verdienen?«

Der Junge lächelte.

»Kommt drauf an. Isses was Schwieriges?«

»Überhaupt nicht. Du gehst in das Geschäft da drüben, sagst, dass du die Bestellung für Robbins abholst, und gibst dem Besitzer diesen Geldschein. Dann kommst du wieder raus, gibst mir die Tüte und hast deine zwei Dollar verdient. Kinderleicht, oder?«

Der Junge schüttelte den Kopf.

»Zwei Dollar sind nicht viel …«

»Ist ja wohl nicht dein Ernst! Zwei Dollar für drei Minuten, macht vierzig Dollar in der Stunde! Das entspricht dem Gehalt eines Angestellten, mein Großer!«

»Drei Dollar.«

»Aber … einfacher geht's wirklich nicht, und es ist nicht mal anstrengend!«

»Warum machst du's dann nicht selber?«

»Na ja …«

»Drei Dollar.«

Jonathan brach in Gelächter aus.

»Du wirst dir im Leben bestimmt nicht auf die Füße treten lassen.«

Zwei Minuten später legte Jonathan die geviertelten Muffins auf der Tischdecke aus, die das kleine improvisierte Gestell etwas abseits von Garys Schaufenster bedeckte. Der Grummelbär würde ihn bestimmt nicht bemerken, streckte er doch nie die Nase zur Ladentür hinaus.

Jonathan holte den dicken rosa Filzstift hervor und zeichnete auf das weiße Papier ein großes Herz, in das er mit seiner schönsten Schreibschrift die Worte setzte: *Geschenk von Gary.*

30

Minus zwanzig Prozent!

Jonathan hatte den Schlag nicht kommen sehen.

Und doch war es im Grunde nur logisch. Der variable Teil seines Einkommens hing unmittelbar von den Umsätzen ab, die er mit seiner Tätigkeit erzielte. Sinkender Umsatz, weniger Gehalt. Man kann eben nicht alles haben.

Sei's drum. Keinesfalls würde er wieder so arbeiten wie vorher. Das hatte einfach keinen Sinn mehr für ihn. Dafür war die Befriedigung, die es ihm bereitete, ehrlich zu sein, integer, und anderen zu nützen, einfach zu groß. Es erfüllte ihn mit Stolz, nach seinem Empfinden ein guter Mensch zu sein. Unmöglich, in den früheren Zustand zurückzufallen, nachdem er Jahre verloren hatte, um endlich zu erkennen, was ihm inzwischen wie eine Tatsache erschien: Wohlbefinden erzeugt noch mehr Wohlbefinden. Hierin liegt der Schlüssel – dass man weiß, wer man wirklich ist; dass man ganz und gar so ist, in jedem Augenblick, und sich weigert, jemand anders zu sein.

Schade um das Geld, aber es konnte ihn ohnehin nicht weiter motivieren – sicherlich genauso wenig wie all jene, die das Ende ihres Lebens nahen fühlen. Nur die Pharaonen haben ihre Reichtümer mit ins Jenseits genommen, dachte er. Wir schlichten Erdbewohner hingegen sehen angesichts der zur Neige gehenden Zeit ein, dass gerade das, was bisher unsere Aufmerksamkeit in hohem Maße fesselte, völlig überflüssig wird und dass es an diesem äußersten Punkt keine Hilfe gibt, keinen Beistand.

Dessen ungeachtet hatte Jonathan ein banales, wiewohl dummerweise konkretes Problem: Miete und Rechnungen mussten bezahlt werden. Genau da drohte ein schlimmer Engpass.

Nachdenklich überprüfte er seinen Bankauszug und die lange Liste der Ausgaben, die sich auf der Sollseite summierten.

Zweifellos würde er gezwungen sein, seinen ohnehin nicht aufwendigen Lebensstil einzuschränken. Außerdem durfte er keine anonymen Geschenke mehr machen. Kaffees, Blumen, Muffins – all das schlug irgendwann zu Buche. Leider … wo es ihm doch ebenso viel Freude wie Genugtuung bescherte. Zugleich aber kam ihm die Idee: Da alle Menschen miteinander verbunden waren, beschenkte er, indem er Menschen etwas Gutes tat, ja auch sich selbst …

Er musste auf anderem Weg, in anderer Form vorankommen, ohne dass dadurch sein Bankkonto allzu sehr belastet wurde …

* * *

»Köstlich, Ihre Dinger! Bravo, mein Alter!«

Gary musterte den Kunden. Ein etwa vierzigjähriger Typ, gut gekleidet. Er hatte ihn noch nie gesehen. Jedenfalls war er kein Stammkunde.

»Geben Sie mir drei davon, nein, vier«, sagte der Mann.

Wortlos packte Gary die Muffins ein.

»Ausgezeichnet!«, rief der andere. »Schönen Abend, und nochmals Dank!«

Garys skeptischer Blick folgte ihm, bis er die Türschwelle überschritten hatte.

Verflixt, was haben die denn alle, so geht das schon seit heute Morgen?, dachte er. Was ist mit denen los?

Sie waren sonderbar, geradezu scheinheilig. Irgendwas lief nicht rund. Und warum kamen sie so zahlreich? Noch nie hatte er an einem Tag derart viele Kunden bedient. Unfassbar. Ohne Pause musste er eine Ladung nach der anderen backen …

Auf einmal wurde ihm bewusst, dass die Kinder draußen grölten. Bisher hatte er vor lauter Arbeit gar nicht darauf geachtet. Sicher trieben sie wieder Unfug. Mit den Kleinen im Hof war es genauso wie mit den Muffins im Backofen: Drehte man ihnen auch nur fünf Minuten den Rücken zu, war alles futsch.

»Sind Sie Gary?«

Er hob den Blick. Eine Unbekannte, die sehr seltsam lächelte und einen Hut trug, wie er ihn noch nie gesehen hatte, kam auf ihn zu. Was wollte sie, die auch noch?

»Ihre Kuchen sind echt lecker!«

Gary musterte die Frau einen Moment. Mit ihrer hohen durchdringenden Stimme ähnelte sie einer Opernsängerin, wie sie manchmal im Fernsehen auftraten und herumschrien, als würden sie gleich erwürgt.

»Sind keine Kuchen, sondern Muffins …«

»Geben Sie mir zwei davon, seien Sie so nett. Die sind so gut, so weich, und Sie sind der beste Konditor überhaupt! Exzellent! Brillant! Oh, wie ich diese Kuchen vergöttere!«

Die überdrehte Lady war nicht zu bändigen, bis sie irgendwann ihre Tüte nahm und verschwand, ekstatisch verzückt, spitze Schreie ausstoßend wie Filmdarstellerinnen, wenn sie zum Höhepunkt kamen. Im Kino, wohlgemerkt, denn im wahren Leben gibt's so was nicht, sagte sich Gary.

»O Mister, unvergleichlich deine Bagels. Was kostet so 'ne Spezialität?«

Es war der Tag der seltenen Exemplare.

»Sind keine Bagels, sondern Muffins. Einen Dollar die einfachen, eins fünfunddreißig alle andern.«

»Ja, da nehm ich doch 'nen einfachen. Ohne Stuss, du bist spitze, nein, ehrlich, ich schwör's, die schmecken super.«

Gary runzelte die Stirn. Er dachte an seine kleinen Nervensägen, und dabei schoss ihm durch den Kopf: Muss 'n bisschen strenger sein mit denen, sonst rasten sie noch genauso aus wie diese Verrückten.

»Nochmal tausend Dank, Mister. Sind absolut top, Ihre … Teile da.«

»Guten Abend, hab's eilig«, sagte die nächste junge Frau. »Geben Sie mir zwei zum Mitnehmen? Mit Schokoladenstückchen.«

Schweigsam packte er die beiden Muffins ein.

»Echt nett, was Sie hier machen. Normalerweise geh ich immer vorbei und komm nicht rein …«

Gary schaute zu, wie sie den Laden verließ.

Komisch, plötzlich lächelten ihn alle an und überhäuften ihn mit Komplimenten. Als hätten sie sich abgesprochen, um ihn zum Narren zu halten.

Doch als er sich am Abend schlafen legte, hundsmüde von dem harten Arbeitstag, spielte ein Lächeln um seine Lippen, ohne dass er gewusst hätte, warum. Offenbar hatte der Wahnsinn all dieser Leute auch ihn angesteckt.

31

Jonathan betrachtete seinen Partner. Seit einiger Zeit verhielt Michael sich ein bisschen anders, weniger jovial, wiewohl er seinen Sinn für Humor keineswegs verloren hatte. Zweifellos verübelte er ihm die neue, weniger produktive Arbeitsweise. Doch wurde das Gehalt der Partner dadurch nicht beeinträchtigt, denn jeder erhielt Provisionen auf die selbst erzielten Ergebnisse.

Aber Jonathan verstand ihn in gewisser Weise. Zwischen Geschäftspartnern ist es so wie zwischen Lebenspartnern: Entwickelt der eine sich ganz anders als bisher, kann sich das Zusammenleben schwierig gestalten.

Unweigerlich dachte er an Angela. Seit der erlittenen Demütigung bei dem Treffen im Café, wo er ihr sein Herz geöffnet hatte, gingen sie einander geflissentlich aus dem Weg. Indessen trank Jonathan weiterhin jeden zweiten Tag seinen Morgenkaffee mit Michael zusammen – eine Art stillschweigende Übereinkunft.

An diesem Morgen war die Terrasse überfüllt.

»Der Mann da drüben, gegenüber der rot gekleideten jungen Frau, ist ein Kunde«, sagte Jonathan leise.

Michael fixierte ihn einige Augenblicke.

»Ich hoffe, du hast ihm das Paket mit der Brandschutzversicherung aufgeschwatzt.«

»Wieso?«

»Ich kenn seine Tussi.«

»Na und?«

»Die hat Feuer im Hintern.«

Jonathan lächelte.

»Nein, ist im Grunde nicht nötig«, fügte Michael hinzu. »Ganz egal wo die vorbeigeht, du hast immer das Gefühl, dass gleich 'ne Naturkatastrophe ausbricht.«

»Sei still, Michael«, protestierte Jonathan, wider Willen schmunzelnd.

»Ah, apropos Katastrophe, hast du gesehen, wie der Typ da ganz hinten rechts angezogen ist?«

Jonathan blickte in die Richtung.

»Das ist mal was anderes, originell ...«

»Tja, anders, aber nur um anders zu sein«, erwiderte er vergnügt.

Die Bedienung näherte sich ihnen.

»Guten Tag, was darf ich Ihnen heute *sz*ervieren?«, fragte sie leicht lispelnd.

»Zwei Kaffee«, sagte Jonathan.

Michael sah ihr hinterher, als sie sich entfernte.

»I*sz*t in Ordnung, kommt *sz*ofort«, lispelte er.

»Scht!«

Jonathan hatte das früher schon registriert: Wenn sein Partner in schlechter Verfassung war, wurde sein Humor beißend.

»Fährst du dieses Jahr für ein paar Tage in die Ferien?«, fragte er.

Michael schüttelte den Kopf.

»Einer muss ja hierbleiben, um den Laden am Laufen zu halten.«

Jonathan ging nicht weiter darauf ein.

Direkt vor ihnen versuchte eine Frau, ihren Wagen in eine Parklücke zu rangieren.

»Oha … die ist noch nicht drin«, sagte Michael. »Schau, mach's wie ich: Wir beobachten sie lachend, und ich wette mit dir, dass sie's nicht schafft und am Ende aufgibt.«

»Michael …«

»Doch, los, ich hab's schon fünfzehnmal ausprobiert, ist zum Totlachen. Sie hat Mühe, du starrst sie an, und sie ist total durcheinander, kriegt nichts mehr auf die Reihe!«

»Dazu hab ich keine Lust.«

»Man darf doch wohl ein wenig Spaß haben! Das erinnert mich übrigens an 'ne andere Geschichte. Dafür brauchst du aber 'ne Tischrunde mit drei oder vier Leuten hier auf der Terrasse, damit's funktioniert. Alle konzentrieren sich auf eine Frau, die mit hohen Absätzen daherkommt, und gucken mit gerunzelter Stirn auf ihre Füße, so als wär da ein Problem. Und weißt du was?«

»Nein.«

»In neun von zehn Fällen stolpert die Frau!« Er brach in ein irres Gelächter aus. »Ich schwör dir, das ist zum Schreien!«

Jonathan lächelte.

»Nun ja, wer überall Probleme sehen will, beschwört sie geradezu herauf.«

Michael hörte nicht hin.

»Die Schlimmsten am Steuer sind aber immer noch die Alten. Da sie 'nen steifen Nacken haben, drehen sie sich beim Rückwärtsfahren gar nicht erst um und schauen nicht mal zur Seite, bevor sie wenden. Man fragt sich, warum die nicht einfach in ihrem Seniorenheim bleiben.«

Die Bedienung stellte ihnen die Kaffeetassen hin.

Jonathan betrachtete Michael kurz, beugte sich dann zu ihm hinüber und senkte die Stimme.

»Ich verrate dir ein Geheimnis: Auch ich hab ab und zu einen steifen Nacken.«

»So ein Pech!«

In leisem, vertraulichem Ton fuhr Jonathan fort.

»Beim Einparken stelle ich mich manchmal so dumm an, dass ich die Lücke verfehle. Oder ich verschlucke beim Reden Wörter, und niemand versteht, was ich eigentlich sagen möchte. Im Grunde … habe ich viele Schwächen: Ich habe oft Angst und bin nicht sehr mutig. Außerdem zweifle ich gelegentlich an mir, darüber hinaus mangelt es mir ein bisschen an Schwung. Ich …«

»Warum erzählst du mir das?«, unterbrach ihn Michael, durch derlei Geständnisse offenbar peinlich berührt.

»Und ich bekenne noch etwas: Ich bin kein Perfektionist. Ich hasse es, eine Sache bis ins letzte Detail auszufeilen, und wenn ich etwas nicht machen will, verschieb ich es auf später, Tag um Tag, bis es schließlich zum Problem wird. Dann brauche ich dreimal so viel Zeit dafür, als wenn ich es sofort erledigt hätte. Aber ich kann nicht anders. Ist das nicht albern? Dazu kommt, dass ich ziemlich ungeduldig bin und leicht die Fassung verliere. Wenn zum Beispiel Chloé irgendwelchen Unsinn macht, schreie ich herum und bereue es hinterher. Ganz zu schweigen von …«

»Aber … wieso teilst du mir all das mit?«

»Nicht zuletzt habe ich Mühe …«

»Du hast auch Vorzüge, vergiss das nicht …«

Jonathan hielt inne und richtete sich langsam auf.

»Ja«, sagte er mit einem breiten Lächeln. »Ich habe auch Vorzüge.«

* * *

Ryan schlug ein Auge auf und fixierte den Wecker.

Mist.

Neun Uhr. Warum war er nicht früher erwacht? Er sprang aus dem Bett, lief zum Wohnzimmerfenster und öffnete die schwarzen Stores einen Spaltbreit. Sicherlich hatte er Jonathans Aufenthalt auf der Terrasse verpasst. Bereits am Vortag hatte er ihn nicht entdecken können …

Er ließ den Blick über die besetzten Tische schweifen. Und erspähte ihn, hinter einem Tisch stehend, der Bedienung gegenüber, offenkundig im Aufbruch. *Fuck!*

Er stürzte sich auf seine Geräte, schaltete sie hastig ein und setzte den Kopfhörer auf.

»Ich wollte Ihnen noch etwas sagen«, sagte Jonathan zu der Bedienung.

Ryan zoomte auf ihre Gesichter.

»Sie haben ein hübsches Lächeln, und das ist sehr angenehm. Es versetzt mich schon morgens in gute Stimmung.«

Die Bedienung lächelte aufs Schönste und errötete ein wenig.

Damit verließ Jonathan die Terrasse.

32

Sonntag.

Nervös blickte Ryan durch die schwarzen Stores. Nichts als Touristen auf der Terrasse. Am Wochenende kam der Held seines Blogs nur selten ins Café.

Er öffnete eine Coladose, führte sie rasch an die Lippen – er liebte die ersten Sekunden, das Prickeln der feinen Tröpfchen an den Nasenlöchern – und trank einige erfrischende Schlucke.

Der Blog nahm einen Aufschwung, wie er es nie zu hoffen gewagt hätte, jedenfalls nicht auf diesem Niveau. Inzwischen bezifferten sich seine Fans nach Tausenden, und ihre Schar wurde mit jedem Tag größer. Ebendas macht das Internet so cool: Anfangs ist es mühsam, aber kommt die Sache einmal in Gang, kann sie schnell ein Knüller werden. Diese neue Art der Mundpropaganda funktioniert bestens. Einige Leute schicken den Link an sämtliche Personen in ihrem elektronischen Adressbuch, um ihre Freunde zu erheitern. Finden die Gefallen daran, verfahren sie in der gleichen Weise, so dass die Verbreitung der Nachricht schnell exponentielle Ausmaße annehmen kann. Eine hübsche ansteigende Kurve, wie man sie auf den Ingenieurschulen besonders schätzt.

Ryan setzte den Kopfhörer auf und lauschte den Gesprächen an den einzelnen Tischen.

Nichts Öderes als das Gerede der Touristen. Leider war es nicht einfach nur dumm, sondern schlichtweg trostlos. Also überhaupt nicht lustig.

Überdrüssig schlenderte er in sein Schlafzimmer und warf einen Blick aus dem Fenster.

Sofort erblickte er Jonathan und schaltete die Kamera ein, die ständig auf dessen Garten gerichtet war. Er spürte, dass sich etwas zusammenbraute. Jonathan schaute sich mehrmals verstohlen um. Das war nicht normal. Umso besser. Ryan überprüfte den Ton und korrigierte die Bildeinstellung.

Kurz verschwand Jonathan im Schuppen, dann kam er mit einem Rasenmäher heraus, den er vor sich herschob.

Verdammt, dachte Ryan. Ich bin wohl schon wieder zu spät dran. Schade.

Doch geleitet von einer Art Instinkt filmte er einige Augenblicke weiter.

Erneut blickte Jonathan sich um, während er ans Ende des Gartens ging. Dort wendete er den Rasenmäher und machte sich daran, die Zweige der Sträucher zur Seite zu biegen, die zwischen seinem und dem angrenzenden Garten eine Hecke bildeten.

Dieser angrenzende Garten war der seines früheren Helden im Blog: Gary.

Mühsam zwängte Jonathan sich dort hinein.

Was hatte er mit seinem Rasenmäher im Garten dieses alten Trottels zu schaffen?

Die Maschine begann zu dröhnen. Dass ein Versicherungsmann sein Gehalt aufbesserte, indem er sich um die

Gärten der Nachbarn kümmerte, war ein deutlicher Beweis dafür, dass die Krise andauerte, egal was die Zeitungen berichteten.

* * *

Wäre jeder von uns sich des enormen Werts bewusst, der ihm innewohnt, hätte die Welt ein anderes Gesicht.

Doch in unserer Gesellschaft teilt man anderen nur selten mit, was man Gutes über sie denkt. Ein hohes Maß an Schamhaftigkeit und letztlich Reserviertheit hält uns davon ab. Jeder hütet seine positiven Ansichten wie Geheimnisse – Samen vergleichbar, die man lieber in der Hosentasche vertrocknen lässt, als sie in die Erde zu legen oder Wind und Regen anzuvertrauen.

Vielleicht sind die Leute es nicht mehr gewohnt, derartige Botschaften zu empfangen, und so fällt es schwer, jemandem ein Kompliment zu machen, ohne dass es falsch verstanden oder dass einem Hinterlist unterstellt wird. Und wenn, aufgrund einer glücklichen Fügung, die eigene Aufrichtigkeit ausnahmsweise nicht in Frage steht, versucht der andere oft, die ihm zugeschriebene Qualität mit allen Mitteln herunterzuspielen – in einer Anwandlung von Bescheidenheit, in dem Bestreben, seine Verlegenheit angesichts eines so ungewöhnlichen Geschenks zu kaschieren.

Um diese Schwächen zu umgehen, hatte Jonathan eine unschlagbare Lösung gefunden: Komplimente machen und verschwinden. Er gewährte sich nur ein paar Momente, um die Überraschung des Gegenübers wahrzunehmen, den ersten Hauch eines Lächelns oder das plötzliche Leuchten in den Augen, nachdem er das kleine positive Echo ausgesandt hatte, und dann lief er eilends davon. Das war ein Genuss, den er über alles liebte.

Da er die jeweils ausgewählte Person nicht kannte, bestand die wesentliche Frage darin, welches Kompliment auf sie zutraf und wie er es formulieren sollte. Aber in diesem Punkt hatten ihm die regelmäßigen Besuche auf der Caféterrasse reichlich Gelegenheit gegeben, seinen Instinkt zu schulen und seiner Intuition zu folgen.

Tatsächlich ist es amüsant, einen fremden Menschen zu beobachten und einfach so, nach Gefühl, zu erraten, was ihn auszeichnet. Ihn kurz anzuschauen und herauszufinden, wie er lebt, welche Werte, Vorzüge und Tugenden er hat. Das mag zunächst völlig subjektiv, keineswegs vernünftig und gänzlich unbegründet erscheinen. Doch sucht man nach einer Möglichkeit, mit ihm in Kontakt zu treten und einige Worte zu wechseln, stellt man oft belustigt fest, dass man richtiglag.

Nur kam ihm an diesem Tag seine Übung auf dem Gebiet der Wohltätigkeit wenig zustatten, denn als er den siebten Fahrgast ansprach, der aus der Straßenbahn stieg, sah er sich einem Mann gegenüber, dessen Gebaren an das eines Rausschmeißers im Nachtklub erinnerte.

»Guten Tag«, rief Jonathan lächelnd. »Ich würde Ihnen gern sagen …«

Der andere musterte ihn mit abstoßender Miene, so als würde er gleich losbrüllen. Das setzte Jonathans Inspiration schlagartig ein Ende, und er sah sich außerstande, bei diesem Mann auch nur die geringste Qualität zu erspüren.

»Ich wollte Ihnen bloß sagen … äh … Ihnen sagen …«

Schnell, eine Qualität, egal welche … Was für einen Vorzug konnte dieser Typ bloß haben?

»Hä?«, erwiderte der in feindseligem Ton.

Sein Blick wurde zunehmend bösartig, und das verstärkte Jonathans Verwirrung und Verlegenheit noch.

Die einfache Lösung wäre gewesen, irgendein abgedroschenes Kompliment von sich zu geben, aber er hatte sich geschworen, niemals zu heucheln.

»Was willste von mir?«, fragte der Typ umso nachdrücklicher und machte einen Schritt auf ihn zu.

»Eigentlich … nichts! Ich möchte Ihnen nichts sagen. Gar nichts.«

Der Mann fixierte ihn einen Augenblick und entfernte sich dann, wobei sein finsterer Blick lange an Jonathan haften blieb.

Glücklicherweise wurde der nicht vom Pech verfolgt. Das nächste Mal bescherte ihm der Zufall eine charmante, hinreißend lächelnde Großmutter, an der er sofort tausendundeine Qualitäten entdeckte.

* * *

Am Morgen verließ Gary, die Post in der einen Hand, einen Kaffee in der anderen, wie üblich seinen Laden, um sich im Garten auf den weißen Plastikstuhl zu setzen. Schon nach wenigen Schritten hielt er abrupt inne, die Kinnlade klappte ihm herunter.

Sein Rasen, normalerweise zur Hälfte mit Unkraut übersät, das die Kleinen immer wieder zertrampelten, lag perfekt gemäht vor ihm. Er rieb sich die großen Augen.

»Mein Gott, was ist das?«

Er träumte nicht. JEMAND hatte SEINEN Rasen gemäht.

Und wenn es die Rotznasen waren, die das hinter seinem

Rücken gemacht hatten? Nein, unmöglich. Sie waren den ganzen Sonntag mit ihm im Haus gewesen, mehr als zehn Kilometer entfernt. Selbst mit dem Fahrrad hätten sie das nicht geschafft.

Sein Blick schweifte über die tadellose Grünfläche. Ungläubig schüttelte er den Kopf. Was nur ging momentan in seinem Leben vor?

Schließlich ließ er sich auf den Stuhl fallen und nahm die Post in Angriff.

Eine Werbung für Videoüberwachung.

Die Telefonrechnung.

Die Mietrechnung.

Eine Werbung für Leuchtreklamen.

Dann ein kleiner beiger Umschlag, auf dem *Gary* stand, handgeschrieben und unterstrichen.

Er runzelte die Stirn. Das roch förmlich nach Scherereien. Ein Nachbar vielleicht, der sich über den Lärm beklagte, den die Kinder im Hof machten, oder einer, der die Fettdünste verabscheute.

Er schob seinen dicken Finger in den Spalt und riss den Umschlag auf. Darin befand sich ein schlichtes Blatt Papier, ebenfalls beige, das er herauszog und auseinanderfaltete.

Genau in der Mitte prangte ein einzelner handschriftlicher Satz:

Deine Urgroßeltern haben Deine Großeltern geliebt, konnten es ihnen aber nicht sagen.

Gary hob die Augenbrauen, las den Satz mehrmals, drehte das Blatt um und anschließend den Umschlag. Keinerlei

Hinweis. Instinktiv schaute er sich langsam um, spähte zu den Fassaden der umliegenden Häuser.

»Was soll denn dieser Blödsinn nun wieder?«

Er zuckte die Schultern und wandte sich dem nächsten Brief zu.

Sein Mehllieferant kündigte eine Preiserhöhung um 2,3 Prozent an.

Business as usual, dachte er verdrossen.

33

Nachdem er vergebens Vogelscheuchen angemacht hat, begnügt er sich jetzt mit Zielen in seiner Reichweite.

Unter diesem nichtssagenden Titel versammelte der Blog eine Reihe von Videos, eins ulkiger als das andere, in denen man zum Beispiel sah, wie Jonathan sich auf der Straße eine mindestens achtzigjährige Alte schnappte und ihr Komplimente machte.

Flirtkurs, 9. Folge

Hier konnte man beobachten, wie Jonathan auf dem Bürgersteig wartete, dass Fahrgäste aus einer Straßenbahn stiegen und an ihm vorbeikamen. In seinen Augen glänzte so etwas wie ein Hoffnungsschimmer. Kurz darauf wandte er sich einem dickleibigen Raubein zu – Gesicht eines Killers und von einer beängstigenden Männlichkeit –, und es geschah das kaum Fassbare: Jonathan sprach ihn an, wollte ihn durch sein erbärmliches Gestammel bezirzen, bekam aber gleich eine gehörige Abfuhr erteilt.

Die immer zahlreicher werdenden Anhänger des Blogs tobten, ergingen sich in Spott und Hohn und zogen Jonathan in den Schmutz. Es hagelte Beleidigungen und üble Kommentare, die Ryan in Hochstimmung versetzten.

Nachdem er lange Zeit mit allen Mitteln versucht hatte, seine Trottel einer breiteren Öffentlichkeit vorzustellen, widmete er sich nun einer anderen Aufgabe: dem Verwalten des Erfolgs. Da die Flut der Besucher seiner Webseite täglich weiter anschwoll, musste er sie mit immer neuem Stoff versorgen. Zum Glück erwies sich sein prominenter Obertrottel als äußerst produktiv: Er war nicht zu bremsen in seinem idiotischen Tun.

* * *

Jonathan rasierte sich und hatte dabei Garys Garten im Blick. Der Kerl schrie schon wieder seine armen Kinder an, die gar nicht den Eindruck erweckten, als hätten sie etwas besonders Schlimmes angerichtet.

Als Jonathan das Ladegerät für seinen Rasierer suchte, stieß er auf jene Lotion, die er früher benutzt hatte, um seine ersten weißen Haare zu färben. Lächelnd warf er sie in den kleinen Mülleimer im Badezimmer. Gerade als er die Hand auf das Ladegerät legte, läutete es mehrmals an der Tür.

Er eilte die schmale, weiß gestrichene Holztreppe hinunter und öffnete.

Ein Mann, der Anzug und Krawatte trug, präsentierte ihm eine Metallplakette, auf der sein Foto zu sehen war.

»James Gordon, Gerichtsvollzieher.«

Er übergab Jonathan einen Briefumschlag.

»Das ist ein Mahnschreiben der Bank of California. Wie Sie lesen werden, haben Sie zwei Wochen Zeit, den Überziehungskredit zu tilgen. Andernfalls komme ich wieder und fertige ein Bestandsverzeichnis des Mobiliars an.«

Jonathan war sprachlos.

»Unterschreiben Sie hier«, sagte der Gerichtsvollzieher und reichte ihm eine Empfangsbescheinigung sowie einen Stift.

* * *

Gary unterdrückte einen Schauder, als er den kleinen beigen Umschlag im Briefkasten entdeckte. An diesem Morgen war keine andere Post gekommen. Aufmerksam blickte er durch das Schaufenster auf die breite Straße hinaus und seufzte. Während er den Laden durchquerte, befahl er seinen Kindern, die am Tisch vor ihrem Frühstück saßen: »Los, beeilt euch, wir machen bald auf!«

Damit ging er in den Hof hinaus und schloss sorgsam die Tür hinter sich. Riss den Umschlag auf und nahm das Blatt heraus. Das gleiche beigefarbene, weiche Papier wie beim letzten Mal.

Deine Großeltern haben Deine Eltern geliebt, konnten es ihnen aber nicht sagen.

Gary starrte lange auf den Satz und las ihn mechanisch immer wieder.

Mein Gott, was wollte man nur von ihm? Wer zum Teufel schickte ihm solche Sachen? Was ging in seinem Leben vor?

* * *

Raymond war niedergeschlagen. Kein einziger freier Platz bei *Stella's*. Der Laden ist voll bis oben hin. Das wagte man ihm zu sagen, ihm, der hier seit fast vierzig Jahren zum Inventar gehörte. Eine derartige Beleidigung hatte er noch nie einstecken müssen; die Demütigung ließ ihn erbleichen, der

Zorn trieb ihm den Schweiß auf die Stirn. Er hätte weinen können.

Zutiefst gekränkt schleppte er sich zu einer weiter entfernten Bar am Rande des Viertels, wo die Schönen und Reichen keinen Fuß hinsetzten. Bleischwer fühlte er sich, so als befinde sich anstelle der Kamera ein Felsblock in seiner Tasche.

Er stieß die Tür auf, betrat das Lokal und setzte sich an die Bar, ohne die Sonnenbrille abzunehmen.

»Ein Bier.«

Er trank, bis der Alkohol seine Schmach aufzulösen begann.

Dann seufzte er tief und entspannte sich ein wenig. So ein Schock schlug aufs Gemüt.

Schließlich drehte er sich um und ließ seinen Blick durch den Raum schweifen.

Was er sah, ließ ihn erstarren.

Da saß Warren, Austins Trainer, beim Mittagessen mit dem Sponsor des gefährlichsten Gegners, Jack Volsh, der als Einziger imstande war, Austin den Titel streitig zu machen. Er war sein erklärter Feind.

Raymond konnte es nicht fassen.

Geht mich zwar nichts an, aber da stimmt was nicht, dachte er.

Zweifellos war es kein Zufall, dass die beiden sich in einer Bar verabredet hatten, wo sie sicher sein konnten, keine Bekannten zu treffen.

Schau an …

Jetzt fand sich für alles eine Erklärung, alles kam ans Licht.

Warren war bestochen worden.

34

Die Nacht hüllte San Francisco in ihr geheimnisvolles Halbdunkel. Von der Terrasse ihres Häuschens oben auf dem Hügel sah Angela in der Ferne die Lichter der Stadt funkeln.

In den letzten Tagen hatte der Mond immer weiter abgenommen, bis er fein war wie ein Ariadnefaden, um den herum unzählige Sterne den Himmel bedeckten.

Chloé schlief, die Hände zu Fäusten geballt, und Angela hatte auf nichts Lust. Sie wollte weder einen Film im Fernsehen anschauen noch ein Buch aufschlagen. Also ging sie mechanisch ihre E-Mails durch.

Nichts Besonderes. Julia, eine seit Langem aus den Augen verlorene Freundin aus Gymnasiumzeiten, meldete sich hin und wieder, seit sie Angelas Spur auf Facebook gefunden hatte. Die Nachricht, die an diesem Abend eintraf, war nicht einmal an sie persönlich gerichtet; Angela war nur eine von vielen Empfängern.

LOL!
www.minneapolischronicles.com/thekingofidiots.html
Liebe Grüße,
Julia

Wieder einer von diesen Links zu einer mehr oder weniger

lustigen und sicherlich geschmacklosen Geschichte, wie Julia sie von Zeit zu Zeit verschickte.

Aber gut, da Angela gerade in trüber Stimmung war, konnte ein bisschen Lachen nicht schaden.

Sie klickte den Link an.

Fehlermeldung.

Offenbar hatte ihre Freundin ihn nicht richtig kopiert. Angela gab den Namen der Webseite ohne die Endung ein und stieß auf die Homepage.

Eine Sammlung von Videos unter zugkräftigen Titeln, die auf komische Szenen hinzudeuten schienen.

Sie klickte auf das erste, verhältnismäßig kurz, doch sehr amüsant. Also sah sie sich einige weitere an, ziemlich witzig, wenngleich ihr die spöttischen Titel irgendwie missfielen. Bei einem der Videos überkam sie plötzlich ein äußerst seltsames, unerklärliches Gefühl – eine kaum wahrnehmbare Angst, völlig unbegründet, zumal die gefilmte Szene belanglos war: ein Tischgespräch zwischen zwei Personen, in dessen Verlauf die eine erzählte, dass sie tatsächlich die Blumen in ihrem Garten esse. Jenes Gefühl war jedoch so bohrend, dass Angela sich zwang, das Video erneut abzuspielen in der Hoffnung, die Ursache des Unbehagens ausfindig zu machen. Sie forschte vergebens, und das verstärkte noch ihre Irritation.

Eigentlich wollte sie die Webseite schnellstens verlassen, aber etwas dort hielt sie zurück, erteilte ihr den Befehl zu bleiben, ohne dass sie gewusst hätte, warum.

Sie blieb also und schaute sich ein paar recht lustige Videos an. Damit hätte zwar niemand einen Preis für die beste Komödie gewonnen, doch erheiternd waren sie schon. So entspannte sie sich, sprang von einer Seite zur nächsten und entdeckte jedes Mal ein neues Opfer, das sich komisch benahm oder verschrobenen Gedanken Ausdruck verlieh.

Als plötzlich Jonathans Gesicht den Bildschirm ausfüllte, konnte sie einen Aufschrei nicht unterdrücken.

Wie war er nur auf diesen Blog geraten??? *Minneapolis Chronicles* … Jonathan hatte keinerlei Verbindungen zum Mittleren Westen.

Ihre Neugier war geweckt: Welche Dummheit hatte er begangen, derentwegen er auf dieser Webseite gelandet war? Voller Ungeduld, die Antwort zu erfahren, stürzte sie sich auf das Video.

Die Szene, in der Jonathan auf allen vieren einen Kleehalm nach dem anderen aus dem Rasen riss, brachte sie unweigerlich zum Lachen und überraschte sie zugleich: Wie zum Teufel war es möglich, dass er bei sich zu Hause, in seinem Garten, gefilmt wurde??? Die Vorstellung, dass irgendjemand seine Nachbarn kurzerhand filmen und das Video auf einem Blog veröffentlichen konnte, war doch ein bisschen gruselig …

Die auf der Seite hinterlassenen Kommentare zeugten von gehässigem Spott. Nun ja, im Netz war das kaum zu vermeiden …

Trotzdem war es unglaublich, dass Jonathan ohne sein Wissen auf diesem Blog erschien. Das wollte ihr einfach nicht in den Kopf. Und welch eine Fügung, dass Julia, die Angelas Ex nie begegnet war und ihn daher nicht wiedererkennen konnte, ihr den Link zugeschickt hatte. Im Übrigen war Jonathan vielleicht doch gar kein so schlechter Typ …

Sie klickte auf *Weiter,* und die nächste Seite wurde angezeigt. Noch ein Video mit Jonathan!

Hier spendierte er einer Fremden einen Kaffee, ohne sich zu erkennen zu geben. Die Anhänger des Blogs verhöhnten diese verkappte Anmache, aber Angela wusste sofort, dass sie sich täuschten. Diese Frau war nicht nach dem Geschmack ihres Ex, das hätte sie geschworen. Sonst wäre er anders vorgegangen, schließlich kannte sie ihn.

Etliche weitere Videos folgten. Jonathan vervielfachte seine anonymen Gaben, stets begleitet vom Gespött der Internetbenutzer. Diese regelrechte Lynchjustiz brachte Angela fast dazu, ihn wider Willen zu verteidigen. Je mehr Sequenzen sie sah, desto deutlicher ahnte sie die Absicht, die den Wohltäter leitete. Eine edle Absicht, die in schroffem Gegensatz stand zu der Häme, die seine Taten hervorriefen.

Die verächtlichen, unflätigen, demütigenden Kommentare häuften sich zu mehreren Hundert. Beim Überfliegen dieser Texte verschwamm Angelas Sicht; langsam stiegen ihr Tränen in die Augen.

Anschließend kamen Videos, in denen Jonathan beliebigen Unbekannten Komplimente machte, ohne auf Dankesbezeigungen zu warten: Geschenke, ebenso großzügig wie kostenlos. Auf den Gesichtern der Empfänger blitzte ein Lächeln auf, und wenn die Leute dann mit dem Glanz der frohgemuten Seele in den Augen ihres Weges gingen, spürte man, dass sie den übrigen Tag in heiterer Stimmung verbringen würden.

Tränen rannen ihr über die Wangen, während der Blick die Flut der Beleidigungen kaum zu streifen wagte.

Als Angela sah, wie Jonathan sich auf der Straße einer jungen, auffallend schönen Frau zuwandte und mit ergreifender Ehrlichkeit sagte: *Ich finde Sie sehr hübsch,* zuckte sie zusammen. Auf dem Bildschirm belohnte ihn die Frau mit einem sublimen Lächeln, ehe er sogleich in der Menge verschwand. Das Video endete mit ihrem Blick, der unmissverständlich zu verstehen gab, dass sie keineswegs gleichgültig auf den Annäherungsversuch des Mannes reagierte.

Es folgten noch heftigere, noch verletzendere Kommentare. Da die Frau wirklich hübsch war, projizierten offenbar viele unter Entzugserscheinungen leidende Versager ihre ganze Frustration auf Jonathan. Sie verziehen ihm nicht, eine Gelegenheit ausgelassen zu haben, die sich ihnen niemals bieten würde.

Erschüttert von allerlei verworrenen Gefühlen stürzte sich Angela auf die Tastatur, legte sich das erstbeste Pseudonym zu, das ihr in den Sinn kam, und machte ihrem Herzen Luft.

Ihr habt nichts begriffen, er macht niemanden an, er will niemandem gefallen, seine Handlungen sind Akte der Großzügigkeit, der Selbstlosigkeit, der Menschlichkeit. Jonathan ist …

Sie verbesserte sich und löschte den Vornamen.

Dieser Typ ist von einer bewundernswerten Güte!

Wutentbrannt, mit tränenfeuchten Augen, kopierte sie ihren Kommentar und fügte ihn unter jedem einzelnen Video ein, Seite für Seite.

Völlig außer sich schaltete sie schließlich den Computer ab, stützte den Kopf in die Hände und brach in heftiges Schluchzen aus.

Trotz all der Leiden, die sie wegen Jonathans Untreue hatte durchmachen müssen, dämmerte ihr, dass sie ihn immer noch liebte.

35

»Michael?«

»Ja.«

»Ich bin's, Angela. Warte nicht auf mich mit dem Kaffee. Ich komme heute nicht ins Büro.«

»Bist du krank?«

»Nein …«

Schweigen.

»Aber ich bin nicht in der Stimmung, um zu arbeiten.«

Nicht in der Stimmung. Na schön.

»Nun ja … bis morgen dann.«

Erneutes Schweigen.

»Weiß nicht. Eigentlich … eher nicht, nein.«

»Wie das?«

»Ich glaube, ich möchte ein bisschen Abstand gewinnen … Ich … kurzum, ich melde mich, sobald ich zurückkomme.«

Michael legte auf.

Nicht in der Stimmung, nicht in der Stimmung … Genau, auch sie wird für einen Monat verschwinden und dann, nach ihrer Rückkehr, einen neuen Zugang zu ihrer Arbeit finden, wodurch die Umsätze um weitere zwanzig Prozent abstürzen! Verdammt, warum in aller Welt habe ich mich mit solchen lahmen Enten zusammengeschlossen? Und ich bin weit davon entfernt, mich von diesen Nichtstuern trennen zu können … Wer will schon ein Drittel der Anteile an einer Firma kaufen, die sich im steilen Sinkflug befindet? John Dale jedenfalls nicht. Mist, wenn ich bloß daran denke, dass die Goldgrube zum Greifen nah war … Das raubt mir den letzten Nerv …

Die Assistentin betrat das Büro.

»Du ziehst vielleicht ein Gesicht!«

»Und du bist hoffentlich nicht gekommen, um mir zu sagen, dass du ein bisschen Abstand brauchst?«

»Wie bitte?«

»Nein, du willst dir nicht einen Monat freinehmen, um auf deine Stimmungen zu hören, über den Sinn deiner Arbeit und deine Lebensanschauung im Allgemeinen nachzugrübeln oder dich mit der Hinterpfote am Ohr zu kratzen, oder?«

»Was erzählst du da?«

»*Good girl.* Also, worum geht's, weswegen willst du mich sprechen?«

»Wegen gar nichts, ich bring dir nur den Bericht der Buchhaltung für den letzten Monat.«

»Ihr habt euch alle verbündet, um meine Stimmung auf den Nullpunkt zu drücken, stimmt's?«

Sie zuckte die Schultern und verließ den Raum.

Michael öffnete das Dokument.

Gesamtumsatz: + 3 Prozent.

Was sollte denn das jetzt wieder?

Er blätterte direkt zu den Seiten, auf denen Jonathans Ergebnisse aufgeführt waren.

Durchschnittlicher Umsatz pro Kunde: – 19 Prozent.

Umsatz im betreffenden Geschäftsbereich: + 17 Prozent.

Er hob den Telefonhörer ab.

»Jonathan, ich bin's. Sag mal, hast du letzten Monat 'nen großen Fisch an Land gezogen?«

»Nein.«

»Dein Gesamtumsatz ist steigend, während dein mittlerer Umsatz pro Kunde weiter fällt. Was ist da los?«

»Er steigt?«

»Allerdings.«

»Ich habe neue Kunden akquiriert, Kleinunternehmer. Wahrscheinlich geht das auf sie zurück.«

»Und die fallen einfach so vom Himmel?«

»Sie sagen, sie kommen durch Mundpropaganda. Offenbar bin ich öfter weiterempfohlen worden.«

Michael legte auf.

Mehr als drei Prozent Umsatzsteigerung in einem Monat, das war schon lange nicht mehr vorgekommen.

Eine Weile blieb er versonnen sitzen, dann schlug er wütend auf den Tisch.

Verdammt, ich hätte nicht zulassen dürfen, dass Jonathan vom Verkauf seiner Anteile an mich zurücktritt, dachte er.

* * *

»Aus!«

»Spiel, Satz und Sieg.«

Austin schloss die Augen. Er würde ins Finale einziehen.

Anhaltender Applaus, doch ohne Jubel. Natürlich hätten sie lieber den gutaussehenden spanischen Jungen gewinnen sehen.

Jedenfalls werde ich, wenn das Turnier in zwei Tagen gewonnen ist, in die Geschichtsbücher eingehen. Ob sie es wollen oder nicht. Also kann mich keiner mehr von oben herab behandeln. Statt mich zu lieben, werden sie mich achten wie einen Helden. Zwangsläufig.

Er schritt zum Netz, schüttelte zuerst seinem Gegner, dann dem Schiedsrichter die Hand und verschwand in Richtung Kabinen.

Auf die blendende Sonne folgte das Halbdunkel, so als würde er in einen dämmrigen Tunnel gezogen, bis neues Licht erstrahlte, jetzt aus Scheinwerfern, und die Journalisten sich auf ihn stürzten.

Er gab einige Antworten und suchte danach seinen Umkleideraum auf, ein unpersönliches Zimmer mit kahlen Wänden und dumpfem Geruch, zwei Stühlen, Sofa und niedrigem Tisch, darauf ein Früchtekorb und kleine Wasserflaschen. Auf einem längeren Tisch an der Wand türmten sich Blumensträuße, die von Fans überbracht worden waren.

»Bravo«, sagte Warren. »Ich lass dir ein paar Minuten zur Erfrischung, dann machen wir eine Bestandsaufnahme.«

Er entfernte sich und ging ins Zimmer nebenan.

Austin sank auf das Sofa. Allmählich fiel der ganze Druck von ihm ab, während zugleich die Erschöpfung sich seiner bemächtigte. Er trank einige Schlucke Wasser, wischte sich mit einem weichen, nach Lavendel duftenden Handtuch übers Gesicht und schloss die Augen.

Er würde das Finale gewinnen, das spürte er. Er wollte den Sieg, und er würde ihn erringen.

Als er die Augen wieder öffnete, stand ein seltsamer, gut sechzigjähriger, rotgesichtiger Typ vor ihm und sprach undeutlich in seine Richtung. Zweifellos ein Mikrofonassistent, den man entgegen der Vorschriften zu ihm vorgelassen hatte.

»Guten Tag«, sagte der Mann. »Hab erst gezögert, Sie aufzusuchen, bin aber zu dem Schluss gekommen, dass ich diese Geschichte nicht für mich behalten kann.«

»Wer sind Sie?«, fragte Austin ungeduldig.

Er hatte keine Lust anzuhören, was irgendein Unbekannter auf dem Herzen hatte.

»Ich bin Kameramann ... und folge Ihnen seit Jahren ...«

Fast schien er entrüstet, nicht erkannt worden zu sein. Die Leute waren manchmal sonderbar.

»Was wollen Sie?«

Der Mann kaschierte seine Verlegenheit, indem er wie ein Junge, der zum Schulleiter einbestellt wurde, von einem Fuß auf den andern trat.

»Nun ja, es geht mich zwar nichts an, aber ... ich glaube, dass man Ihnen einige schwerwiegende Dinge verschweigt.«

»Wovon reden Sie?«

Er wippte weiter hin und her.

»Na ... Ihr Trainer da ... Ich bin fest überzeugt, dass der Sie reingelegt hat.«

»Was meinen Sie damit?«

»Ich frag mich, ob er nicht von Jack Volshs Sponsor dafür bezahlt wird, Ihnen Knüppel zwischen die Beine zu werfen.«

Austin starrte ihn kurz an. Der Typ wirkte einfältig, aber aufrichtig.

»Das ist ein schlimmer Vorwurf. Wie können Sie sich erlauben, so etwas zu behaupten?«

Der Typ wich ein wenig zurück und errötete noch mehr.

»Ich denk mir nichts aus ... erzähl bloß, was ich gesehen

hab, das ist alles. Ich sag es in Ihrem Interesse, mir selber bringt's gar nichts …«

»Und was genau haben Sie gesehen?«

»Ihr Trainer, der hat sich kürzlich mit dem Sponsor von Jack Volsh unterhalten.«

»Das ist nicht verboten.«

»Schon, aber das ist nicht alles! Vorher hab ich nämlich gesehen, wie er 'ner Reporterin, die was Nettes über Sie berichten wollte, 'ne Abfuhr erteilt hat; die war ein echter Fan …«

Austin erstarrte.

»Und 'n anderes Mal hab ich mitgekriegt, wie er 'nem Journalisten Bescheid gesagt hat, auf eine Art – besser kann man sich keinen zum Feind machen. Er ist nicht auf Ihrer Seite, das schwör ich Ihnen. Geht mich ja nichts an, aber er ist schuld, dass die Presse Sie dauernd in die Mangel nimmt …«

Austin war verblüfft. Und wenn dieser Typ die Wahrheit sagte?

»Okay, das werden wir klären. Warren?«

Der Mann riss die Augen auf und wich kopfschüttelnd zurück, das Gesicht noch röter als zuvor.

»Nein, aber … rufen Sie ihn nicht … das geht mich doch nichts an …«

»Warren!«

Sein Gegenüber wandte sich zur Tür.

»Bleiben Sie da!«

Der Mann drehte sich um, in seinem scharlachroten Gesicht zuckte es.

Warren kam herein, mit einer Miene, als fühle er sich ertappt.

Mein Gott, dachte Austin, als er ihn sah. Der Typ hat die Wahrheit gesagt.

Er schaute seinem Trainer eine Weile in die Augen, bevor er das Wort ergriff. Irgendwo im Innern wollte er den Moment, da alles für immer zu kippen drohte, hinauszögern.

»Was hast du diesem Mann zu erwidern?«

Warren rührte sich nicht, blickte starr geradeaus.

»Nichts«, sagte er in eiskaltem Ton, ohne dem Denunzianten Beachtung zu schenken.

Austin konnte es nicht fassen. Etwas in seiner so geregelten, so wohlgeordneten Welt stürzte zusammen. Es war ganz und gar unbegreiflich.

Er konnte den Blick nicht lösen von seinem Trainer, der ihm unbeirrt standhielt.

»Sie können jetzt gehen«, sagte Warren schließlich zu dem Mann, der sich nicht lange bitten ließ.

»Schuldest du mir nicht vielleicht ein paar Erklärungen?«, fragte Austin in die Stille hinein.

Warren schüttelte seelenruhig den Kopf.

»Mein Auftrag besteht darin, dich zum Sieg zu führen. Alles Übrige ist meine Sache.«

Austin nickte langsam und verzog das Gesicht, ehe er explodierte.

»Gerade hab ich erfahren, dass du für Volsh arbeitest, und das geht mich nichts an?«

»Ich arbeite nicht für Volsh. Sein Sponsor ist ein alter Kumpel.«

»Und diese Geschichten mit den Journalisten, denen du Dinge erzählst, die mir schaden, was soll denn *der* Wahnsinn?«

»Du hast mir nur ein Ziel vorgegeben: dich erfolgreich zu machen.«

»Aber … die Journalisten … du weißt, wie sehr mich ihre Einstellung verletzt, ich …«

»In diesem Punkt hast du kein Ziel definiert.«

»Das ist kein Grund, …«

»Alles, was ich tue, dient nur einem Zweck: deinem Erfolg.«

»Aber …«

Plötzlich sah Austin klar.

Endlich begriff er, und die Erkenntnis war derart ungeheuerlich, dass er sie wie eine schallende Ohrfeige empfand.

Mit zugeschnürter Kehle fixierte er seinen Coach. Er spürte das Blut in den Schläfen pochen, den Schweiß aus jeder Pore schießen.

Er nahm seine Tasche, beeilte sich, nach draußen zu kommen, und stürzte in die Limousine, die auf ihn wartete.

36

Ryan prustete los, als er den am Vorabend geposteten Kommentar von Gigi21 las.

Wer war denn diese blöde Kuh?

Wie kann man so naiv sein, in der Dummheit einen Ausdruck von Menschlichkeit zu sehen? Die ist echt gut! Oder ihr Gerede soll sogar heißen, dass die Dummheit das Kernstück der Menschlichkeit darstellt …

Er setzte die Lektüre der immer zahlreicheren Kommentare zum letzten Video fort und stellte verärgert fest, dass andere Internetbenutzer den Standpunkt der blöden Kuh teilten. Leider zeigten die ihre Macken nicht in der Öffentlichkeit, auch das hätten Themen sein können, die seinen Vorrat an Filmmaterial bereicherten.

Anschließend befasste er sich mit den statistischen Analysen, schaute nach, wie oft welche Seite seines Blogs angeklickt worden war. Jene mit den Videos über Jonathan hatten den größten Erfolg, und – interessantes Phänomen – auch seine früheren Videos zogen jetzt mehr Publikum an. Offenbar schätzten die Leute diesen Trottel und verlangten nach weiteren Episoden.

Er würde sie ihnen liefern.

* * *

Nichts.

Gary schaute flüchtig die knapp zehn Kuverts durch, die er gerade aus dem Briefkasten geholt hatte. Der kleine beigefarbene Umschlag war nicht dabei, obwohl er ihn in der Hand des Briefträgers gesehen hatte. Bei diesem Anblick hatte sich sein Herz zusammengezogen.

Er öffnete noch einmal den schmalen Kasten und schob die Hand hinein. War nicht immer praktisch, so dicke Pfoten zu haben. Er betastete die Innenwände aus kaltem Metall – und spürte ihn plötzlich. Der Umschlag war im hinteren Spalt stecken geblieben, so als weigere er sich, ausgeliefert zu werden. Gary zog ihn heraus und zerkratzte sich dabei die Finger. Letzter Versuch des Gegenstands, sich zu widersetzen. Dann schob er ihn zwischen die anderen Briefe, umschloss den Stapel mit der Linken und durchquerte das Geschäft, ohne den Kleinen am Frühstückstisch Beachtung zu schenken. Ausnahmsweise brach der Grummelbär mit der Gewohnheit, sich einen Kaffee zuzubereiten; stattdessen ging er gleich in den Hof und setzte sich auf seinen Plastikstuhl.

Er hätte sich darauf einstellen sollen, dass derzeit seltsame Dinge in seinem Leben geschahen. Doch als er den Umschlag aufriss, zitterten seine Hände.

Deine Eltern haben Dich geliebt, konnten es Dir aber nicht sagen.

Gary schüttelte den Kopf. Irgendwie hatte er damit gerechnet. Dies war die logische Folge der früheren Schreiben.

Er seufzte, las den Satz wieder und wieder. Mit einem Mal brach er in Tränen aus, ohne zu wissen, warum.

Es war, als stiegen unbekannte, unbegreifliche Aspekte seiner selbst an die Oberfläche. Vergleichbar jenen Luftblasen, die entstanden, wenn er zu viel Backpulver in den Teig mischte: Sie wallten auf, wallten immer weiter, und dann bekam die Kruste plötzlich überall Risse.

So kamen ihm allerlei wirre Bilder in den Sinn. Seine Frau, von der er sich nie geliebt gefühlt hatte; seine Kinder, die nie liebevoll mit ihm umgingen; seine Kunden, gefühllos und unfreundlich bis vor wenigen Tagen. Dann der improvisierte Tisch auf dem Bürgersteig neben seinem Laden, mit Krümeln von Muffins übersät, und dieses große, auf die Papierdecke gezeichnete Herz, darin die Worte: *Geschenk von Gary.*

Unversehens, wider Erwarten, kehrte eine ältere Erinnerung zurück. Er war vierzehn, Lehrling bei einem Meisterbäcker, noch bartlos, schlank, von Kopf bis Fuß in Kleidung aus weißer, dicker und aufgerauhter Baumwolle gehüllt. Drei Uhr in pechschwarzer Nacht. Das Mehl stäubte überall, bedeckte den Boden, die Haut und bleichte die Haare. Betörender Duft von warmem Brot. Der riesige Backofen mit seinen knisternden Holzscheiten. Als er ihn öffnete, schienen die Tore der Hölle vor ihm aufzuklaffen, und die Hitze der Flammen brannte wie ein Feuersturm im Gesicht.

Der Meister hatte ihm das Geheimnis seiner französischen Gesellen anvertraut: Sauerteig lässt sich genauso wenig bändigen wie alles Lebendige, sagte er. Aber er hängt von dir ab, wie auch du von ihm abhängst. Wenn es dir nicht gut geht, wenn du in trüber Stimmung oder nicht wirklich bei der Sache bist, dann geht er nicht auf. Was immer du dagegen unternimmst, ist zum Scheitern verurteilt. Du kannst ihn stundenlang kneten, die Raumtemperatur oder die Luftfeuchtigkeit verändern, es hat keinen Zweck. Doch wenn du wohlauf bist und glücklich in deinem Tun, wird der Sauerteig, wie du, herrlich gedeihen, und das Wunder nimmt seinen Lauf …

Gary hatte den Meister schließlich verlassen und sich für Backpulver entschieden.

Derlei Erinnerungen tauchten auf und vermischten sich ohne erkennbaren Grund. Sein Kopf glich einem Trödelladen, einem Schlupfwinkel, in dem Bruchstücke seiner Vergangenheit aufblitzten, Leiden, Gewissensqualen, Demütigungen …

Aus diesem Feuerwerk der Bilder, dem Stimmengewirr und den verschwommenen Gefühlen ging unvermittelt eine Vorstellung hervor und gewann immer deutlicher an Kontur – wie einst die Fotografien, die, wie durch Zauberhand, auf dem Papier im Entwicklerbad allmählich Gestalt annahmen. Eine Vorstellung, welche die Irrtümer seines ganzen Lebens auf einen Nenner brachte: Als Junge war er fest davon überzeugt gewesen, dass die anderen kalt und bösartig seien.

Später hatte er herausgefunden, dass es auch höfliche, gute, liebevolle Menschen gab. Aber sie waren nicht für ihn bestimmt. Er zog die grässlichen Typen an, die Nörgler, die Schwierigen. Das war sein Karma, sein Schicksal, an dem er seit jeher zu tragen hatte.

Jetzt dämmerte ihm, dass die anderen weder liebevoll noch gemein, weder gut noch schlecht waren. Ein jeder barg diese und alle übrigen Gegensätze in sich. Was die Leute zum Ausdruck brachten, hing davon ab, was er selbst zum Ausdruck brachte, als reagiere ein Teil von ihnen auf einen Teil von ihm. Ihre Einstellung war nur ein Spiegel der seinen.

Er wischte sich die Tränen ab, verharrte lange reglos auf seinem Stuhl im Hof, während die Erinnerungen in ihm hochstiegen und er sein Leben im Licht der soeben gemachten Entdeckung Revue passieren ließ.

Dann rief er nach seinen Kindern.

Keine Antwort.

Er rief lauter, und sie erschienen auf der Türschwelle.

Sie wirkten verängstigt. Das beschämte ihn.

Er winkte sie zu sich heran.

Langsam setzten sie sich in Bewegung. Neben ihm angekommen erstarrten sie. Also legte er die Arme um sie und presste sie an sich.

37

Mitternacht. Vergeblich wälzte sich Angela in ihrem Bett von einer Seite auf die andere. Sie konnte nicht wieder einschlafen. Bis zum Überdruss käute sie die schrecklichen Kommentare wieder, die sie auf dem Blog über Jonathan gelesen hatte, und war in ihrer fiebrigen Nervosität ganz allein.

Denk an was anderes, sagte sie sich.

Sie musste zur Ruhe kommen, das alles vergessen. Sie würde im Laufe des Tages noch einmal darüber nachdenken, falls ihr danach wäre, aber jetzt galt es zu schlafen.

Sie zwang sich, eine Wiese zu visualisieren, mit Feldblumen in vielerlei Farben, kleinen Hasen, die durchs Gras hüpften …

Genau, das tut gut, mach weiter so, und du wirst schnell einschlafen.

Die Blumen, die … Plötzlich sah sie vor dem inneren Auge noch einmal das Video, in dem ein Mann erzählte, dass er die Blumen in seinem Garten esse, und das ihr so tiefes Unbehagen bereitet hatte. Ein Video ohne Jonathan, in dem nichts Besonderes passierte, nichts Schockierendes. Sie hatte es zweimal angeschaut, ohne die Ursache ihrer Irritation aufspüren zu können.

Das war nicht normal. Es musste einen Grund geben, und sie würde ihn finden. Etwas in ihr drängte sie dazu, erteilte ihr den Befehl, weiter zu suchen. Als hätte eine innere Stimme gesprochen, als verschaffe eine Ahnung sich Gehör.

Schlaf. Das wirst du morgen erledigen. Jetzt schlaf einfach. Denk an die Natur, die kleinen Hasen …

Sie zwang sich, tief und langsam durchzuatmen, sich zu entspannen.

Nein, es nutzte nichts. Da nun das Video in ihrem Kopf ablief, würde sie nicht mehr einschlafen können, daran bestand kein Zweifel. Besser, sie löste das Problem sofort, auf die Schnelle.

Sie streckte die Hand aus, knipste die Nachttischlampe an und stand auf.

Im Vorbeigehen warf sie einen Blick in Chloés Zimmer. Die Kleine schlief in einer kaum vorstellbaren Haltung, ein Bein hing aus dem Bett. Angela zog die Tür zu, um ihre Tochter nicht aufzuwecken.

Sie ging nach unten ins Wohnzimmer und schaltete den Computer ein. Der Bildschirm warf sein fahles Licht in den nachtstillen Raum. Sie setzte sich, spürte an den nackten Schenkeln das kalte Leder des Stuhls.

Schnell fand sie den Blog wieder. Gern hätte sie den kleinen Mistkerl, der dafür verantwortlich war, vor sich gehabt und ihm ins Gesicht gesagt, was sie von seinen menschenverachtenden Spielereien hielt. Denn sicherlich handelte es sich um einen Mann. Eine Frau würde sich nie dazu herablassen, solche Dinge zu tun.

Sie konnte nicht umhin, erst einmal auf die Seiten mit den Videos über Jonathan zurückzukehren.

Mittlerweile gab es mehrere Kommentare, die in dieselbe Richtung gingen wie ihr eigener. Sie empfand einen Hauch von Genugtuung, ja Freude. Beim Überfliegen der Texte stellte sie fest, dass viele, sehr viele diesen unangemessenen Spott ebenso verurteilten wie sie. Seite um Seite sah sie immer weitere Sätze dieses Sinns vorüberziehen. Es war, als hätte sie unabsichtlich eine Protestwelle ausgelöst, als hätten die Leute sich verabredet, die Webseite zu besuchen und dort ihrer Entrüstung Ausdruck zu verleihen. Sie machten sich über Jonathan nicht mehr lustig, sondern erkannten im Gegenteil den Wert seiner Handlungen. Das gab ihr ein intensives Gefühl von Vergeltung, von Gerechtigkeit.

Daraufhin suchte sie das fragliche Video, was sich jedoch als schwierig erwies. Da der Blog nicht nach Schlagwörtern gegliedert war, klickte sie lange Zeit vergebens darin herum.

Als sie das Standbild irgendwann doch entdeckte, startete sie den Film und konzentrierte sich auf den Ablauf der Szene. Das Ganze dauerte kaum dreißig oder vierzig Sekunden; am Ende empfand sie erneut dieses unerklärliche Unbehagen, das ihr so zugesetzt hatte, diese schmerzliche, unbegreifliche Angst.

Und wenn das Video ein unterschwelliges Bild enthielt? Ähnlich jenen sexuellen Anspielungen, die Werbefachleute heimlich in ihre Spots einfügen, um unsere Aufmerksamkeit zu erregen, ohne dass wir sie bewusst wahrnehmen?

Sie beschloss, die Sequenz noch einmal Bild für Bild anzuschauen, indem sie immer wieder auf den kleinen Pfeil rechts unten klickte.

Die Szene lief langsam ab, ruckartig, und bei jedem Bild betrachtete Angela mit wachen Sinnen alle Elemente, aus denen es sich zusammensetzte. Die nächtliche Kühle ließ sie frösteln, und sie bedauerte, nicht ein wenig mehr anzuhaben.

An einer Stelle erspähte sie im Hintergrund ein Gesicht, das ihr sofort vertraut vorkam – es war das der Bedienung im Café. Sie erschien auf sieben aufeinanderfolgenden Bildern, ohne dass Angela ihr Beachtung geschenkt hätte, als der Film mit normaler Geschwindigkeit lief.

Schritt für Schritt schaute sie weiter. Kurz vor Ende der Sequenz hatte sie noch immer nichts Auffälliges bemerkt. Jedenfalls war es nicht der Anblick der Bedienung, der sie beunruhigt hatte. Sie wusste wohl, dass der Blogger an dem Ort filmte, den sie schon in den Videos über Jonathan wiedererkannt hatte.

Plötzlich entfuhr ihr ein Schrei.

In der Ecke hinter einem der beiden, die sich da unterhielten, sah man – unscharf, aber deutlich zu erkennen – die Gestalt des Callgirls. Und, ihr zugeneigt, das lächelnde Profil von Michael.

Angela konnte sich nicht lösen von diesem bedeutungsschweren Bild.

Schnell, das Datum.

Das Video stammte vom 7. April.

7. April … der Tag vor ihrer Trennung, nachdem sie diese junge Frau halbnackt in Jonathans Gesellschaft erwischt hatte.

Sie biss sich auf die Lippen, und ihr Herz krampfte sich zusammen: An jenem Tag hatte Michael sie gedrängt, früher als üblich nach Hause zurückzukehren.

»Du bist müde«, hatte er gesagt, »geh heim, das wird dir guttun.«

* * *

Verblüfft schüttelte Ryan den Kopf. Die Zahl der Kommentare, die zugunsten Jonathans ausfielen, stieg von Tag zu Tag rapide an. Darüber hinaus verzeichnete die Zahl derer, die den Blog besuchten, ein exponentielles, einfach unglaubliches Wachstum. Jonathans Anhänger leiteten die Nachricht weiter und lösten damit eine sagenhafte Mundpropaganda aus, einen wahnwitzigen Hype. Das war nicht mehr eine Welle der Unterstützung, sondern ein Tsunami.

Ryan war schwindlig. Er, der diesen Blog monatelang für einige Dutzend Leute bestückt hatte in der Hoffnung, jeden Tag ein paar dazuzugewinnen, wurde von den Ereignissen förmlich überrollt. Dass sein Versuch, die menschliche Dummheit in Szene zu setzen, die gegenteilige Wirkung hervorgerufen und dem Blog eine völlig neue Richtung gegeben hatte, war ärgerlich, aber nicht dieser Umstand bereitete ihm Sorgen. Das eigentliche Problem lag woanders.

Das Ausmaß der Begeisterung hatte eine erschreckende, irrationale und unkontrollierbare Seite. Als habe eine ganze Armee von Idioten mobilgemacht und marschiere nun auf ihn zu, um einen der ihren zu verteidigen und unterwegs immer mehr Freiwillige in ihre Reihen aufzunehmen.

Er analysierte die Zahlen genauer, um sich zu beruhigen. Aber die Zahlen hatten nichts Beruhigendes. Innerhalb weniger Tage war die Besucherzahl auf über eine Million geklettert, und wenn man die Kurven verlängerte, würde sie bis Ende der Woche bei drei Millionen liegen oder vielleicht noch höher …

Er wandte sich wieder den Kommentaren zu, wollte die Ursache dieser Massenbewegung besser verstehen.

Die Leute überboten einander mit Superlativen, um Jonathan zu beschreiben. Nach ihrem Dafürhalten verkörperte er ein Gegenbild zum System, war ein freier Mensch, der jenseits der gesellschaftlichen Normen seinen Weg ging, ein Altruist im Land der Individualisten, ein positiver Rebell, ein Überlebender der kollektiven Neurose, ein einsamer Widerstandskämpfer ...

Anhänger unterschiedlichster Lager stimmten überein: Linke sahen in Jonathan einen Humanisten und lobten sein leidenschaftliches Engagement für Solidarität, Rechte schätzten seinen Sinn für persönliche Initiative und seine Nächstenliebe. Atheisten begrüßten die laizistische Großzügigkeit, während Gläubige seine Taten als Erfüllung eines göttlichen Auftrags betrachteten und in hohen Tönen würdigten, wie er dank der außergewöhnlichen Fähigkeit, einfach zu verschwinden, der Versuchung widerstand, wenn eine Frau ihren libidinösen Blick auf ihm ruhen ließ. Buddhisten wiederum betonten seine äußerst achtenswerte Loslösung von allem irdischen Schein.

Jeder hatte etwas dazu beizutragen – seine Ansicht, seine Erklärung, seine Analyse –, jeder interpretierte Jonathans Handlungen auf der Grundlage der eigenen Überzeugungen und Werte. Jeder nahm ihn in Beschlag, bemächtigte sich seiner Person.

Ryan bekam es mit der Angst zu tun.

In einem Winkel seines Gehirns blinkte jetzt ständig ein rotes Licht: Diese Videos waren durch und durch illegal. Verletzung der Privatsphäre. Von einem Tag auf den anderen, zu dieser oder jener Stunde würde irgendjemand Jonathan oder ein weiteres seiner Opfer wiedererkennen. Und dann steckte er wirklich im Schlamassel, bis zum Hals.

38

»Dieser Mistkerl hätte fast unser Leben zerstört, und dein einziger Vorschlag besteht darin, ihm unsere Anteile zu verkaufen und das Feld zu räumen?«

Wutentbrannt ging Angela in Jonathans Wohnzimmer auf und ab. Er saß vor seinem Computer, auf dem Monitor das Bild mit Michael und dem Callgirl. Die Entdeckung des Blogs und der Videos übte auf ihn eine seltsame Wirkung aus. Jonathan hatte nicht viel dazu gesagt, aber sie kannte ihn gut genug, um zu wissen, dass er zutiefst aufgewühlt war.

»Auf wen bist du eigentlich am meisten wütend?«, fragte er schließlich mit auffallend ruhiger Stimme.

»In diesem Moment auf ihn, weil er uns das angetan hat, aber genauso auch auf dich, weil du einfach darüber hinwegsehen willst!«

Jonathan hob den Blick zu ihr.

»Ist das alles?«

In einer Anwandlung von Ohnmacht ließ sie die Arme sinken.

»Wenn es das ist, was du hören willst«, erwiderte sie in gedämpfterem Ton: »Ich werfe mir vor, dir damals nicht geglaubt zu haben, aber das ist kein Grund, Michael ungeschoren davonkommen zu lassen!«

Er schwieg einige Sekunden und seufzte dann.

»Man darf nicht mit jemandem zusammenbleiben, der einem Schaden zufügt. Die klügste Entscheidung ist die, sich zurückzuziehen.«

»Aber er ist derjenige, der sich zurückziehen muss!!!«

»Wir verfügen über keinerlei juristische Mittel, ihn dazu zu zwingen.«

Angewidert schüttelte sie den Kopf.

»Wir werden ihm doch nicht unsere Anteile verkaufen, bloß weil er seit Langem darauf spekuliert! Deshalb hat er seinen Coup ja geplant und ausgeführt. Um ein Haar wäre dadurch unsere Beziehung, unsere Familie zerbrochen, und du willst ihm auch noch ein Geschenk machen?«

»Auf jeden Fall bleibt uns kaum eine Wahl. Keine Ahnung, wem wir die Anteile sonst verkaufen könnten. Einen Investor findet man nicht von heute auf morgen. Wenn du also Michael nicht weiterhin jeden Morgen sehen möchtest, Monat für Monat ...«

»Allein schon die Vorstellung bringt mich auf die Palme!«

Jonathan seufzte erneut.

»Lass ihn, er weiß nicht, was er tut.«

»Er ist ein Gauner.«

»Ich denke, er ist eher zu bedauern, als zu beneiden.«

Verdrossen schüttelte sie den Kopf.

»Ich habe keine Lust, mich damit herumzuschlagen«, fuhr Jonathan fort. »Ich will nicht den Rest meines Lebens im Konflikt verbringen.«

Angela runzelte die Stirn.

»Warum sagst du das? Ich verlange doch nicht, dass du bis ans Ende deiner Tage Rache nimmst ...«

Er wich der Frage aus. Es war nicht der Moment, ihr von der Prophezeiung zu erzählen.

»Gehen wir, ich werde eine Lösung finden. Ich weiß zwar noch nicht, welche, verspreche dir aber, dass ich ihn dazu bringen werde, seine Gaunereien zu bereuen.«

* * *

Eine halbe Stunde später suchten sie sich auf der Caféterrasse einen Platz, um zu Mittag zu essen. Etwas weiter entfernt strömten Menschen zusammen und nahmen bald fast den ganzen Platz ein. Sie näherten sich, bis einer plötzlich rief: »Das ist er!« Die anderen Gäste drehten sich nach Jonathan um, der vor Verblüffung erstarrte, während eine Meute von Journalisten, Kameramännern und Mikrofonassistenten sich auf ihn stürzte.

* * *

Welchen Wert hatte unter solchen Bedingungen der Erfolg?

Seit dem Vortag kreiste diese Frage durch den gequälten Geist von Austin Fisher. Nachdem die Strategie seines Trainers ans Licht gekommen war, fühlte er sich unsagbar niedergeschlagen und mit Überlegungen konfrontiert, die ihm bisher nie in den Sinn gekommen waren.

Man demütigte ihn, damit er aufbegehrte, stachelte sein Selbstwertgefühl an, damit er den Sieg davontrug …

Das war es also.

Eine weitere Frage verfolgte ihn, marterte ihn, ging ihm nicht aus dem Kopf: Wäre er ohne jene Strategie erfolgreich gewesen? Hätte er Glanztaten vollbracht, wenn seine narzisstischen Leiden nicht geschürt und damit frühere Verletzungen aufgerissen worden wären, um seinen Rachedurst zu steigern, das krankhafte Bedürfnis, den anderen seine Qualitäten zu beweisen?

Über den Fernsehschirm in einer Ecke des Zimmers flimmerte während einer Nachrichtensendung das Bild eines Prominenten. Austin atmete tief durch, um seine Anspannung zu lösen.

Ist der Erfolg den Neurotikern vorbehalten? Braucht man ein schwer angeschlagenes Ego, um in sich die übermenschliche Willenskraft zu entdecken, die für Höchstleistungen unerlässlich ist?

Angesichts der großen Zahl von Psychopathen in Regierungsämtern und Führungspositionen der Wirtschaft schienen ihm diese Fragen durchaus berechtigt …

Er öffnete die Fensterfront, die auf seine private Terrasse mit dem Swimmingpool ging. Die Sorgen drangsalierten ihn so sehr, dass er zu ersticken glaubte, trotz der irrwitzigen Dimensionen der Villa, die man für ihn reserviert hatte. Wütend versetzte er der Glaskaraffe auf dem Couchtisch einen heftigen Tritt. Sie flog durch den Raum und zerbarst auf dem Marmorboden in tausend Splitter.

Luxus ist die Entschädigung für ein verkorkstes Selbstwertgefühl.

Austin stieß einen tiefen Seufzer aus. Er musste sich fangen, seine metaphysischen Überlegungen auf einen späteren Zeitpunkt verschieben.

Nach dem Finale.

Er öffnete eine Mineralwasserflasche und trank einen Schluck, ohne dem Kristallglas auf dem Silbertablett Beachtung zu schenken. Vor ihm hoben sich die feinen Stores in der leichten Brise. Im Fernsehen lief noch einmal die Reportage, die er schon wenige Stunden zuvor kurz angeschaut hatte – die Geschichte von dem Typen, der im Internet zunächst verspottet und dann plötzlich von einer Welle der Sympathie getragen worden war und den nun alle beweihräucherten. Mit einem Ohr lauschte Austin dessen Ausführungen über das Leben, den Wert unserer Worte und Taten, unser Verbundensein mit den anderen, die Unsinnigkeit des Wettbewerbs …

Ich liebe es, sagte er zu den Journalisten, *mit den anderen in Einklang und mit mir selbst in Frieden zu sein. Ich fühle mich wohl, wenn meine Handlungen zum Ausdruck bringen, wer ich wirklich bin.*

Daraufhin wurde er gefragt, warum er für fremde Menschen solche Dinge tue.

Das Leben ist ein Spiel, erwiderte er. *Also spiele ich, gehe Risiken ein …*

An späterer Stelle erklärte er: *Es tut mir gut, etwas Gutes zu tun.*

Obwohl Austin um Lichtjahre von derlei Betrachtungen entfernt war, fanden sie in ihm doch einen Widerhall und passten auf merkwürdige Weise zu seiner Situation. Sie erschütterten die klaren Ziele, die er sich mit eiserner Entschlossenheit vorgegeben hatte. Bisher …

Denn er kam sich jetzt vor wie ein Kompass, der infolge einer Katastrophe nicht mehr nach Norden zeigt.

Warum sollte er diese Äußerungen gerade heute hören, in dem schrecklichen Zustand, der ihn seit gestern peinigte? Weshalb brachte das Leben derartige Übereinstimmungen hervor, eine solche Gleichzeitigkeit?

Er ging hinaus auf die Terrasse, legte die Kleidung ab und sprang in den Swimmingpool.

Die belebende Kälte des Wassers hüllte ihn ein. Mit angehaltenem Atem tauchte er durch das Becken und hob den Kopf wieder an die Luft.

Er würde dieses Match gewinnen. Allein. Zweifellos wäre er der einzige Spieler der Welt, der sich ohne seinen Trainer auf das Finale eines Grand-Slam-Turniers vorbereitete. Aber er würde triumphieren – indem er zum Ausdruck brachte, wer er wirklich war, ohne sich unsauberer psychologischer Tricks zu bedienen. Der Sieg wäre der seine, ganz der seine.

39

Mit den anderen in Einklang, mit mir selbst in Frieden.

Die von Jonathan ausgesprochene Formel kehrte in sämtlichen Interviews wieder, wie ein Mantra, wie ein Leitmotiv.

Ryan konnte das Interesse der Medien an seinem Opfer noch immer nicht begreifen. In dieser Hinsicht hatte die überstürzte Schließung seines Blogs nichts genutzt. Allzu lange hatte er damit gewartet; während dieser Zeit hatten skrupellose Internetsurfer die Videos geraubt und auf YouTube und einer ganzen Reihe weiterer Webseiten hochgeladen. Jonathans Formel wurde vielerorts übernommen.

Mit zugeschnürter Kehle und einem Kloß im Magen hatte Ryan den Blog von den Hosting-Servern in Minneapolis deinstalliert und seine elektronischen Spuren sorgfältig verwischt. Eine Frage der Sicherheit, des Überlebens. Doch was für eine Verschwendung! Nun fühlte er sich enteignet, seiner einzigen Quelle der Freude beraubt. Er langweilte sich wie ein Politiker, der seine Mauscheleien eingestellt hat.

Seine Gerätschaften hatte er an ihrem Platz gelassen, ohne sie wieder anzurühren, als handele es sich dabei um einen amtlich versiegelten Tatort. Die leblosen Kameras auf ihren Stativen ähnelten riesigen ausgestopften Insekten.

Mittlerweile sah Ryan oft fern, wie wahrscheinlich all jene

Idioten, die er gefilmt hatte. Er musste eine andere Aufgabe finden, sonst würde er noch so enden wie sie.

* * *

Der Dunst widersetzte sich seiner Auflösung, als hätte die Sonne beschlossen, den ganzen Tag über zu faulenzen. Die Glocke bimmelte, und die Straßenbahn hielt. Jonathan stieg aus. In der feuchtwarmen Luft ahnte man die verheißungsvollen Düfte des Meeres.

Er ging die breite Straße hinauf. Obwohl die Sommerferien vorbei waren, tummelten sich weiterhin viele Touristen in der Stadt und genossen die so angenehme Nachsaison. Die Straßenbahn überholte ihn, nahm schnell und fast geräuschlos den Hügel in Angriff. Die Büroräume des Anwalts, der mit dem Verkauf der Versicherungsgesellschaft beauftragt war, lagen ganz in der Nähe. Falls sich die Unterredung nicht allzu sehr in die Länge zog, würde er Angela anrufen. Vielleicht konnte sie kommen und mit ihm hier in der Gegend ein Glas trinken.

Ruhig ging er seines Weges, bis ihm plötzlich das Blut in den Adern gefror und er abrupt stehen blieb: Nur wenige Meter vor sich sah er jene Zigeunerin, die ihm das baldige Ende seines Lebens prophezeit hatte. Es war die Jüngere der beiden, die er nicht hatte wiederfinden können. Sie saß mit geschlossenen Augen unter einem Baum am Straßenrand und schien eingedöst zu sein.

Verstört durch die Gefühle, die in ihm aufwallten, verharrte Jonathan auf der Stelle und betrachtete die Frau erschrocken. Dann fasste er sich und schritt leise auf sie zu. Sie musste seine Gegenwart gespürt haben, denn im Nu öffnete sie die Augen. Sie zeigte keine Reaktion, versuchte nicht zu fliehen wie beim letzten Mal. Im Gegenteil, sie blieb unter ihrem Baum sitzen und schaute ihn wortlos an. Er war es schließlich, der das Schweigen brach.

»Ich wollte dich wiederfinden nach unserer Begegnung …«

Sie reagierte nicht, sondern fixierte ihn weiterhin aus ihren großen Augen in der Farbe der Finsternis.

»Ich wollte mit dir reden … um mehr zu erfahren.«

Schweigen.

»Schließlich habe ich deine Schwester getroffen … Sie hat mir … deine Vorhersagen bestätigt.«

Die junge Zigeunerin blieb ungerührt. Ihre Miene war ernst, aber er glaubte, im Dunkel ihres Blicks einen Schimmer von Mitgefühl zu erspähen.

Hinter ihm auf dem Bürgersteig gingen Leute vorbei, Autos fuhren die breite Straße hinauf und hinunter, und bisweilen spürte er den stillen Windzug einer Straßenbahn im Rücken. Doch all das Treiben schien ihm fern, abseits, als seien sie und er in einer Blase, abgeschnitten vom Rest der Welt.

»Hast du mir etwas zu sagen?«, fragte er endlich, ohne recht zu wissen, was er sich von ihrer Antwort erhoffte.

Sie starrte ihn einfach nur an, unnahbar, verschlossen. Und dann sagte sie, wider alle Erwartungen, in einem Ton, darin noch das Urteil nachhallte, das sie damals über ihn gefällt hatte: »Frag deine Tante.«

40

Matchball.

Mit einer flinken Handbewegung wischte sich Austin den Schweiß von der Stirn, bevor er ihm in die Augen lief.

Reiß dich zusammen. Du wirst gewinnen, sagte er sich.

Die Spannung war im Publikum zu spüren wie unter einem gewittrigen, derart trockenen Himmel, dass man jederzeit damit rechnet, um sich her Funken aufsprühen zu sehen. Vor jedem Ballwechsel husteten die Zuschauer auf den Rängen, als wollten sie sich so von ihrem inneren Druck befreien.

Seit fast vier Stunden kämpfte Austin in sengender Hitze, ohne das kleinste Anzeichen von Erschöpfung. Während eines Spiels war sie ihm fremd. Sein ganzes Wesen war darauf ausgerichtet zu triumphieren, und er fühlte allein die unwiderstehliche Anziehungskraft des Sieges.

Das Finale gestaltete sich schwieriger als erwartet, ja, es stand auf Messers Schneide. Volsh hatte, genau wie er, zwei Sätze gewonnen, und nun trafen sie bei 6:6 im fünften Satz aufeinander. Im Tiebreak führte Austin 6:5, aber Volsh schlug auf. Wenn er diesen Punkt verlor, gewann Austin das Match, das Turnier und seinen Platz in den Geschichtsbüchern des Tennis. Erzielte hingegen der andere drei Punkte hintereinander, war die Trophäe ihm sicher. Während seiner gesamten Karriere hatte Austin noch keine so gefährliche Situation erlebt, in der alles sich im letzten Moment entschied, als sei die ganze vierstündige Schlacht vergebens gewesen.

Volsh warf den Ball in die Luft und schlug wie ein Berserker zu.

»Netz!«, schrie der Schiedsrichter.

»Fehler!«, fügte er hinzu, nachdem der nächste Ball ins eigene Feld zurückgeprallt war.

Perfekt, dachte Austin.

Volsh ließ einen neuen Ball mehrmals aufspringen. Für einen Moment verzerrte ein nervöser Tick sein Gesicht zur Grimasse. Austin spürte, dass er diesen Punkt gewinnen würde.

Der zweite Aufschlag war schwächer als der erste.

»Doppelfehler!«, brüllte der Schiedsrichter. »Spiel, Satz und Sieg Austin Fisher!«

Im riesigen Stadion hallte rauschender Applaus, und alles ging sehr schnell. Leute überquerten die Absperrungen und strömten auf den Centre-Court. Volsh näherte sich dem Netz, um seinem Gegner zu gratulieren.

Austin aber blieb stehen. Bewegte sich keinen Zentimeter.

Er verharrte reglos, weil er es wusste.

Er wusste, dass Volshs Aufschlag nicht im Aus, sondern auf dem äußersten Rand der Linie gelandet war. Ein völlig korrekter Punkt.

Niemand hatte protestiert. Er war vielleicht der Einzige, der es gesehen und nicht den Hauch eines Zweifels hatte.

Nun geriet er in ein schreckliches Dilemma: Schweigen und als größter Tennischampion aller Zeiten in die Geschichte eingehen – oder die Wahrheit sagen und das Risiko auf sich nehmen, alles aufs Spiel zu setzen. Und er musste sich sofort entscheiden, auf der Stelle.

Die technischen Mitarbeiter des Turniers trafen bereits Vorbereitungen, das Podium aufzubauen. Alle starrten auf Austin, verblüfft, dass er keinerlei Reaktion zeigte.

Rasend schnell überschlugen sich in seinem Kopf mehr oder weniger deutliche Bilder und Vorstellungen.

»Nein!«, schrie er plötzlich.

Unversehens trat eine unwirkliche Stille ein. Die Zuschauer erstarrten wie ein einziger Mensch, als hätte Gott auf die Pause-Taste gedrückt.

Austin ging auf den Schiedsrichter zu, der ihn ebenso verdutzt anschaute wie die zweiundzwanzigtausend stummen Zuschauer.

»Volshs Ball war gut.«

Ein Murmeln schwappte durch das Stadion.

Der Schiedsrichter beschloss, die Videoaufzeichnung zu Rate zu ziehen.

Das Murmeln schwoll an und steigerte sich zu einem wahren Getöse, das andauerte, bis der Schiedsrichter endlich das Mikrofon ergriff.

»Das Spiel wird fortgesetzt. Austin Fisher und Jack Volsh sind punktgleich, es steht 6:6 im Tiebreak des fünften Satzes.«

Unter den Zuschauern machte sich Erstaunen breit, während Austin an seinen Platz hinter der Grundlinie zurückkehrte – erfüllt von einem ungewohnten Gefühl, einem Stolz, der anders war als jener, den er früher empfunden hatte.

Die Erregung der Zuschauer war auf dem Höhepunkt angelangt, und der Schiedsrichter musste sie nachdrücklich zur Ordnung rufen. Erst dann kehrte abermals Stille ein. Eine elektrisierende Stille.

Austin bereitete sich auf seinen Aufschlag vor.

Einige letzte Schreie gellten.

Er warf den Ball hoch und schlug zu.

Der Ballwechsel dauerte etwa eine halbe Minute, sie lieferten sich einen verbissenen Kampf, an dessen Ende der Gegner den Punkt holte.

»7:6 Volsh«, verkündete die metallische Stimme aus den Lautsprechern.

Austin konzentrierte sich, nahm all seine Kraft zusammen, um sie im nächsten Aufschlag explodieren zu lassen.

Volsh retournierte mit ungeheurer Wucht und gewann auch diesen Punkt, ohne dass Austin den Ball noch berührt hätte.

Das Spiel war vorbei.

Austin vernahm die Bekanntgabe des Sieges, den der andere errungen hatte, mit einer großen inneren Ruhe, weit entfernt von jenem höllischen Schmerz, der ihm früher nach Niederlagen das Herz zerrissen hatte. Er beglückwünschte seinen Gegner und bedankte sich beim Schiedsrichter. Daraufhin nahmen die Dinge unaufhaltsam ihren Lauf. Einige Minuten später fand er sich auf dem Podium wieder. Er war völlig gelassen. Zwar bekam er nun nicht den Adrenalinstoß, der seine Siege mit einem verführerischen Glauben an Allmacht angereichert hatte, aber dafür spürte er aus tiefstem Innern ein bislang unbekanntes, authentisches und intensives Gefühl aufsteigen – das Gefühl von seinem wahren Wert, den er soeben unter Beweis gestellt hatte.

Unter Beifallsstürmen schwenkte der siegreiche Jack Volsh den Pokal. Als Austin die Auszeichnung für den Verlierer entgegennahm, sah er zum ersten Mal in seiner Karriere, wie das Publikum sich ihm zuliebe erhob und begeistert applaudierte.

41

Die Strecke von San Francisco nach Monterey schien kein Ende zu nehmen. Die Mitteilung der Zigeunerin hatte ihn zwar zutiefst erleichtert, doch spürte er nun ein gewisses Ressentiment, wenn er an seine Tante dachte.

Dieses Gefühl löste sich wie durch Zauberhand auf, als sein alter weißer Chevrolet ihr Anwesen erreichte und in die von Zypressen gesäumte Allee einbog, so als sei dieser Ort von einem unwandelbaren Wohlbefinden durchdrungen, jederzeit imstande, noch den gefährlichsten Drachen zu besänftigen.

Er stieg aus dem Wagen und ging auf das Haus zu, während der Kies unter seinen Schritten knirschte. Die Blumen waren weniger zahlreich als bei seinem letzten Aufenthalt, blaue Astern hatten rosafarbene Klematis ersetzt, und die Blätter des Ahorns färbten sich allmählich rot. Doch die Atmosphäre war unverändert, sanft, köstlich duftend und von einer zeitlosen Ruhe beherrscht. Weiter unten reckten die hundertjährigen Pinien wie seit jeher ihre Stämme empor, überragten den Ozean und dessen unergründliches Blau.

Margie erschien auf der Außentreppe, zeigte ihr gewohntes strahlendes und liebevolles Lächeln, und Jonathan konnte gar nicht anders, als sie fest in die Arme zu schließen.

Sie schlug ihm vor, den Tee im Garten einzunehmen, wo

sie gemütlich in bequemen Korbsesseln sitzen und den milden Nachmittag ausnutzen könnten. Jonathan wartete auf den richtigen Moment, um die Tante mit seinem Anliegen zu konfrontieren. Aber ihm fehlten die passenden Worte.

Margie stellte das Tablett mit einem reizenden Porzellanservice auf den niedrigen Tisch.

»Also, jetzt weißt du alles, nicht wahr?«, fragte sie nach einigen Minuten.

Jonathan, von diesem Vorstoß völlig überrascht, nickte zögerlich. Margie gehörte zu jenen intuitiven Menschen, die über ein außergewöhnliches Gespür verfügen und vor denen man im Grunde nichts verbergen kann.

Sie goss dampfenden Tee in die Tassen. Der Duft von Bergamotte breitete sich langsam aus.

Es wehte nicht die leichteste Brise. In der Ferne sah es so aus, als sei ein unbewegtes Segelboot auf die Leinwand des Meeres gemalt worden.

Die Zeit schien für immer in der Schwebe zu verharren.

»Das Bewusstsein des Todes ist für das Leben wesentlich«, erklärte sie mit sehr sanfter Stimme.

Ein gelber Schmetterling umflatterte sie, setzte sich auf ein Springkraut und schlug mit den Flügeln, ehe er erstarrte.

»Unsere Gesellschaft versinkt förmlich in der Leugnung des Todes«, fuhr sie fort und lehnte sich in ihrem Sessel zurück. »Man tut so, als existiere er nicht, und versteckt sich hinter metaphorischem Vokabular, um ihn zu bezeichnen. Wenn zum Beispiel ein alter Onkel stirbt, sagen wir, er sei fortgegangen, habe uns verlassen. Wir behaupten, ihn verloren zu haben, so als könnten wir ihn an der Straßenecke oder auf einem Süßigkeitenregal im Supermarkt wiederfinden.«

Jonathan lächelte.

»Wir verdrängen alles, was uns dem Tod näher bringt. Wir kaschieren die Spuren des Alters, sobald sie in Erscheinung treten. Wir schätzen ausschließlich die Jugend und ihre Vorzüge, nur diese tragen wir zur Schau, als sei Älterwerden etwas Beschämendes oder Erschreckendes. Selbst die Philosophen lassen sich liften und kultivieren ein jugendliches Aussehen!«

Bei dieser Vorstellung musste sie lachen.

»Und dennoch, fragt man die Leute, ob sie glücklich sind, antworten weitaus mehr Sechzig- als Zwanzigjährige mit Ja …«

Sie führte die Tasse an ihre Lippen.

»Früher sind die Leute auf dem Dorf jede Woche mit der Familie zum Friedhof gegangen, um den Vorfahren einen Besuch abzustatten. Man wandte sich innerlich an die Ahnen, sprach zu ihnen und erhielt letztlich immer eine Verbindung aufrecht. Etwas zwischen ihnen und uns konnte so überdauern. Und während die Erwachsenen die Ruhestätte und die Blumen pflegten, haben die Kinder auf den umliegenden Gräbern gespielt und so ganz beiläufig den Tod gezähmt.«

Margie trank einige Schlucke Tee, und Jonathan tat es ihr gleich. Die angenehme Wärme des Getränks durchströmte seinen Körper, und er entspannte sich.

»Heute ist die Leugnung des Todes überall zu beobachten«, fügte Margie hinzu. »Sie erklärt insbesondere die Besessenheit einiger, die Grenzen weiter hinauszuschieben, sei es auf der physischen oder der finanziellen Ebene, sei es im Hinblick auf Status, intime Beziehungen, Macht …

Ebendeshalb bewundert man in unserer Epoche erstklassige Sportler so sehr, die die üblichen Grenzen des Körpers hinter sich lassen, und Prominente, die aufgrund ihrer sozialen Stellung oder ihres Werks den Anschein von Unsterblichkeit erwecken …«

Sie setzte ihre Tasse ab.

»Doch paradoxerweise kann gerade die Bewusstmachung unserer Grenzen befreiend wirken. Indem wir sie voll und ganz akzeptieren, sind wir in der Lage, uns weiterzuentwickeln, unsere Kreativität zur Entfaltung zu bringen und sogar große Dinge zu leisten – im Wissen, dass die äußerste, die unumgängliche Grenze der Tod ist … Unser Leben beginnt eigentlich an dem Tag, da wir uns klar darüber werden, dass wir irgendwann sterben, und diese Einsicht vorbehaltlos bejahen.«

Der Schmetterling auf dem Springkraut flog fröhlich davon und versetzte die Blüte in eine leichte Schwingung.

Draußen auf dem Meer schien das Segelboot endlich von einer Brise ergriffen worden zu sein, die es ein Stück weitertrug.

Jonathan schwieg. Obwohl er seiner Tante das Leiden, das ihm durch die falsche Prophezeiung widerfahren war, immer noch ein wenig übelnahm, erkannte er doch tief im Innern, dass er nach der Überwindung seiner Angst vor dem Tod das Leben mehr zu schätzen gelernt hatte als je zuvor. So konnte er schließlich auch jene schwerkranken Leute verstehen, die manchmal dankbar sind für das Unheil, das sie heimgesucht hat.

»Das Bewusstsein des Todes ermöglicht die Befreiung von Illusionen«, sagte Margie. »Plötzlich merkt man, was im Leben wirklich Wert hat. Alles Übrige, das bisher unsere Aufmerksamkeit und unsere Energie aktivierte, wird mit einem Mal nebensächlich. Unsere Blindheit hat ein Ende, unsere Hirngespinste verschwinden. Man gestattet sich, man selbst zu sein, seine Gefühle auszudrücken und das zu erleben, was man erleben möchte.«

Sie schenkte Tee nach und ergriff erneut das Wort.

»Gut leben heißt, sich ohne Bedauern auf das Sterben vorzubereiten.«

Er pflichtete ihr stumm bei.

»Außerdem ist der Tod bestimmt gar nicht so schrecklich. Jeder hat seine Vorstellung davon, hegt diesbezüglich gewisse Überzeugungen. Aber auch wenn man die religiösen Deutungen beiseitelässt, gibt es mehr Gründe anzunehmen, dass er lediglich den Übergang in einen anderen Zustand darstellt, eine andere Form von Leben, als solche zu glauben, wir seien bloß Materie, die zu Staub zerfällt. Selbst die eingefleischtesten Verfechter dieser materialistischen Auffassung vom Leben sind außerstande, einen Beweis dafür zu liefern. Umgekehrt verfügen wir über unzählige, durchweg übereinstimmende Zeugnisse von Personen, die Nahtoderfahrungen gemacht haben. Sie alle beschreiben einen Zustand des Wohlbefindens, der Liebe, der Schönheit und des Lichts derart eindringlich, dass fortan keiner von ihnen sich noch vor dem Tod fürchtet.«

»Stimmt, ich habe einige ihrer Berichte gelesen.«

»Viele, die mit nahezu erloschenen Gehirnfunktionen in ein tiefes Koma gefallen und später auf unerklärliche Weise ins Leben zurückgekehrt sind, können das, was sich unterdessen abgespielt hat, ebenso genau schildern wie die Gespräche zwischen den Besuchern oder Medizinern – und manchmal sogar das, was sich in einem anderen Krankenzimmer zugetragen hat. Darüber hinaus haben etliche Chirurgen die Aussagen von Patienten gesammelt, die nach dem Aufwachen aus der Narkose ganz sachlich die Sätze des Pflegepersonals während der Operation zitieren und Gegenstände in einem Saal nebenan benennen konnten, in dem sie nie gewesen waren. Selbst materialistisch eingestellten Wissenschaftlern ist das schon passiert! Überflüssig zu betonen, dass sie daraufhin ihren Standpunkt überdacht haben ...«

Wieder lachte sie herzhaft, um schließlich ihr Fazit mitzuteilen.

»Sicherlich kann man aus solchen Erfahrungen keinen eindeutigen Rückschluss ziehen, aber es ist durchaus verlockend sich auszumalen, dass unsere Seele, die oft mit dem Gehirn gleichgesetzt wurde, nicht im Körper eingeschlossen ist, sondern sich gelegentlich davon befreien und – sobald der Tag kommt – ganz davon lösen kann.«

Diese Vision, an die auch er glauben wollte, zauberte ein Lächeln auf Jonathans Lippen. Margie war in Schweigen versunken. Der Garten, in eine feierliche Stille gehüllt, schien fast eingeschlafen. So tönte der Gesang eines Vogels besonders hell. Wenige Meter entfernt hatte sich eine Amsel mit tiefschwarzem Gefieder ins Gras gesetzt.

Plötzlich schoss ihm ein Gedanke durch den Kopf, und er wandte sich Margie zu.

»Mit der Zigeunerin bist du ein großes Risiko eingegangen. Ich hätte auch negativ reagieren können, und die Geschichte hätte ein böses Ende genommen ...«

Sie warf ihm das sonnigste aller Lächeln zu.

»Ich kenne dich gut genug, mein Lieber; ich konnte erahnen, wie du reagieren würdest. Vor allem aber«, sagte sie mit schelmisch funkelndem Blick und gedämpfter Stimme, als wollte sie eine Sünde beichten, »war ich sicher, dass du den Weg zu mir finden wirst!«

Jonathan betrachtete seine Tante, ihre schalkhaften Augen, ihr vor Glück strahlendes Gesicht. Sie war in der Tat eine beeindruckende Persönlichkeit.

Dann schweifte sein Blick über den Garten, und der erhabene Anblick, den die Pflanzenwelt bis zum Horizont bot, löste sich im Himmel auf. Der Westwind hatte sich erhoben und weitere Segelboote angelockt. Jonathan atmete tief durch. Die Meeresluft trug den Wohlgeruch der Ewigkeit in sich.

42

Die Wochen vergingen, und nach einer herbstlich kühlen Periode kehrte die milde Jahreszeit in Gestalt eines schönen Nachsommers zurück, der Balsam war für die Wunden der Bewohner und Touristen von San Francisco.

Der langen Nachmittage vor dem Fernseher überdrüssig hatte Ryan sich schließlich wieder seiner Kamera hinter den langen schwarzen Stores zugewandt. Seit Längerem filmte er nicht mehr, aber mit dem Kopfhörer des Hohlspiegelmikrofons auf den Ohren und einem Auge am Sucher beobachtete er die Gäste auf der Terrasse des Cafés und lauschte ihren Gesprächen. Warum er das weiterhin tat, war ihm nicht wirklich klar.

Er öffnete eine Coladose, nahm einen Schluck, wischte sich die feuchten Hände am T-Shirt ab und kehrte zu seinem Posten zurück.

Ein Porsche Cabriolet parkte in der Gasse ein, die auf den Platz führte. Michael stieg aus. Ryan verfolgte ihn mit dem Objektiv und lächelte: Zum ersten Mal seit zwei Wochen verzichtete Michael darauf, sich nach wenigen Schritten umzudrehen, als sei er besessen davon, einen weiteren Blick auf seine Luxuskarosse zu werfen.

Er setzte sich an einen Tisch und schaute in die Runde, um festzustellen, ob er den Leuten aufgefallen war. In diesem Punkt hatte er sich nicht geändert. Er gab dem Kellner ein Zeichen.

Ryan zoomte.

»Einen Kaffee.«

Der Kellner nickte und entfernte sich.

Erneut suchte Michaels Blick die Terrasse ab und verharrte dann, fast reglos, wie verloren, in der Leere.

Der Kellner setzte die Tasse ab und verschwand.

Seit einigen Wochen saß Michael immer allein an seinem Tisch, trank seinen Kaffee isoliert, ohne Begleitung.

Dieser Anblick hatte für Ryan etwas Beunruhigendes. Als hege er zum ersten Mal in seinem Leben Mitgefühl für jemanden, versetze sich in dessen Lage und verspüre seine Einsamkeit in sich selbst.

Er vergrößerte den Bildausschnitt. Die Terrasse war nahezu vollständig besetzt. Viele Touristen, manche ein bisschen ungehobelt, andere mit nicht gerade schlauer Miene.

Ein leerer Tisch.

Neuerdings hatte er, wenn er einen freien Tisch sah, fast Lust, hinunterzugehen und dort Platz zu nehmen, einfach so, inmitten all der Leute. Da er sie ständig durch das Objektiv beobachtet hatte, war er vielleicht schon ähnlich dumm geworden wie sie.

Ein schwarzer Fleck auf der rechten Seite.

Eine Art Zigeunerin, schlecht gekleidet, mit üppigen Brüsten ausgestattet, betrat die Terrasse.

Langsam glitt sie zwischen den Tischen hindurch, blieb vor Michael stehen und ergriff seine Hand.

Ryan zoomte.

Michael, ein amüsiertes Lächeln auf den Lippen, fügte

sich. Während sie sich über seine Handfläche beugte, nutzte er die Gelegenheit, einen Blick in den dargebotenen Ausschnitt zu werfen.

Sie ließ die Hand los, richtete sich auf, fixierte Michael einen Moment schweigend und sagte dann mit einer Grabesstimme, in deren düsterem Widerhall er auf der Stelle erstarrte: »Du wirst sterben.«

* * *

Chloé schleuderte ihre Schultasche ans andere Ende des Wohnzimmers.

»Musst du Hausaufgaben machen?«, fragte Jonathan.

»Später!«, protestierte sie.

Ohne seine Antwort abzuwarten, stürmte sie in den Garten, lief zum Schaukelgerüst, das die Eltern am Vortag installiert hatten, und schwang sich auf den Sitz.

»Rat mal, was ich gekauft hab«, sagte Angela durch das offene Fenster.

»Keine Ahnung«, entgegnete Jonathan.

Chloé verrenkte sich, um diese verdammte Schaukel in Bewegung zu setzen.

»Stell dir vor, Gary macht jetzt Sauerteigbrot.«

»Ah ja?«

Endlich ging die Schaukel in die richtige Richtung.

Schneller!

»Ich hab eins mitgenommen zum Frühstück.«

»Nicht sicher, dass morgen noch was davon übrig ist …«

Chloé gelang es, an Tempo zuzulegen. Das war sehr lustig und rief im Bauch einen Kitzel nach dem andern hervor.

Noch schneller!

»Chloé! Deine Hausaufgaben!«

»Warte …«

Ich hab doch wohl das Recht, ein bisschen zu spielen …

Immer schneller schaukelte sie, immer höher.

Bis zum Himmel!, dachte sie.

Auf einmal rutschte ihr Hinterteil vom Brett, und sie spürte, wie sie davonflog …

»Aaaaaaaaaaaah!«

Der Aufprall auf den Rücken war heftig. Sie bekam keine Luft, es war, als sei die Luftröhre blockiert, eingeklemmt, als funktioniere da nichts mehr.

Mamas Schreie. Die Eltern, die herbeieilen.

Geschafft, ich atme … Funktioniert wieder … Uff!

Sie bewegte die Arme, die Beine und rollte sich langsam auf den Bauch.

»Mein Liebling!«, schrie Angela und warf sich auf sie.

»Wo tut's weh?«, fragte Jonathan zutiefst beunruhigt.

Sie haben Angst um mich, sagte sich Chloé.

»Geht schon«, erwiderte sie schluchzend.

Sie hatte fast keine Schmerzen, blieb aber auf dem Bauch liegen und weinte immer mehr, ohne zu wissen, warum.

Ich hab echt kein Glück …

Mama presste sie an sich und überhäufte sie mit Küssen.

»Das wird schon wieder, mein Liebling, das wird schon wieder.«

Plötzlich entdeckte Chloé zwischen den Tränen, die ihre Augen trübten, direkt vor ihrer Nase etwas Unglaubliches. Sie blinzelte mehrmals, um besser zu sehen.

Das gibt es also wirklich …

Sie streckte die Hand danach aus. Zwischen den Grashalmen, da, genau vor ihren Augen, befand sich, wahrhaftig, ein vierblättriges Kleeblatt.